LE ROMAN DU KREMLIN

Paru dans Le Livre de Poche :

LE ROMAN DE SAINT-PÉTERSBOURG

VLADIMIR FÉDOROVSKI

Le Roman du Kremlin

ÉDITIONS DU ROCHER / MÉMORIAL DE CAEN

Pour cet ouvrage Vladimir Fédorovski a reçu
le prix Louis-Pauwels 2004, décerné à Paris par un jury
présidé par Henri Amouroux de l'Institut

et à Aoste (Italie) le prix du « Meilleur document de l'année »
décerné par la Fédération des Associations
des écrivains de langue française.

Préface

Si Saint-Pétersbourg fait rêver, le Kremlin fascine par son lourd passé. Son histoire est pleine d'orgies, de meurtres, de complots, de revirements et de rebondissements. La muraille du Kremlin reste le symbole de cette « énigme drapée de mystère », comme l'appelait Winston Churchill.

Depuis toujours, derrière ces murs, le pire comme le meilleur s'est déroulé : des rêves de grandeur, d'évasion, d'aventure, des fuites en avant. Les souverains, à travers triomphes, défaites, tragédies ou folie, ont souvent poursuivi les mêmes buts. Victoires ou enseignements nés des défaites, tout ramène au Kremlin où se dressent des cathédrales tant votives qu'expiatoires.

D'Ivan le Terrible à Vladimir Poutine, ce château fort fondé par hasard pendant une partie de chasse miraculeuse demeure au cœur de l'histoire.

Avec Vladimir Poutine la boucle est bouclée : l'espion est devenu chef du Kremlin. Jadis déjà, le couple inattendu tsar et espion donna une clé irremplaçable pour décrypter l'univers secret de ce haut lieu du pouvoir.

En ces lieux, le monde slave a donné libre cours à son génie, le meilleur et le pire, laissant l'esprit cartésien déconcerté. À Saint-Pétersbourg, le voyageur se trouve déjà en Europe ; au Kremlin, il est précipité dans l'univers insolite d'une Russie authentique. L'aventure, le défi et surtout le sang ont scellé ses pierres, éclaboussé toutes ses icônes.

J'ai longuement hésité avant de choisir un guide pour accompagner le lecteur à travers le labyrinthe des mystères du Kremlin. Le hasard d'une rencontre m'a aidé à trancher.

Il y a deux ans, place Pouchkine, dans un de ces restaurants traditionnels moscovites, un personnage déroutant évoqua devant moi l'esprit étrange qui l'avait poussé à plonger dans les eaux troubles de l'espionnage du Kremlin.

Le colonel Joseph, ainsi se présenta-t-il, tenait table ouverte dans cette guinguette où ses goûts pour les fameux raviolis russes à la viande et la vodka parfumée à l'herbe de bison étaient souvent partagés par des compagnons issus des milieux les plus divers. Cet homme digne d'un personnage de Dostoïevski symbolise mieux que quiconque cette course au bord de l'abîme qui grise si fréquemment les agents secrets.

Joseph fut banni des services de renseignements russes auxquels il avait appartenu durant plus de vingt-cinq ans, pour avoir informé les démocrates des préparatifs du coup d'État d'août 1991 contre Gorbatchev. À présent, les Occidentaux le rejettent parce qu'il a appartenu au KGB et, moitié juif, moitié Arménien, il n'est accepté ni par les uns, ni par les autres. Un homme de nulle part, en somme, ou « un homme de trop » selon le terme consacré ; à l'image d'un pays déchiré entre son passé, ses nationalismes et ses contradictions.

Ce personnage énigmatique s'engouffra dans la salle voûtée de ce restaurant qui appartenait autrefois à la loge maçonnique moscovite et déposa son manteau sur une patère. Il essuya avec un mouchoir son visage mouillé et fit un petit signe de la tête au maître d'hôtel. Il jeta un bref regard à travers la fenêtre où des tourbillons de neige dansaient dans la lumière électrique des grands lampadaires, puis se dirigea vers la table voisine de la mienne où des amis l'attendaient. Le bougre avala d'un trait une coupe de champagne et, d'un geste de la main, invita les tziganes à chanter. Précédé de deux femmes accourant à petits pas, pieds nus, un vieil homme entama une complainte reprise en chœur par les deux danseuses. Un sourire alangui se fixa sur les lèvres du colonel Joseph qui de temps à autre jetait un œil complice aux hommes de son entourage. Et, le champagne aidant, nos deux tables se réunirent. Le colonel Joseph ne dédaignant pas l'évocation de son passé, et comme quelqu'un l'interrogeait sur le sujet, son visage s'anima d'une lueur étrange, presque faustienne : « À travers les siècles, dit-il, une élite particulière s'est formée en Russie au sein de la communauté du renseignement. Il s'agit de la Haute Police ou du Secret du Kremlin. »

Pour mieux se faire comprendre, ce francophile fit un parallèle avec le « Secret du Roi » de l'époque de Louis XV.

« Transgressant les siècles et les régimes, l'Union soviétique, comme l'Empire des tsars, poursuivit-il, "la Haute Police" a été à l'origine de tout dans ce pays : l'abolition du servage en 1861, les réformes de Stolypine en 1907, la percée de Gorbatchev en 1985 ou encore la "fabrication" de Poutine en 1999. »

En effet, depuis la chute de l'Empire soviétique, la Russie a connu une mutation vertigineuse. À tel point qu'il est plus facile de dire ce qui n'a pas changé dans ce pays que de faire un récapitulatif de ce qui a été transformé. Pourtant, parmi les rares constantes de l'histoire du Kremlin, mon interlocuteur cita la mission particulière de « la Haute Police », dont l'ambition allait très loin : elle postulait hier et aspire aujourd'hui au rôle particulier de gardien du temple, suprême défenseur des intérêts de l'État.

Le colonel Joseph et ses pareils assument pleinement leur rôle d'agents secrets, affirmant haut et fort que seule leur vision donne un passe-partout pour pénétrer dans les arcanes du Kremlin. Cet ouvrage les évoquera donc à travers l'inévitable triptyque des personnages de cette histoire si particulière : le tsar, les grands boyards des services secrets et leurs agents emblématiques.

Ces figures légendaires ou méconnues nous conduisent au cœur des souterrains d'Ivan le Terrible ou dans le métro de Staline, et nous poussent à méditer sur les drames historiques, récents et lointains, et sur les méthodes de manipulation auxquelles nous sommes soumis.

La légende du Kremlin

L'histoire du Kremlin commence par une légende extraite d'un ancien recueil historique russe :

« ... La nuit était noire et orageuse quand le boyard dénommé Koutchka parvint à un bosquet, près d'un affluent de la Moskova. L'homme et sa suite passèrent la nuit dans une hutte de chasseurs. Le lendemain matin, alors que le soleil commençait à dorer les cimes des bouleaux et des sapins, il fit sonner les cors pour lancer la poursuite d'un sanglier qui apparut soudain, immense, féroce.

Les chasseurs s'apprêtaient à fuir lorsqu'ils virent un oiseau se détacher du ciel et foncer sur la bête. C'était un oiseau de proie, aux formes étranges, qui paraissait avoir deux têtes. Ses pattes et ses deux becs faisaient penser à une fourche. Le boyard et ses gens eurent encore plus peur de ce monstre que du sanglier. Aussitôt, ils arrêtèrent la chasse. Le rapace s'abattit sur le sanglier, le saisit entre ses serres puissantes et le déposa sur la colline qui domine la Moskova... »

Très impressionné par cet événement, le boyard décida d'édifier sur ce lieu situé exactement au centre géographique de la Russie d'Europe une bourgade de chasseurs qui allait devenir Moscou. Quant au sommet de la colline où l'oiseau bicéphale (l'ancêtre de l'aigle russo-byzantin à deux têtes) avait abandonné le sanglier déchiqueté, y fut plus tard érigé le Kremlin. De toutes parts, des forêts et des tourbières l'entouraient, lui donnant ainsi une protection efficace.

Un fossé camouflé avec des branchages et des troncs d'arbres y fut creusé ; ainsi furent créées des sortes de prémices du Kremlin : en effet, *kreml*, en russe, signifie forteresse.

En 1147, ce village appartenait déjà à Youri Dolgorouki [1] prince de Souzdal, qui y invita son ami et allié le prince de Novgorod-Seversk.

– J'ai hâte de te voir, mon frère, écrivit-il. J'attendrai ta visite dans la bourgade fortifiée à la frontière de nos principautés, « la bourgade de Moscou »...

Ainsi pour la première fois, le nom de Moscou était-il mentionné, en référence au nom de la rivière qui traversait la ville. Un festin grandiose eut lieu sur ses rives à cette occasion.

Voici le témoignage de l'ambassadeur extraordinaire du khalife de Bagdad qui traversait à ce moment ces contrées :

« Moi, Ahmed ben Foszlan ben Abbas, tenant à ce que la vérité soit connue sur ces peuples mystérieux,

---

1. *Dolgorouki* veut dire en russe « mains longues », surnom qui lui avait été donné pour avoir voulu s'approprier des villes aussi éloignées que Kiev et Novgorod.

je certifie : ce prince des Russes compte parmi ses sujets quatre cents des plus braves et des plus sûrs guerriers que l'on connaisse. Ils font partie de sa suite et l'accompagnent dans ses voyages. Ces guerriers sont prêts à se sacrifier pour leur prince et à mourir avec lui. Chacun d'eux a une fille pour le servir, lui laver les cheveux, préparer sa nourriture, verser sa boisson et partager sa couche. Ces quatre cents jeunes filles s'assoient à même le sol, au pied de la très grande et très haute estrade princière qui est ornée de pierres précieuses apportées d'au-delà cette montagne d'Oural où l'on trouve les émeraudes, les turquoises, les rubis, les améthystes et les saphirs[1]... »

Ce premier festin de Moscou fut somptueux et ne dura pas moins de trois jours et trois nuits. « Lorsque les princes russes entament une négociation diplomatique, raconta encore l'ambassadeur du khalife, ils la font d'abord précéder d'une bacchanale en présence de leurs proches. Cependant je me suis aperçu que les princes russes faisaient parfois semblant de boire ou buvaient tout simplement de l'eau, tout en faisant servir à leurs invités de grandes quantités d'hydromel. Sans doute espèrent-ils ainsi amoindrir les facultés de leurs interlocuteurs. J'ai été le témoin de la signature d'un accord entre deux princes russes, dont l'un signa un document dans l'incapacité absolue de comprendre ce qu'il faisait. Il s'empressa, d'ailleurs, une fois dégrisé, de contester sa signature. Je me suis également aperçu

1. Cité d'après Viktor Alexandrov, Fayard, 1960.

que les jeunes filles qui assistent à ces orgies viennent en aide à leur maître en envoûtant de leur charme les négociateurs de la partie adverse. On aménage à cet effet un endroit spécial où elles s'occupent d'eux, leur appliquent de l'eau froide et les dégrisent, et s'offrent à eux, pour les retenir dans un chalet de bois d'aspect rudimentaire à l'extérieur, mais d'une richesse raffinée à l'intérieur. » (Remarquons que Staline utilisera les mêmes procédés huit siècles et demi plus tard.)

Quoi qu'il en soit, ce premier festin fut une pleine réussite. Les deux princes burent, dansèrent et chantèrent, avant de procéder à la signature de l'accord qui allait renforcer leur alliance. Une certaine méfiance régnait cependant entre les deux interlocuteurs. D'autant plus que les *lazoutchiki* (espions en russe ancien) apportèrent une nouvelle troublante : on entreprenait l'érection de fortifications considérables dans le village de la principauté voisine. (Ainsi les espions apparaissent-ils pour la première fois dans l'histoire du Kremlin.) Mais quel était le but de ces fortifications ? Le prince de Novgorod avait-il l'intention de pénétrer un jour jusqu'à Moscou, non pas en allié, mais en ennemi ? Les espions accumulèrent des preuves irréfutables de la duplicité de ce dernier. Dès la fin de la conférence des deux pseudo-alliés, le prince Dolgorouki donna l'ordre d'ériger une véritable forteresse – un kremlin – sur la colline.

C'est en 1156 que la chronique russe mentionne l'achèvement de ce château fort. Moscou n'avait pas encore l'aspect majestueux que lui donneront les premiers tsars russes. Elle était alors protégée par des clôtures en bois renforcées de piliers et par quelques tours. Sur la colline, on avait aménagé un enclos entouré de murs de pierre ou de briques mal séchées. Moscou, alors, était tout au plus une forteresse frontalière, un point de passage obligé du nord vers le sud et un nœud de navigation. Le Kremlin, une place forte chargée de protéger ces communications.

Le destin du Kremlin changea pour la première fois l'hiver 1237-1238, quand des hordes de Gengis Khan, commandées par son neveu Khan Baty Ier, traversèrent la plaine russe et incendièrent les villes et les villages, en pillant, en violant, en massacrant.

En marchant vers le nord-ouest, les Mongols s'étaient approchés de Moscou croyant atteindre Novgorod où ils espéraient trouver cette « ville pleine des trésors » dont leur parlaient les espions. De la hauteur des monts des Moineaux, à l'endroit même où Napoléon rêvait en 1812 de rencontrer les « boyards » portant les clés du Kremlin, signe de la soumission de la capitale, le chef mongol avait vu le Kremlin. Le neveu de Gengis Khan ne prévoyait pas y trouver un riche butin, mais ce guerrier expérimenté comprit immédiatement l'importance stratégique de la ville. Sa décision fut prompte. Et cent vingt mille guerriers attaquèrent les trois mille défenseurs du Kremlin...

Dans la soirée, Moscou était aux mains des Mongols. Assis dans la grande pièce du Kremlin, avant de le faire incendier, les envahisseurs fêtèrent leur victoire. Le neveu de Gengis Khan but dans une coupe faite du crâne d'un prince russe tué par la cavalerie mongole.

Désormais la possession du titre de grand-prince russe dépendait du bon vouloir du khan. En 1317, celui-ci l'attribua à son beau-frère, le prince Georges de Moscou. Ce geste symbolique confirma à la fois la totale soumission de cette principauté aux Mongols et la puissance croissante des Moscovites.

À vrai dire, depuis quelque temps déjà, cette ascension moscovite était perceptible. En 1263, Moscou avait été donnée par le plus puissant des princes russes, Alexandre Nevski, à son fils cadet Daniel. Homme d'action par excellence, celui-ci avait su l'agrandir sans inquiéter le khan. Son fils Georges (1303-1325) continua son œuvre subtile d'expansion et de sujétion aux Mongols, ce qui lui valut le titre de grand-prince.

Le prince Ivan Ier Kalita (1325-1341), le frère de Georges, donna une véritable impulsion à la puissance du Kremlin et en devint la figure symbolique. À la fois bon administrateur, financier prévoyant et brillant chef de guerre, il réussit l'annexion de l'importante principauté de Vladimir. Les lourds tributs payés à la Horde d'or lui assurèrent la passivité mongole. Et, avec grande habileté, il sut attirer à Moscou le métropolite de Russie qui résidait à Vladimir depuis le XIIIe siècle. Avant de mourir il inaugura une coutume importante du Kremlin en rédigeant son testament « privé » et son testament « politique ».

« Au nom du Père et du Fils et du Saint-Esprit, moi, le pécheur et esclave de Dieu Ivan, je fais ce testament sans y être contraint par qui que ce soit et étant intègre d'esprit et de corps. Dès que Dieu mettra fin à ma vie, je déclare donner ce qui m'appartient à mes fils et à ma princesse bien-aimée. Je laisse mon apanage de Moscou à tous mes fils, sauf le Kremlin qui ira à mon fils aîné, Siméon, grand-prince de Moscou. »

Ce testament, contresigné par les boyards de la cour fit du Kremlin la propriété privée du grand-prince, qui succéda à son père. Le célèbre historien russe Kliout-chevski, non sans ironie, nota en 1903 le passage suivant du testament : « Quant à deux de mes pelisses endommagées par les mites qui se trouvent dans la petite garde-robe au sous-sol du Kremlin, j'en fais cadeau à ma femme, afin qu'elle puisse les offrir à ses serviteurs les plus dévoués et zélés. »

Ainsi, Ivan Kalita, « le rassembleur des terres russes », n'avait pas oublié à l'heure de sa mort ces deux pelisses, tout en parlant dans son testament des affaires les plus importantes ! Ce château « personnel », le Kremlin, devint alors l'arène d'une lutte permanente et sans merci.

Siméon, voulant avant tout être reconnu comme un grand-prince par le métropolite, ordonna un sermon de Pâques dans lequel celui-ci devait prononcer ses louanges. Le rusé prélat fit mine d'obéir, mais parla surtout de la dégradation des mœurs et des affaires d'empoisonnement qui continuaient à dévaloriser le Kremlin. Siméon l'Orgueilleux n'oublia pas ce sermon... Le métropolite mourut assez vite après le sacre.

Les agents secrets ne s'occupaient cependant pas

seulement de l'élimination des adversaires de Siméon. Il leur fallut aussi superviser la présentation de jeunes filles susceptibles de devenir l'épouse du grand-prince.

Les candidates choisies parmi les filles des boyards arrivèrent au Kremlin de tous les coins du pays. Le *Térème* où habitaient les femmes fut agrandi par une nouvelle salle puis un bâtiment isolé, l'hôtel des fiancées, qui avait aussi son établissement de bains où les candidates se préparaient à la cérémonie. Une préposée spéciale était chargée de les surveiller. Une trentaine de femmes secondaient les jeunes filles pour les aider à se mettre en valeur, à se baigner, et à se distraire sans avoir à sortir du Kremlin. La préposée devait aussi faire l'« inventaire détaillé » de toutes les candidates. Cette « nomenclature » était ensuite exposée au grand-prince avant la représentation définitive des jeunes filles, donnant un aperçu général de la candidate, de ses qualités morales et intellectuelles. Ce catalogue insolite faisait aussi mention, en détail, des qualités « anatomiques », sans oublier de signaler la présence de « taches de rousseur » ou de « verrues », si ces taches avaient une forme bizarre et suspecte, ceci pour éviter qu'une sorcière ne devienne la grande-princesse du Kremlin. Il est évident que le contrôle de la virginité des candidates était des plus rigoureux. La lutte opposant les familles nobles présentes à cette cérémonie était si impitoyable que tous les moyens étaient employés pour parvenir à ses fins, y compris les pots-de-vin. Le chef du Kremlin, débordé, fut même obligé de nommer comme supercontrôleur le métropolite en personne, pour vérifier la virginité des jeunes candidates. L'historien Viktor Alexandrov raconte que le vieux dignitaire de l'Église demanda immédiatement à être libéré de cette fonction saugrenue : « Je ne suis pas saint Antoine », lança-t-il. Comme le chef du Kremlin insistait, le prélat, qui était un homme d'esprit, lui dit : « Ne me confonds pas avec un compagnon, grand-prince. »

Ayant échoué dans sa tentative de faire du métropolite son « supercontrôleur » de la virginité des candidates, le grand-duc chargea alors de cette fonction un boyard spécial, une sorte d'officier des services secrets, choisi parmi « les gens aux cheveux blanchis par les années et connus par leur conduite monastique ». Malgré cette précaution, la chronique scandaleuse du Kremlin nota plusieurs épisodes où ces boyards chevronnés cédèrent à la tentation devant l'exceptionnelle douceur de peau de ces jeunes filles au teint diaphane. Les poètes russes ne décrivirent-ils pas la traversée de cette ligne imaginaire allant de la poitrine à la rondeur des genoux comme « le plus délicieux voyage au pays du Térème » !

L'ascension de Moscou

Sous Vassili Ier (grand-prince de 1389 à 1425), comme sous son fils Vassili II (de 1425 à 1462), le Kremlin continua son essor en profitant notamment de l'affaiblissement de la Horde d'or minée par des luttes intestines[1]. La grande principauté moscovite était devenue le plus vaste État russe qui ait jamais existé depuis le temps de la splendeur de saint Vladimir Monomaque, grand-prince de Kiev. En même temps, l'Empire byzantin, qui avait tant donné aux Russes, s'éteignait progressivement sous les coups des Turcs. En un ultime sursaut, l'empereur Jean VIII rechercha l'aide occidentale, au prix de l'union religieuse avec Rome. Dans ce but, un concile était convoqué à Florence en 1439. Par souci de fidélité au patriarche de Constantinople, le métropolite de Moscou y adhéra. La crise éclata alors, ce dernier fut désavoué puis déposé en 1448 et remplacé par un autre, sans consultation ni confirmation par le patriarche de Constantinople.

---

1. Au milieu du XVe siècle, Moscou maîtrisait déjà un territoire de près de 700 000 km^2.

À partir de cette date, le grand-prince se réserva le droit de nommer lui-même le métropolite. L'Église russe était devenue nationale et indépendante.

En 1453, Constantinople tombait aux mains des Turcs et la capitale de l'orthodoxie passait sous la tutelle musulmane. Face à l'islam dévastateur, les Russes se percevaient dorénavant comme l'ultime rempart du christianisme. À l'époque, le Kremlin vit s'ériger sa première église en pierre, consacrée à l'Assomption de la Vierge – qui devint rapidement l'objet d'un pèlerinage important.

Moscou, ville du grand-prince comme du métropolite, ville de la force renaissante unie à la foi orthodoxe préservée ! Grâce au fils de Vassili II, la Moscovie se libéra totalement de sa tutelle asiatique. Ivan III (grand-prince de 1462 à 1505) se considérait comme héritier légitime du grand-prince de Kiev. Il ne pouvait supporter la moindre dépendance. Aussi ne se soucia-t-il pas de demander au grand khan la confirmation de son titre princier. Il refusa même de payer son tribut.

L'intervention d'un agent secret allait bientôt changer le destin du Kremlin. En 1470, un homme mystérieux s'y présenta comme venant de Rome ; il avait l'allure d'un haut fonctionnaire ecclésiastique et aussi d'un aventurier, grand, svelte, il était passé maître dans le maniement de l'épée, très versé dans l'histoire occidentale et orientale, parlant couramment le latin, et le grec. Il révéla son identité : Antoine Paléologue, petit-cousin de Thomas Paléologue, qui était le frère du dernier empereur de Byzance, Basileus Constantin, tué en 1453, lors de la prise de Constantinople par les Turcs. Antoine Paléologue était chargé d'une mission confidentielle : la fille de Thomas Paléologue, la princesse Sophie, avait atteint l'âge du mariage. Son père proposait la main de la princesse au grand-prince de Moscou...

Après le désastre de 1453, Sophie s'était réfugiée à Rome. Elle cherchait une alliance contre les Turcs ; or la Russie représentait de nouveau une force véritable. Le pape, lui, pouvait espérer qu'un tel mariage favoriserait le rapprochement entre l'Église orthodoxe russe et l'Église catholique romaine dans l'esprit du concile de Florence. Quant à Ivan III, unir le sang des princes russes à celui des Paléologue, c'était faire du grand-prince de Moscou l'héritier non seulement de Kiev mais aussi de Byzance. On n'ignorait pas à Rome qu'Ivan III avait perdu en 1467 sa première femme et qu'il cherchait à se remarier avec une princesse appartenant à la plus haute aristocratie.

Sophie Paléologue et sa suite nombreuse arrivèrent à Moscou en 1472. Afin de signifier clairement la prodigieuse ascension du Kremlin, Ivan III ajouta sur ses armes l'aigle à deux têtes byzantin au saint Georges de sa propre dynastie. Il introduisit à la cour moscovite le cérémonial impérial, s'entoura de lettrés grecs, ainsi que d'artistes et de techniciens italiens dont Sophie avait pu apprécier les qualités lors de son exil romain. La princesse avait en effet emmené avec elle, de Rome, les architectes Fioravanti, Aleviso, Giuliani et Masconi. Ivan leur demanda notamment de rebâtir en pierre

– symbole de puissance et de richesse – le Kremlin de Moscou et ses églises précédemment en bois. Ainsi furent érigées, en trente ans, quatre églises de première importance [1].

En digne héritier de son père, Vassili III (1505-1533) acheva le rassemblement des terres russes et la soumission au Kremlin des membres des anciennes familles princières comme des boyards. Et il ne se contenta pas de ne plus payer son tribut aux Mongols, il les attaqua de front. Le Kremlin confirmait ainsi son orientation conquérante vers l'est. Dès lors, l'Église devint pleinement une puissance temporelle sans complexe, au service de l'idée de la sainte Russie. Or celle-ci avait un chef, le grand-prince, dans les veines duquel coulait le sang des empereurs byzantins.

Sous l'égide de ce souverain, le Kremlin avait désormais la mission de rétablir le plein rayonnement de la vraie foi. Moscou était devenue la troisième Rome, comme l'avait prédit au XIIIe siècle le moine Philothée. La première était tombée en raison des coups des Barbares et des égarements des hérétiques. La seconde

---

1. En 1475-1479 s'éleva la cathédrale de la Dormition, nécropole des métropolites russes et, depuis 1589, des patriarches, lieu de couronnement et de mariage des grands-princes, puis des tsars et des empereurs. Les maîtres de Pskov construisirent l'église de la Déposition-de-la-Robe-de-la-Vierge et la cathédrale de l'Annonciation (1484-1489), église personnelle des souverains moscovites. En 1505-1508, sur la place des Cathédrales, se dressa la magnifique cathédrale Saint-Michel-Archange, nécropole des princes et des tsars russes jusqu'à Ivan V (mort en 1696).

– Constantinople – avait été submergée par la malfaisante vague turque. Moscou, son héritière, était la troisième et dernière cité choisie par Dieu pour le servir.

Avec Ivan IV dit Ivan le Terrible (tsar de 1530 à 1584), le Kremlin devenait pleinement impérial. Il ne s'agissait plus seulement de restaurer la puissance, mais aussi et surtout d'assurer universellement le triomphe de l'orthodoxie.

Ivan le Terrible ou les racines

Ivan IV fut le tsar de tous les excès, ce qui se manifesta dès son plus jeune âge. Il prenait, par exemple, un malin plaisir à jeter des animaux du haut des tours du Kremlin ou, s'il perdait à un jeu, à faire exécuter le ou les gagnants. Sans parler de son divertissement favori, qu'il pratiqua d'ailleurs toute sa vie et qui consistait à lâcher un ours enragé dans la foule pour contempler, avec un plaisir pervers, la couleur du sang, et humer l'odeur de chair humaine. L'explication de cette cruauté précoce réside sans doute dans le fait qu'Ivan, dès sa petite enfance, fut confronté au spectacle du mal. La mort prématurée de ses parents le laissa seul face aux deux grandes familles de boyards [1] qui firent office de tuteurs. Dans les salles sombres et voûtées du Kremlin, les deux clans n'hésitaient pas à se livrer sous ses yeux à des règlements de comptes sanguinaires pour s'emparer du pouvoir. La peur, fléau qui hante les tyrans, entra dans l'âme du jeune prince pour ne jamais la quitter. Dès lors, son cerveau d'enfant

1. Les Chouïski et les Belski.

ne nourrit plus qu'une idée fixe : se débarrasser des boyards au Kremlin. Malgré son tempérament excessif, Ivan possédait une sensibilité étonnante et fit preuve, dès quatorze ans, d'un talent littéraire unanimement reconnu. La vivacité de son langage, le caractère inattendu de ses allégories firent de lui un des plus grands écrivains de son époque et, sans doute, le plus éminent styliste des monarques russes [1].

Adolescent, Ivan aimait chevaucher en compagnie de ses fidèles à travers cette Russie ravagée depuis trois siècles par les invasions tatares. Il lui arrivait parfois de faire halte dans un de ces monastères retranchés sous les neiges et de se lancer dans des discussions théologiques avec les moines. Mais il pouvait tout aussi bien plonger dans les débauches les plus effrénées pour satisfaire ses appétits charnels. Quand un boyard osa lui reprocher, un jour, ses écarts, Ivan lui fit avaler de force un calice empli de vin. Comme le malheureux ne parvenait pas à tout ingurgiter, le tsar lui reprocha de refuser de boire à sa santé et le fit immédiatement étrangler. Pendant les jours qui suivirent, Ivan s'amusa à envoyer des invitations chez l'épouse de ce boyard, en s'étonnant de l'absence du défunt.

Contrairement à ce qu'espéraient ses tuteurs, Ivan ne se laissa pas manipuler par eux et s'imposa vite

---

1. Un des meilleurs exemples de son style reste l'échange épistolaire qu'il eut, plus tard, avec son ami de jeunesse, le prince Kourbski, quand celui-ci passa au service du roi de Pologne par crainte de voir le tsar devenir un jour son bourreau.

comme le véritable homme fort du Kremlin. À seize ans, en 1547, il exigea de se marier puis se fit sacrer tsar avec des fastes sans précédent. Pour la circonstance, il confirma ses dons littéraires en inventant lui-même la légende selon laquelle le collier, le sceptre et la couronne reçus lors du sacre étaient ceux que l'empereur Constantin avait légués à son petit-fils, qui les aurait conservés jusqu'à la venue d'un héritier digne du souverain byzantin. N'était-ce pas la façon la plus éclatante de montrer au monde que le jeune tsar entendait faire de son royaume le successeur de l'Empire d'Orient, et de Moscou la troisième Rome ainsi que le moine Philothée l'avait annoncé à son père ?

Scellant l'union du trône et de l'autel, le jeune tsar commença son règne au Kremlin en s'arrogeant tous les droits. Il s'empressa de déposséder les grandes familles de boyards du pouvoir qu'elles se partageaient depuis son enfance. Il écarta leurs favoris et imposa son autorité sans ménagements en s'appuyant sur un groupe de fidèles, créant ainsi une espèce de chancellerie secrète. Son goût prononcé pour le sang ne connut plus de limites. Ivan n'hésitait pas à faire exécuter un valet pour la moindre vétille ou un compagnon de chasse qui lui avait déplu. Et, bien que son amour pour Anastasia, sa première femme, fût aussi sincère que sensuel, il ne le fit nullement renoncer à sa vie dissolue, jusqu'à ce 20 avril 1547 où parvint une nouvelle qui plongea le Kremlin dans la plus grande consternation.

La cloche d'une église était tombée et s'était brisée.

Depuis des lustres, et aujourd'hui encore, cet événement était considéré comme le signe annonciateur d'un grand malheur. Non loin de là, Basile, un « fol en Christ », sanglotait, agenouillé devant l'église de l'Ascension et tendait ses mains vers l'édifice, comme pour le caresser. La foule massée autour du saint homme vit dans ce tableau un sombre présage. Le malheur ne tarda pas. Un incendie embrasa l'église de l'Exaltation-de-la-Croix, au cœur de Moscou et, attisé par la tempête, se répandit à travers la ville, la détruisant quartier après quartier. C'était la troisième fois dans l'année que Moscou était la proie des flammes et les rumeurs les plus folles commencèrent à circuler sur les raisons de ce désastre. C'est alors qu'un homme vêtu de l'ample robe noire des prêtres demanda à voir le souverain au Kremlin. Il se prénommait Sylvestre. Il avertit Ivan que, s'il persistait à vivre dans la débauche, le châtiment de Dieu serait inéluctable. Les émeutes qui avaient suivi l'incendie n'étaient que les prémices d'une révolte beaucoup plus grave. Ces paroles frappèrent le tsar en plein cœur. Dégrisé, il reconnut ses fautes et fit serment à Dieu de suivre les préceptes du prêtre.

La période la plus éclatante du Kremlin s'ouvrit alors. Au cours des années qui suivirent, Ivan remporta de nombreuses victoires sur les Tatars et agrandit son royaume vers l'est et le sud-est. Après de longues délibérations et des messes solennelles, il quitta Moscou en direction de la Volga, pour reconquérir la ville de Kazan, symbole de la présence tatare sur la terre russe.

L'artillerie et les explosions d'une dizaine de tonneaux de poudre sous ses murs firent tomber la ville le 2 octobre 1552, après un siège de six semaines. Plus tard, l'armée russe s'empara de la forteresse d'Astrakhan située à l'embouchure de la Volga. Ainsi le fleuve des Tatars, l'Itil, devint le fleuve sacré des Russes, la mère Volga.

Pour célébrer la conquête de Kazan et d'Astrakhan, une fête grandiose fut organisée à Moscou. Le tsar prononça des discours enflammés devant le peuple. Trois nouvelles tours furent construites au Kremlin pour consacrer cette victoire. Le tsar décida d'élever une cathédrale qui surpasserait toutes celles qui existaient dans l'enceinte [1].

Parallèlement, Ivan entreprit un remarquable travail d'organisation administrative et de justice, s'entourant d'esprits jeunes et brillants.

Le tsar et ses conseillers avaient pleinement conscience que le succès des ambitions moscovites

---

1. Les auteurs de ce chef-d'œuvre sont connus sous les noms de Posnik et Barma. Le farouche monarque, si content de la manière dont ses ordres avaient été exécutés et plein d'admiration pour cette œuvre géniale, leur fit crever les yeux, afin qu'ils ne soient pas tentés d'élever ailleurs un aussi bel édifice et qu'ainsi la cathédrale de Basile-le-Bienheureux reste unique au monde. D'après des documents découverts en 1957, Posnik et Barma seraient une seule et même personne : Posnik Yakovlev étant surnommé Barma. Cela est fort plausible, car, dans d'autres écrits bien antérieurs, il est dit qu'Ivan le Terrible fit crever les yeux à l'auteur, et non pas « aux auteurs », de cette merveille.

passait par une meilleure organisation du pays. Le pouvoir de l'État et de ses structures centralisées se trouva renforcé. Cette période de relative prospérité ne dura malheureusement que huit ans. Puis, le caractère autoritaire du tsar se fit à nouveau sentir, son inquiétude maladive reprit le dessus et son comportement changea d'une manière radicale.

Durant l'hiver 1553, Ivan tomba sérieusement malade. Craignant sa fin proche, il voulut nommer son successeur en la personne de son fils, mais Sylvestre et les conseillers s'y opposèrent : si un malheur devait emporter le tsar, ils préféraient qu'un homme plus expérimenté assurât la régence. Le tsar se rétablit miraculeusement vite et ne pardonna évidemment pas à ses conseillers d'avoir émis un avis contraire au sien à propos de sa succession. (Ces moments cruciaux joueront toujours un rôle capital dans l'histoire du Kremlin.)

La maladie, puis la mort de la femme d'Ivan, en 1560, ne firent qu'aggraver les choses. La sensibilité et l'imagination fantasque du tsar semblèrent lui interdire désormais toute action raisonnable. Plus que jamais en proie à la peur et à la suspicion, il vit des complots partout et fit régner la terreur. Commença alors une valse infernale. Désormais la vie du Kremlin ne connut plus ni limites ni tabous.

« Le complot est partout »

En ce 1er décembre 1564, le tsar Ivan IV errait, solitaire, sur le chemin de ronde des hautes murailles du Kremlin. La neige tombait sur Moscou en effroi. Il ramassa une poignée de neige mêlée de boue qu'il écrasa entre ses doigts. Promenant son regard inquiet sur la ville, il aperçut au loin des traces de sang qui maculaient la neige. Sa décision était prise, il quitterait le Kremlin. Fuir, fuir le monde...

D'un mouvement brusque, il tourna les talons ; son caftan fit un claquement sec. Il rentra précipitamment à l'intérieur du palais. Courant le long des couloirs aux murs enluminés, il regagna ses appartements et se réfugia dans son petit cabinet de prière, richement décoré, attenant à sa chambre à coucher. Dans le secret de ces quatre murs, entouré d'icônes protectrices dont les ors brillaient à la lueur des chandelles, il s'agenouilla et se mit à prier.

Dès le lendemain, la rumeur du départ d'Ivan se répandit à travers la cité. Devant la cour et les hauts dignitaires de l'Église, le tsar déclara que les « infâmes », les boyards, avaient jeté un sort sur lui et sa famille, qu'ils ne voulaient plus qu'il règne et complotaient contre lui. Il ajouta que, se sentant à ce point mal aimé, il préférait partir. Personne, pas même le métropolite, n'osa demander au tsar où il irait se réfugier.

Quatre jours avant son départ, deux cents nobles venus des quatre coins du pays se pressaient dans la salle du trône. Convoqués par le tsar, ils durent longuement attendre son arrivée, étouffant sous leurs lourds manteaux d'ours. La lueur des candélabres du Kremlin faisait briller leurs yeux inquiets et danser les icônes qui décoraient les murs...

Ivan apparut enfin. Il leur annonça qu'il renonçait à son royaume et leur donnait toute la terre ; puis, il se dépouilla de son sceptre, de son collier et fit glisser son manteau broché d'or rehaussé de perles à leurs pieds. Stupéfaits, les boyards gémirent et l'implorèrent. En vain. Rien ne put faire revenir le tsar sur sa décision. Durant deux nuits, Ivan alla prier d'église en église pour le succès de sa fuite.

Le 3 décembre enfin, il quitta le Kremlin suivi de ses favoris, de sa famille et de sa cour. Contrairement à ses précédents départs il emportait cette fois-ci tous ses objets sacrés, des icônes et des croix richement ornées, mais aussi sa vaisselle d'or et d'argent, sa garde-robe et son trésor. Tous ses coffres en étaient remplis. Il avait également ordonné aux nobles de son entourage et à ses fonctionnaires de partir avec leur famille et tous leurs biens.

Aujourd'hui encore, une polémique oppose les historiens sur les raisons de cette décision apparemment inconsidérée. Fut-elle provoquée par les révélations de Basile le Bienheureux, son prédicateur préféré sur les mauvais sorts dont Ivan aurait été victime ? Ou par sa hantise d'un complot ourdi au Kremlin ? Fut-elle plutôt le fruit d'un calcul politique, d'un stratagème destiné à prendre l'avantage sur ses adversaires boyards en s'appuyant sur sa police secrète ? Vraisemblablement l'un et l'autre.

Le tsar, en effet, pouvait être inquiet car, des frontières du royaume, on lui avait annoncé l'attaque imminente des Lettons à l'ouest et des Tatars au sud. Dans ce contexte, il voulut peut-être, selon sa formule, « prendre les devants », anticiper d'éventuels soulèvements intérieurs qui auraient été suscités par les boyards, simultanément avec des agressions extérieures.

Le tsar alla d'abord se réfugier dans un petit village proche du Kremlin. Il n'y resta que deux semaines puis il alla prier au monastère de la Trinité-Saint-Serge [1]. Il partit aux aurores, emportant un déjeuner, quelques œufs cuits, du pain noir et du sel. Il traversa les remparts de l'enceinte par la Porte sainte. Les coupoles bleues parsemées d'étoiles brillaient sous le soleil, tout comme les dômes dorés des cathédrales. Il choisit d'entrer se recueillir dans la plus ancienne et la plus austère de ces églises. Ivan passa quelques jours au monastère puis finit par s'installer dans une bourgade voisine. De là, il adressa au métropolite de Moscou

1. Situé à 60 km de Moscou.

son fameux message dans lequel il dressait la liste de tous les griefs qu'il nourrissait contre les boyards : leurs trahisons, les dommages qu'ils causaient au pays, leur violence contre les paysans, leur avidité sans limites. Le tsar rappelait également combien il avait souffert d'eux au cours de son enfance et ajoutait qu'il préférait abandonner son royaume plutôt que de subir davantage leurs traîtrises. En vrai maître de relations publiques il adressa une autre missive au peuple dans laquelle il l'assurait qu'il n'avait aucun grief contre lui.

Le départ du tsar plongea pourtant les Moscovites dans l'accablement et le désarroi. En réponse, ils lui adressèrent une supplique pour qu'il revienne au Kremlin, affirmant qu'ils avaient besoin de lui pour les protéger. Par deux fois, les messagers du peuple et de l'Église se rendirent auprès d'Ivan pour le supplier de revenir.

Le tsar finit par céder, mais posa des conditions draconiennes à son retour. Il exigea d'abord de châtier tous ceux qui l'avaient trahi, de confisquer leurs biens. Sans dire s'il revenait sur son abdication ou non, Ivan divisa alors l'État en deux secteurs : la *zemchtchina*, où l'administration traditionnelle restait en place, et l'*opritchnina*, domaine réservé du tsar, placée sous une administration d'exception. Les deux secteurs étaient dotés de cours séparées, d'armées distinctes et même de capitales distinctes.

Le 2 février 1565, le tsar rentrait au Kremlin. Il réunit alors l'assemblée de boyards et des ecclésiastiques. Ceux-ci eurent peine à le reconnaître. En deux mois, Ivan avait perdu presque tous ses cheveux. Son regard était trouble et fébrile. Ce jour-là, il donna l'ordre de bâtir un nouveau palais au centre même de Moscou d'où il pourrait administrer personnellement son *opritchnina*.

Distinct du reste du territoire russe qui demeurait sous la juridiction des boyards, ce domaine à part fut composé des terres confisquées aux adversaires du tsar et des provinces les plus riches. Dans la capitale même, il s'appropria des quartiers entiers qu'il fit entourer de remparts. Tous ces territoires, qui finirent par représenter un tiers du pays, relevaient exclusivement du tsar.

Ivan le Terrible a beaucoup appris au contact des Mongols qui ont dominé la Russie pendant plus d'un siècle et demi et dont l'autorité a concouru à faire un pays où la conception de l'État était en partie asiatique. Les Russes, s'inspirant du *Yam* des Mongols, furent les premiers Européens à instaurer une police d'État. Forte de plusieurs milliers d'hommes, l'*opritchnina* allait rapidement se révéler pour ce qu'elle était : une parfaite machine de répression ayant droit de vie et de mort sur chacun.

Ainsi naquit, pour ainsi dire, « la Haute Police du Kremlin ». Même si à l'époque elle ne portait pas ce titre, Ivan IV mit au point ce qu'on peut appeler « l'idéologie » de cette institution. Selon ses termes, « la Grande Peur » était le fondement le plus solide de l'autorité d'État et seul le mal, en engendrant la terreur, était capable de rassembler autour de lui des peuples égarés.

Cette véritable juridiction d'exception devint rapidement synonyme de dictature pour les Russes et resta à jamais gravée dans les esprits comme une sorte de « mégapolice secrète ». Tels des anges de la mort, les opritchniks chevauchaient, revêtus de longs caftans noirs brochés d'or, un long poignard suspendu à leur ceinturon. Ils faisaient respecter la loi du tsar ou son bon plaisir, en se livrant aux pires crimes et atrocités.

Trois mois après son retour à Moscou, Ivan le Terrible se retira avec ses favoris dans sa forteresse de bois protégée par des remparts et cernée de douves où la vie allait se transformer en théâtre de l'épouvante pour entrer dans les annales de l'histoire. Les ambassadeurs étrangers relatèrent à l'époque : « Si Satan avait voulu inventer un fléau contre le genre humain, il n'aurait pas mieux réussi. »

Ivan chercha ensuite une nouvelle épouse dans des contrées plus lointaines, pour des raisons d'État mais aussi par goût. Il proposa même le mariage à la reine Élisabeth Ire d'Angleterre et attendit tout l'été 1570 une réponse favorable. La lettre que la reine finit par lui adresser, n'évoquant pas sa proposition, se contentait d'assurer au tsar qu'il était le bienvenu en Angleterre s'il le souhaitait. Ivan faillit ensuite convaincre une parente de la reine, Lady Hasting, de l'épouser, mais celle-ci se rétracta dès qu'elle eut vent du sort advenu aux femmes dont le tsar se lassait. En effet, une de ses épouses éphémères, Maria Dolgorouki, eut, elle, la très grande infortune de susciter des doutes sur sa virginité. Le lendemain de leurs noces, Ivan fit atteler une carriole avec des chevaux préalablement nourris d'avoine gonflée de bière. Il invita sa jeune épouse à y prendre place pour une promenade puis lui souhaita bon vent d'un ton sarcastique et fouetta violemment les chevaux. La voiture roula quelques centaines de mètres avant de s'enfoncer dans un étang, noyant l'infortunée et ses coursiers fous. Un témoin anglais remarqua plus tard que, dans cet étang où périrent ainsi de multiples condamnés, les poissons étaient particulièrement gras et nombreux. Le tsar, d'ailleurs, en affectionnait spécialement la dégustation.

Les scènes de débauche étaient presque quotidiennes au Kremlin. Il n'était pas rare, par exemple, qu'un cerf rôti trône entier au milieu de la table, couronné de ses bois et accompagné de sauces à base de baies sauvages du Nord. Chacune reflétait une couleur de l'arc-en-ciel. Bien des cuisiniers ont, au cours des siècles, tenté de restituer les mets luxuriants qui avaient coutume d'orner la table de ce souverain à l'imagination débordante. Rappelant étrangement certaines compositions de peintres contemporains, aux confins de l'abstrait et du figuratif, le jaune des citrons faisait chanter la noirceur du caviar pressé venu d'Astrakhan et se mêlait au rose inégalable du saumon mariné dans le lait que les boyards aimaient comparer à « la couleur de la pointe des seins d'une adolescente ». La vaisselle d'or accompagnait les coupes d'argent ciselé. Ces raffinements esthétiques paraissaient dérisoires au regard des spectacles orgiaques qu'offraient ces agapes durant lesquelles Ivan et ses compagnons s'adonnaient couramment au viol et à la sodomie. On appela ainsi plus tard « dessert à la Ivan le Terrible » une femme dénudée posée sur la table du festin et dont le corps, enduit de crème et de miel, était offert au tsar et à ses invités. Cette déchéance suscitera bien des émules chez les successeurs d'Ivan. Cinq siècles plus tard, les fils de la nomenklatura, au crépuscule du communisme, réitéreront ces jeux décadents, sous le règne de Brejnev au Kremlin.

Tard dans la nuit, la fête dégénérait en bacchanales, où chacun devait porter un masque. Toujours armé d'une longue canne de bois dont la pointe était en acier, Ivan utilisait souvent ce pic pour tuer sur-le-champ quiconque l'avait offensé, y compris parmi ses proches. Ces dérèglements ne parvenaient pas pour autant à contenir sa suspicion maladive. Il ne se sentait toujours pas en sécurité au Kremlin et le déserta à nouveau pour s'établir dans son simulacre de monastère, Alexandrov. Superstitieux à l'extrême, il fit graver une croix sur chaque brique de l'église et orner son autel d'or et de pierres précieuses. De même, il voulut que sa résidence – qu'il baptisa « Ma liberté » – soit protégée par un fossé si énorme que « le démon ne pourrait le franchir ». Nul ne pouvait en sortir sans son autorisation. Chaque jour, en compagnie de ses deux fils, il sonnait les matines. Après l'office, un déjeuner était servi pour tous ses fidèles. Ivan ne participait pas lui-même à ces repas. Il demeurait debout en présence de quelques proches et lisait à haute voix des litanies. On donnait aux mendiants les restes du déjeuner. Le tsar prenait alors son repas.

Son passe-temps favori consistait à visiter les prisons où il pratiquait lui-même les tortures. Particulièrement inventif dans ce domaine, il empêchait les prisonniers de dormir en leur jetant de l'eau bouillante ou glacée, pendant que ses sbires violaient leur femme ou leur fille sous leurs yeux. Les corps des suppliciés étaient ensuite exposés sur la place publique et finissaient dévorés par les chiens errants. D'autres étaient coupés en deux par la taille au moyen d'une corde fine. Remarquons encore ici que, des siècles plus tard, Staline étudiera minutieusement les méthodes de torture d'Ivan le Terrible.

La terreur possédait l'âme d'Ivan et chacun comprenait que le tsar n'était plus sain d'esprit. Il voyait partout des présages funestes et parfois même croyait entendre sonner le glas à l'horloge du Kremlin.

Mais Ivan ne se contenta pas de terroriser physiquement son pays. Il entreprit de le harasser moralement en supprimant les points de repère, en alternant de façon arbitraire les faveurs et les sanctions, les retours à la sagesse et les nouvelles atrocités.

Soudain, tout aussi brusquement qu'elle avait commencé, la vague de terreur s'interrompit et, en 1566, le tsar pardonnait à de nombreux condamnés, rappelait une partie des exilés et convoquait le Zemski Sobor [1]. Près de quatre cents députés, représentant la noblesse, l'administration, les villes, l'Église et même la paysan-

1. L'assemblée des boyards et des représentants des régions de la Russie.

nerie, furent réunis au Kremlin et encouragés à exprimer en toute liberté leurs opinions sur les affaires publiques. Cependant, certains malheureux téméraires osèrent critiquer la création de l'*opritchnina*. Le tsar les fit aussitôt liquider. Une nouvelle vague de terreur, plus longue que la précédente, commençait. Les colères du tsar n'épargnaient personne. Les boyards bien sûr, mais aussi le métropolite qui finit étranglé. L'héritier du trône, Ivan, lui-même tué par son père. Au despotisme féroce s'ajoutait la guerre. Elle faisait rage, interminablement, contre la Pologne et la Suède qui osaient résister.

Officiellement, l'*opritchnina* cessa d'exister sept ans à peine après sa naissance mais son nom allait continuer pendant des siècles à être associé aux pires excès et à qualifier, dans le privé, les différents avatars de la police secrète qui se succéderaient.

Ivan le Terrible fut aussi le grand constructeur des souterrains du Kremlin. Au début du XXe siècle, Ignatius Steletski, un archéologue, entama des recherches pour retrouver ces galeries dont on connaissait l'existence mais non le tracé, resté secret[1].

Certains de ces souterrains et d'autres lieux cachés de Moscou ont été construits en cachette par les tsars, l'Église ou de grandes familles.

---

1. Au XVIIe siècle, l'un de ces tunnels fut construit pour faciliter les rendez-vous amoureux de Sofia, fille du tsar, avec le prince Galitzine, descendant de l'une des plus anciennes et plus prestigieuses familles de Russie. Ce conduit reliait le palais du Kremlin à celui des Galitzine, dans le centre de la capitale.

Les plus anciens de ces tunnels furent percés par les Italiens lorsqu'ils conçurent le Kremlin à la demande d'Ivan III. Il existe par exemple un passage sous certaines tours du Kremlin. Plusieurs se glissent sous l'actuel musée d'Histoire, un autre encore rejoint la Moskova. Toutes ces issues dérobées furent prévues pour faciliter la fuite lors de crises et de guerres.

Le grand utilisateur de ce réseau caché fut bien entendu Ivan le Terrible qui cultivait un goût pour ce type d'ouvrage et devait trouver là un exutoire à son romantisme noir. Il se fit d'ailleurs édifier un palais secret, en dehors de Moscou [1], relié au Kremlin par un long tunnel, connu seulement de quelques initiés. Le clergé fit aussi appel aux Italiens pour concevoir des systèmes de portes dérobées et de corridors secrets. Ainsi les cathédrales du Kremlin abritent-elles certains de ces « doubles fonds » architecturaux. Leur coupole recèle des pièces secrètes destinées à résister au feu et aux pillages ; c'est là qu'étaient entreposés certains trésors du tsar.

En 1584, sentant sa fin proche, Ivan convoqua ses fidèles au Kremlin et exigea d'être porté jusqu'à Saint-Basile. Il voulait une fois encore contempler cette église insolite, surmontée de bulbes aux couleurs éclatantes, dont l'architecture intérieure laissait voir des cabines, des petites loges, des escaliers dérobés, des fenêtres de toutes formes percées ici et là. Mais sa vue se troubla et il demanda qu'on le ramène au Kremlin.

---

1. Le palais Youssoupov.

Il se détendit peu à peu dans l'ambiance familière des pièces voûtées, recouvertes de dessins religieux sur fond d'or. Son regard se posa sur l'énorme dais de bois sculpté garni d'émaux aux armes des provinces. « Tant de provinces réunies... » dit-il.

Faisant encore quelques pas, il porta son regard sur la porte recouverte de plaques d'or ciselé dont le fronton représentait des animaux fantastiques, et qui menait à ses souterrains. À qui iraient ces richesses ? À son fils Fédor ? Il était si faible. Mais son vigoureux *opritchnik*, Boris Godounov, était là pour veiller sur le Kremlin...

Lorsque vint le jour fatidique, Ivan, dès son réveil, fit rouler dans ses mains les pierres auxquelles il attribuait une force magnétique. L'après-midi, malgré sa lassitude, il se sentit mieux et joua aux échecs. Étrangement, sur l'échiquier, le roi tomba à trois reprises sans aucune cause apparente. Quelques instants plus tard, il demanda à boire puis s'effondra.

Ivan le Terrible s'éteignit à l'heure précise où la verdure exubérante des jardins du Kremlin revêt une noirceur contrastant si fort avec le ciel, comme les traits du caractère de ce tsar déchiré qui ne connut ni limite ni tempérance.

Une des plus grandes ruptures de l'histoire du Kremlin survint de cette époque. L'*opritchnina* fut la première tentative de la Haute Police d'instaurer un pouvoir absolu, cent cinquante ans avant Pierre le Grand. Ceci aboutit à la réunion des terres russes à la Couronne, au détriment des boyards, afin de constituer un État fort.

Ainsi l'intérêt d'État symbolisé par le souverain primait sur tous les autres. La quête individuelle devait s'effacer devant l'esprit communautaire. Ivan le Terrible demeure le prototype même des autocrates russes dont les grimaces se refléteront dans le miroir de l'histoire du Kremlin sous les traits de Pierre le Grand, certes plus occidentaliste, ou encore de Joseph Staline, qui interprétera, à sa façon, les traditions d'Ivan, en utilisant la terreur comme instrument de la lutte des classes. D'ailleurs le dictateur rouge du Kremlin n'hésitera pas à présenter ce tsar comme un politicien d'envergure exceptionnelle qui sut réaliser les objectifs historiques de son pays et réussit son coup d'État contre les boyards en s'appuyant sur sa police secrète et grâce « à la coalition des citadins et des vassaux, créant ainsi l'unité du pays contre l'ingérence étrangère ». Son seul regret, confiera Staline au comédien qui incarnait Ivan dans le célèbre film d'Eisenstein (Nicolaï Tcherkassov), fut que ce tsar ne soit pas allé jusqu'au bout de son entreprise, « empêché par son Dieu ».

La légende noire et dorée d'Ivan le Terrible a percé l'histoire du Kremlin à travers les siècles. Le successeur d'Ivan le Terrible, Fédor Ivanovitch (1557-1598), était considéré comme un simple d'esprit. C'était un homme doux et humble, qui avait vécu loin des crimes de son père, s'isolant sur les clochers, bavardant avec les pigeons et les cigognes. Comme il n'était guère enclin à prendre part au gouvernement de son pays, un grand conseil de régence fut nommé pour diriger le Kremlin. Boris Godounov, « premier boyard », devint alors le véritable souverain de la Russie. On construisit au Kremlin, pour lui et sa famille, une demeure spéciale où il recevait les ambassadeurs étrangers et signait tous les actes concernant la politique intérieure et extérieure.

Boris Godounov était un étrange personnage. Doué d'une grande intelligence, il n'avait pas cru nécessaire d'apprendre à lire et à écrire ! Il signait en griffonnant quelque chose de bizarre qui ressemblait à un minuscule oiseau des champs (*godoune* signifie en tatar « alouette »).

D'origine tatare, il fit une carrière politique d'envergure et épousa la fille de Maliouta Skouratov, le chef de la terrible police secrète d'Ivan IV. C'est ainsi qu'il réussit à se protéger, durant toute l'époque de la terreur. Pour consolider sa situation au Kremlin, Boris Godounov décida de marier Fédor à sa sœur ; il organisa donc la fameuse cérémonie de présentation des fiancés, mais le pauvre Fédor, qui était timide et craignait les femmes, refusa de s'y rendre.

Godounov, en accord avec le métropolite son ami, déclara tranquillement que le tsar avait choisi sa sœur pour femme et le mariage fut bientôt célébré dans la cathédrale du Kremlin.

Fédor ne vint jamais voir son épouse. Le tsar continuait à cavaler dans les cours, s'amusant avec des jeunes gens à sonner les cloches... Il réussit néanmoins, avec l'aide de Godounov, à reprendre aux Suédois les villes russes perdues par son père. Ce tsar parvint encore, certes grâce à Godounov, à faire « monter en grade » le métropolite de Moscou ; il invita, au Kremlin, officiellement, le patriarche de Constantinople et obtint de lui qu'il consacre solennellement le métropolite comme patriarche.

Comme Ivan le Terrible, Boris Godounov s'appuya sur la Haute Police pour affaiblir les boyards et s'efforça de fixer les paysans sur leurs terres. Par son habile diplomatie, il obtint que soient réunis au Kremlin les deux pôles de l'esprit byzantin : le tsar et le patriarche. Mais un drame survint, jetant une ombre sur la régence : le prince Dimitri, fils cadet d'Ivan le Terrible, seul héritier mâle de la famille régnante, mourut égorgé.

Boris Godounov fut-il le commanditaire de cet assassinat qui, objectivement, le servait ? Quoi qu'il en soit, Dimitri mort et Fédor n'ayant pas d'enfants, la dynastie était condamnée à disparaître et à laisser le trône vacant : Boris Godounov se trouvait le mieux placé pour prétendre à la succession.

Fédor Ier mourut en 1598. Boris Godounov, en sa qualité de « premier boyard », convoqua l'Assemblée afin de procéder à l'élection d'un nouveau tsar et le patriarche proposa immédiatement la candidature de Godounov.

Après avoir assisté à une messe grandiose dans la cathédrale du Kremlin la foule partit en direction du couvent de Novo-Dievitchi où la veuve de Fédor, la sœur de Godounov, s'était retirée.

La « Haute Police » était toujours présente au Kremlin au cours des guerres de succession. « Des policiers, écrit l'historien Klioutchevski, armés de bâtons, marchaient derrière la foule. Les pèlerins avaient reçu l'ordre de tomber à genoux dès leur arrivée devant le couvent et de se mettre à pleurer et à hurler, pour prouver à la tsarine la profondeur de leur affection. Ceux qui ne criaient pas et ne se lamentaient pas recevaient des coups de bâton jusqu'à ce qu'ils se décident à pleurer. Le patriarche fit son entrée solennelle dans le couvent et, désignant la foule, dit à la tsarine : Regarde ton peuple ! Il te supplie de demander aux boyards d'élire comme tsar ton frère, Boris... »

Après cette scène, la tsarine s'adressa à l'Assemblée qui élut Boris Godounov tsar de toutes les Russies... Mais la fête à peine terminée, les boyards et la grande noblesse intriguaient déjà et fomentaient toute une série de complots. Reprochant à Godounov ses origines tatares, les conjurés faisaient courir le bruit selon lequel ce « beau-fils d'un bourreau » avait réussi à s'emparer du trône à la suite d'un meurtre ; ils rappelèrent que Dimitri, le jeune fils assassiné d'Ivan, était le seul prétendant légal du trône de Russie.

L'air du Kremlin devint irrespirable. Boris Godounov renforça sa police secrète. Moins féroce que celle d'Ivan IV, mais plus efficace, elle étala un réseau de délation qui traversa tout le pays. Les serfs eurent le droit de dénoncer leurs maîtres et en furent récompensés par de fortes sommes d'argent. De cette époque datent la confiscation des biens des boyards, l'exil des coupables, la déportation en Sibérie, qui était devenue province russe sous le règne de son redoutable prédécesseur.

La police de Boris Godounov lui rapportait fidèlement les rumeurs l'accusant de la mort du tsarévitch, ainsi que les critiques des boyards. Le tsar décida alors d'agir. En 1602, il convoqua au Kremlin le patriarche, quelques représentants de la noblesse triés par ses soins, et des marchands ; puis prit la décision importante d'exiler les chefs de l'opposition.

La ténacité du tsar étant aussi connue que sa malchance, il est probable qu'il aurait surmonté les coups du destin si une nouvelle terrible n'était arrivée au Kremlin en 1604 : des détachements polonais, ukrainiens et cosaques venaient de franchir le Dniepr, conduits par un homme prétendant être le tsarévitch Dimitri. Celui-ci déclarait avoir échappé aux soldats envoyés pour l'assassiner ! Ce « Dimitri » était décidé à détrôner Boris Godounov et à prendre sa place comme « tsar légitime de toutes les Russies »...

Une nouvelle grande aventure du Kremlin commençait.

Le Temps des troubles

Cette période de guerres, d'incertitudes politiques et d'affaiblissement du pouvoir que les Russes appellent le Temps des troubles continue à nourrir des peurs et des fantasmes. Elle fut d'ailleurs immortalisée par une tragédie de Pouchkine et un opéra de Moussorgski.

À cette époque apparut au Kremlin une pléiade d'imposteurs ou de « faux tsars ». Dimitri est le plus célèbre d'entre eux.

Au tout début du XVIIe siècle, les chroniques de Kiev relatèrent l'apparition d'un moine de taille moyenne, au visage lunaire et aux pommettes saillantes, précédé d'une réputation flatteuse. Il venait du prestigieux monastère de Tchoudov où il avait été remarqué pour son intelligence brillante, son éloquence et son sens de la diplomatie. Il descendait d'une famille de la petite noblesse et s'était fait moine, sous le nom de Grigori, après la mort prématurée de son père. Ce jeune homme aurait sans doute pu prétendre à une grande carrière ecclésiastique, mais le spectacle qu'offrait le Kremlin plongé dans l'instabilité en ces temps de troubles l'orienta vers un autre destin.

Parcourant le pays de monastère en monastère, il parvint jusqu'en Pologne où il décida de s'établir. Remarquablement doué pour les langues, il apprit rapidement le polonais et le lituanien et entra au service d'un prince polonais [1].

La vie de Grigori se transforma alors en une sorte de roman d'espionnage international mis en scène dans le décor sublime du Kremlin.

L'audace insensée qui anime souvent les grands destins poussa-t-elle Grigori à basculer dans l'imposture ? En tout état de cause, tombé malade, il confia à son confesseur qu'il était véritablement le fils d'Ivan IV. Immédiatement informé, le prince polonais adopta une attitude beaucoup moins méprisante à l'égard du jeune homme et le présenta à des membres de l'aristocratie polonaise, notamment au comte Mniszek, son beau-frère. Lors d'un séjour chez celui-ci, Grigori tomba amoureux de Marina, la fille du comte.

Criblé de dettes et sans scrupules, le comte vit aussitôt quel parti tirer de l'étrange personnage. Et, bien que Marina ne fût pas amoureuse de ce tsarévitch providentiel, son père entreprit de l'en convaincre. Aussi accepta-t-elle de devenir ce qu'on pourrait appeler une maître-espionne, au service de son pays.

L'occasion d'établir une relation privilégiée avec le roi de Pologne, Sigismond III, était inespérée. Les avantages qu'ils pourraient retirer de cette situation seraient plus qu'appréciables. Ils deviendraient même

1. Wichnevetski.

inestimables si Grigori réussissait, avec l'aide des Polonais, à s'installer au Kremlin...

Le comte présenta Dimitri au souverain polonais qui l'encouragea à se lancer dans la reconquête de son trône. Il chercha ensuite à obtenir le soutien des Jésuites, toujours prompts à s'imposer dans de nouvelles contrées.

Derrière cette aventure se profilaient des intérêts géopolitiques concordants. Les Polonais y voyaient un moyen de prendre l'avantage sur les Russes momentanément affaiblis, et les boyards y trouvaient une occasion de se débarrasser du tsar centralisateur Boris Godounov.

Une étrange transformation psychologique s'opéra alors. Tout laisse à penser que l'ancien moine crut tant à son rôle qu'il fut sincèrement convaincu d'être le vrai Dimitri.

Il entra en Russie en octobre 1604 à la tête d'une troupe de mille cinq cents hommes environ, des cosaques aguerris, mais aussi des soldats de fortune et des aventuriers divers. Ces forces hétéroclites réussirent cependant à progresser vers la capitale, car Boris Godounov, déjà malade, était politiquement et militairement affaibli.

Le printemps pourtant lui donna un regain de force et de réconfort. Fidèle à ses habitudes, le tsar Boris sortit pour contempler Moscou du haut des tours du Kremlin. Il jeta un regard pensif sur les bulbes étincelants des églises, puis fut pris d'un malaise. Le patriarche de Moscou et des prêtres de la cathédrale voisine accoururent à son chevet et l'assistèrent dans ses derniers instants.

Boris Godounov enterré, sa mort ouvrit la route de Moscou au faux Dimitri, qui, quelques jours plus tard, entrait au Kremlin par la porte du Sauveur. Il se dirigea immédiatement vers la cathédrale Saint-Michel-Archange. Avec une grande solennité, le faux tsar alla se recueillir devant le tombeau d'Ivan le Terrible. Dehors, ses cosaques venus du Don, de l'Oural et de la Volga s'agenouillèrent à leur tour. Les bannières portées par le clergé flottaient au vent pendant que le son des trompettes se mêlait aux actions de grâces chantées par les chœurs de la cathédrale. Peu après, il fit déterrer la dépouille de Boris Godounov et l'envoya rejoindre les cadavres de sa femme et de son fils, étranglés quelques jours auparavant dans la « Maison des pauvres », un couvent où ils avaient trouvé refuge.

Le talent pour la mise en scène du faux Dimitri atteignit son apogée lorsqu'il traversa Moscou sur un cheval blanc en costume tissé de fils d'or rehaussés de pierres précieuses. Il avait préalablement pris soin de faire venir sa « mère » près de lui afin de faire son entrée dans la capitale en sa compagnie. La veuve d'Ivan le Terrible[1], devenue religieuse sous le nom de Marfa, joua son rôle à la perfection. Et, devant des milliers de personnes, entourée de dignitaires de l'Église, elle « reconnut » son fils et le serra longuement dans ses bras. Savait-elle pertinemment que ce

1. Maria Nagoï.

Dimitri-là n'était pas le sien ? Se prêta-t-elle au jeu pour se venger des humiliations qu'elle avait subies après la mort d'Ivan ? Quelle que soit la réponse, elle tenait sa revanche. Dimitri accompagna à pied le carrosse de sa mère jusqu'à Moscou où ils furent acclamés par une foule en liesse.

La population voyait dans le retour du tsar légitime un véritable miracle. Un énorme chapiteau avait été dressé sur les bords de la Moskova tout près du Kremlin. Selon la coutume, le faux Dimitri y reçut les gens du peuple et les représentants des corporations.

Dimitri épousa donc sa fiancée polonaise [1] et se mit à gouverner d'une manière peu habituelle pour le Kremlin. Contrairement à la coutume, il refusait de se reposer après le déjeuner, ne visitait pas les salles de torture et préférait se rendre chez les artisans pour parler avec eux de commerce et des moyens d'encourager les arts et métiers. Dans une lettre qu'il adressa au peuple moscovite, il déclara d'ailleurs qu'il « ne voulait gêner personne et qu'il voulait que son royaume soit libre » tout en ajoutant : « je veux enrichir mon État grâce au commerce. »

1. La légende raconte que, peu de temps avant leur mariage, la future tsarine reçut en son pavillon de bains la visite de son fiancé. Ils parlèrent longuement, enivrés par les effluves d'eucalyptus. Au fil des mots, Marina se surprit à apprécier cet homme auquel elle avait associé son destin. Peut-être recueillit-elle, ce jour-là, les confidences ou les confessions du faux Dimitri ? Mais lorsqu'il l'approcha, cette fois, elle ne s'éloigna point et devint sa femme.

L'illusion ne dura que quelques semaines. Les Polonais qui s'étaient installés au Kremlin avec Dimitri avaient été rejoints par un nouveau contingent assez nombreux et les querelles qui les opposaient aux Russes devenaient de plus en plus fréquentes et violentes. Les Moscovites se mirent à les haïr et à s'en plaindre ouvertement au tsar. Pis encore, les boyards envisagèrent un coup d'État : le faux Dimitri, qui leur avait permis de se débarrasser de Boris Godounov et de sa famille, ne servait plus à rien...

Le 26 mai 1605 au petit matin, Dimitri et sa femme furent réveillés par le vacarme des cloches. Une troupe commandée par des boyards venait d'entrer dans Moscou et se dirigeait vers le Kremlin. Le faux Dimitri fut vite attrapé et aussitôt mis à mort. Son corps fut déchiqueté, promené dans tout Moscou puis brûlé. Ses cendres furent mises dans un canon avec lequel on tira symboliquement vers l'Occident... Quant à Marina, elle parvint à s'enfuir et vécut encore de nombreux avatars.

Étrange réminiscence ou clin d'œil de l'histoire ? Quatre siècles ont passé et pourtant, il n'y a pas longtemps, une Moscovite emmitouflée dans un manteau rapiécé rappelait cet épisode lointain : « Nos chefs, quels qu'ils soient, de Gorbatchev à Eltsine, termineront comme le faux Dimitri. On les mettra dans des canons et on tirera vers cet Occident qui se moque bien de nous. »

Le fantôme de Dimitri hante-il encore les souterrains du Kremlin ? En tout état de cause, les historiens actuels rechignent à le considérer comme un simple imposteur ou espion polonais. Son cas est plus complexe. D'abord parce qu'il crut fermement qu'il était le fils d'Ivan le Terrible ; ensuite parce qu'il se révéla, comme plus tard Gorbatchev, un roi de l'ambiguïté, un équilibriste habile dont les paroles pouvaient s'interpréter différemment selon les interlocuteurs. Enfin, parce qu'il s'efforça de régner avec un esprit de justice.

« Il existe deux façons de régner au Kremlin », écrivait-il : « Avec miséricorde et grandeur d'âme ou comme d'habitude, avec sévérité, en versant le sang. J'ai promis à Dieu d'employer la première. »

Toutefois, le faux Dimitri apparut aussi comme un partisan de l'ouverture du pays sinon de « la vente du Kremlin » à l'étranger, ce que les Russes ne lui pardonnèrent pas, voyant en lui un instrument ou un agent de l'étranger.

Le faux Dimitri assassiné, un boyard, Basile Chouïski, lui succéda au Kremlin. L'État commença à se décomposer ; les prétendants au trône devinrent de plus en plus nombreux : le fils du roi de Pologne, Ladislas – un catholique – monta sur le trône à son tour...

Dans cette situation de désordre et de menace pour l'identité nationale, l'institution ecclésiale restait la seule force organisée toujours fidèle aux grands desseins du Kremlin. Avec le patriarche à sa tête, elle prit la direction du mouvement national qui aboutit, en 1613, à l'élection de Michel Romanov, issu d'une lignée assez effacée promue par le mariage d'Ivan le Terrible avec Anastasie Romanov, célébré en 1547.

De cette crise, le sentiment national, centré sur le Kremlin, sortait renforcé, avec la pleine conscience de la nécessité d'un tsar autocrate, d'un État centralisé et d'une Église puissante.

Les premiers Romanov durent affirmer leur légitimité en même temps que leur fidélité au passé et leur droit à la succession héréditaire. D'où la constitution d'un style national qui utilise l'héritage populaire du Kremlin. Car déjà, la classe des marchands, solidement établie à Moscou comme en province, cherchait, comme les boyards du Kremlin, un nouveau mode de vie et manifestait un goût certain pour l'art. Les Stroganov, marchands enrichis par l'exploitation des salines puis des fourrures, devinrent les mécènes du Kremlin. Ils se construisirent des palais de pierre ; leurs ateliers mirent au point la technique de l'émail translucide. Ils encouragèrent également la peinture d'icône.

Marquée par son héritage historique, la Russie était une des puissances montantes de l'Europe des XVIIe et XVIIIe siècles. Si elle restait un pays arriéré et gouverné d'une main de fer, la Cour impériale du Kremlin, elle, devint progressivement brillante et raffinée tandis que la bureaucratie d'État très développée s'imprégna de la tradition des chancelleries secrètes.

La « parenthèse » de Saint-Pétersbourg

Lorsque Pierre Ier prit effectivement le pouvoir au Kremlin, à la mort de sa mère, en 1694, il était en fait cotsar avec son demi-frère Ivan. Le tsar Alexis, leur père, avait eu deux fils, Fédor et Ivan, de son premier mariage et un fils, Pierre, de son deuxième mariage avec Nathalie Narychkine. Fédor succéda à son père en 1676 mais mourut six ans plus tard.

Après une lutte de clans, la régence fut confiée à leur sœur aînée, Sophie, qui prit goût au pouvoir. Sa première tentative de coup d'État échoua en 1689. Mais Pierre, de son côté, rallia à lui plus d'amis et d'unités militaires que Sophie et son entourage. Il confia alors le gouvernement à sa mère et à des conseillers. Ainsi la domination du Kremlin vécut-elle ses dernières années. Ce furent aussi les dernières années de formation d'un tsar autodidacte, jusqu'alors relégué dans un village hors de Moscou, livré à lui-même, à ses propres curiosités, à une éducation empirique puisée dans le faubourg étranger de la capitale.

À l'époque, le jeune tsar commença à mépriser « l'esprit du Kremlin » avec ses pesanteurs et ses traditions ancestrales. Ce sentiment déjà ténu fut renforcé par un long voyage à l'étranger. Pierre participa, en principe incognito, à ce périple qui dura dix-huit mois et le conduisit en Prusse, en Hollande, en Angleterre, en Autriche. Il revint précipitamment de Vienne en 1698 pour écraser un nouveau soulèvement de la garde des streltsy en faveur de Sophie. En effet de mauvaises nouvelles étaient arrivées de Moscou où une révolte venait d'éclater. Les insurgés avaient tout simplement annoncé la mort du tsar et demandé le couronnement de Sophie, alors recluse dans un couvent. Quatre régiments marchaient sur le Kremlin.

Mais cette nouvelle tentative de coup d'État échoua, car les sept régiments fidèles à Pierre les arrêtèrent et les massacrèrent. À Vienne, le tsar reçut le rapport des grands juges annonçant la fin de la révolte. Loin d'être calmée par cette nouvelle, sa hargne augmenta. Le souvenir des terribles journées du 15 au 19 mai 1689, quand sa famille avait été massacrée, ne l'avait pas quitté. Il annonça alors son désir d'enquêter personnellement. Tout au long du retour, il songea aux mesures qu'il allait prendre contre les révoltés...

À peine arrivé, il se rendit dans les bureaux de la police secrète [1], où les bourreaux torturaient sans relâche les accusés. Dans ses accès de rage, il fit trancher bon nombre de têtes devant lui. Les grands juges se tenaient à ses côtés, terrorisés, car le tsar les menaçait en leur reprochant leur « magnanimité ».

1. *Preobrajenski Prikaze*.

Ces exécutions, qui sonnèrent le glas de l'influence du Kremlin, commencèrent le 10 octobre 1698 sur la place Rouge. Voici la description détaillée du massacre auquel assista le secrétaire de la Légation autrichienne[1] : « ... Le tsar invita tous les envoyés des princes et des potentats étrangers à assister à cette manifestation de sa justice impitoyable. Devant la caserne du régiment Preobrajenski s'étend un terrain vague, surmonté d'une petite butte. C'est là qu'ont lieu les exécutions. Chacun des condamnés portait deux cierges allumés. La procession et le supplice commencèrent. Les boyards et les courtisans durent imiter le tsar qui avait saisi la hache, et tranchait les têtes. Non loin de là, hurlait la foule des femmes et des parents des condamnés, derrière un triple rang de gardes. Les cris de douleur des suppliciés se mêlaient à ceux de la foule.... Cent trente insurgés furent extraits de la maison du générale Cheïne : une mort plus atroce encore que la décapitation les attendait : le pal et la roue. À l'entrée de toutes les portes de Moscou, on avait dressé sur l'ordre du tsar des potences doubles, destinées ce jour-là à six rebelles. Le tsar inspecta les gibets, vêtu d'une pelisse verte. En rangs serrés, tel du bétail, les condamnés s'avancèrent, la marche entravée par des tablettes de bois, et montèrent sur l'échelle de la potence ; ils firent trois fois le signe de la croix – avec deux doigts – et se couvrirent le visage de leur tunique, suivant la coutume du pays. Le tsar escalada rapide-

1. Johann Georg Korb.

ment une potence et parla à un condamné ; ce dernier l'écouta et hurla : « Arrière, Antéchrist ! »

Pierre épargna Sophie, mais ordonna qu'on pende les chefs de la révolte sous les fenêtres de sa chambre. On épingla sur la poitrine des cadavres des tracts et des pétitions qui devaient être adressés à Sophie « après son couronnement ».

L'exécution de ces insurgés était le premier acte de la lutte acharnée menée par le tsar contre les traditions russes et pour le renouveau de l'Empire. Bon nombre des réformes de Pierre étaient nécessaires, comme l'émancipation de la femme, l'instruction obligatoire des fils de nobles. En revanche, certains oukases étaient singuliers, ainsi celui ordonnant à ses sujets de se faire couper la barbe et de porter des habits polonais. Les réfractaires furent décrétés ennemis du tsar et du régime. Celui qui refusait de se séparer de sa barbe devenait automatiquement un « traître ». La police ramassait les barbus, leur « assouplissait » le caractère au commissariat ; après quoi, on coupait la barbe, les cheveux, parfois la tête, aux récalcitrants. On coupait aussi la longueur excessive des habits masculins et féminins. Le tsar, d'après les observations de son voyage en Hollande et en Angleterre avait, en effet, fixé la longueur des habits et des robes ; il s'occupa lui-même de cette « réforme vestimentaire », allant jusqu'à fixer le nombre de boutons qui devaient figurer sur une veste. La police arracha donc les boutons superflus... Un oukase interdit également, sous peine de mort, aux tailleurs russes de « bâtir à la russe ».

Cette politique porta un tort énorme aux réformes de Pierre le Grand. Les Russes s'entêtèrent et furent bientôt prêts « à perdre leur tête plutôt que leur barbe ».

Ces événements dramatiques firent prendre désespérément conscience à Pierre que la Russie devait être occidentale, sinon elle ne pouvait être. D'où cette énergie de réformateur qui jeta une partie du pays du côté des Lumières de manière irréversible, même si l'autre partie se figeait dans un traditionalisme symbolisé par le Kremlin.

La Russie pouvait rattraper l'Occident, son potentiel humain et ses richesses naturelles le lui permettaient ; elle devait non seulement entrer dans le concert des grandes puissances européennes, mais en devenir la plus grande. Les premières victoires sur les Polonais et les Suédois se conclurent par la fondation de Saint-Pétersbourg en 1703 ; l'écrasement de Charles XII en 1709 à Poltava confirma la puissance des armées russes que découvrait l'Europe. Elle entraîna la prise en main par le tsar de la construction de la nouvelle ville qui devint capitale de fait en 1712, officiellement en 1715.

Le cœur du pays battait désormais hors du Kremlin. La Moscovie avait disparu.

Napoléon au Kremlin

Il faudra attendre l'époque des guerres napoléoniennes pour que le Kremlin retrouve son rôle dans l'histoire, à la suite de l'invasion française de la Russie en 1812.

Léon Tolstoï, dans *Guerre et Paix,* décrivit cette entrée dans Moscou. « Napoléon, assis sur une chaise, aux monts des Moineaux, attendait que les boyards lui apportassent, comme cela se passait dans les autres villes qu'il prenait, les clefs de la capitale [...] Cette sacrée ville de Moscou avec son Kremlin. Mais les boyards ne vinrent pas [...] Moscou était déserte [...] On y chercha des boyards et on n'y trouva que des ivrognes. Les dix mille habitants qui restaient pillaient les dépôts d'eau-de-vie. »

Napoléon passa la première nuit de son arrivée dans Moscou près d'une porte de la ville ; le lendemain, il installa son campement dans l'ancien palais des tsars, au Kremlin.

L'automne avait déjà effeuillé les arbres, exhalant une odeur âcre d'écorce humide. Derrière les épais murs de brique, l'enfant de la Corse pensait avoir réalisé le plus fou de ses rêves : régner sur cette ville « fabuleuse, splendide et chimériquement lointaine ».

Le 15 septembre 1812, l'Empereur se coucha tôt. Certes, les informations étaient contradictoires mais il avait quelques raisons d'être satisfait. Les rapports de ses espions confirmaient que la noblesse russe voulait désormais la paix. Soudain, une lumière éclatante envahit la chambre de Napoléon, le réveillant en sursaut. L'Empereur sortit de son lit, s'approcha d'une fenêtre, puis d'une autre. Partout, le même spectacle : une lueur aveuglante, d'immenses tourbillons de flammes, des rues transformées en fleuves de feu, des bâtiments brûlant comme d'énormes bûchers. Un vent de tempête soufflait sur l'incendie, le poussant droit sur le Kremlin. Les hurlements du vent étaient si forts qu'ils couvraient par moments le fracas des maisons qui s'écroulaient. L'empereur était atterré. Si les flammes s'approchaient du Kremlin, c'était la mort assurée pour lui, sa suite et son état-major car le dépôt de poudre abandonné par les Russes risquait d'exploser.

Mais qui donc avait osé déclencher un tel désastre ? Le tsar Alexandre Ier, prostré dans les glaces et les dorures de son palais de Saint-Pétersbourg ? Koutouzov, vieux général borgne, commandant en chef des armées ?

Depuis cette catastrophe, les services secrets russes et français sont placés au centre d'un débat historique. En effet, l'état-major russe accusa les espions français agissant sous la houlette du marquis de Chambray. Plus prudent, Tolstoï prétendit que l'incendie avait été le fait de milliers de soldats maraudeurs qui, pour s'éclairer dans les maisons qu'ils pillaient, y pénétraient avec des torches de fortune. Les historiens français accusèrent Rostopchine, le gouverneur général de Moscou, ancien favori et Premier ministre de Paul Ier. Cet homme était une force de la nature. Il y avait en lui un mélange détonant d'amertume, de rancune, de haine pour l'envahisseur, de courage, d'esprit caustique. Son instinct de chef lui avait soufflé que le combat contre les Français était la chance de sa vie...

Pour Glinka, le chef des volontaires, célèbre organisateur de la résistance, la providence avait tout simplement permis le bûcher. L'incendie de Moscou, c'était le feu venu du ciel pour purifier la ville. « Car, dit-il, là où, dans les palais du Kremlin, il y avait naguère les joies temporelles, des fleuves de feu coulent et consument la vanité des hommes. »

Une des tours du Kremlin s'enflamma bientôt. Quel contraste entre cette cité de l'enfer et celle qui avait offert à la contemplation de Napoléon son ensemble inoubliable de palais roses et verts, d'édifices azur et blancs, de coupoles, de flèches, de tours, de clochers, de dômes bleus, dorés, violets, comme posés sur une prairie immense, tant les parcs et les larges jardins étaient nombreux dans cette ville.

Tandis que la tour du Kremlin se transformait en torche, devant les vitres qui éclataient sous la chaleur, le comte de Ségur, aide de camp de l'empereur, insista : « Il faut partir, vite, ne pas perdre un instant. » Napoléon, très pâle, reprit peu à peu son sang-froid. Il contemplait l'incroyable vision de Moscou en flammes et, lui qui était resté sans voix pendant toute cette nuit terrible, s'exclama enfin : « Ce sont eux qui ont mis le feu. Quels hommes ! Ce sont des Scythes ! » Un peu plus tard, il s'écriera : « Quelle audace, des barbares ! Quel spectacle épouvantable ! »

Le maréchal Mortier fit tout son possible pour sauver le Kremlin. En vain. Alors que l'Empereur hésitait encore, l'incendie menaçait d'embraser le palais et de couper toute retraite. L'aube pointait. La situation devenait critique, une fumée âcre pénétrait dans le palais et coupait la respiration : « Cela dépasse tout, dit Napoléon en s'adressant à Caulaincourt. C'est une guerre d'extermination, une tactique horrible, sans précédent dans l'histoire de la civilisation... Brûler ses propres villes... Le démon inspire ces gens... Quelle résolution farouche... Quel peuple ! Quel peuple ! »

Comme fasciné, Napoléon restait immobile. Pour obtenir enfin qu'il quitte le palais, le vice-roi Eugène et le maréchal Berthier, son second favori, se jetèrent à ses genoux.

Une sinistre lueur rouge embrasait toujours le ciel. Toute la ville ou presque brûlait ; les flammes jaillissaient en cinquante endroits à la fois. Le long des principales artères, tout n'était qu'une ligne de feu...

Dans la cour du palais habité par Napoléon, les grenadiers français fusillèrent les agents de police russes qu'ils soupçonnaient d'avoir mis le feu. Les flammes surgissaient de partout. Il était trop tard pour partir vers le palais Petrovski, situé dans les faubourgs de la ville.

Napoléon, suivi de ses maréchaux, descendit en courant le grand escalier et s'élança dans la fumée pour gagner une des portes du Kremlin. Mais là aussi, les flammes jaillissaient de tous côtés. L'Empereur et ses maréchaux durent emprunter le couloir souterrain du Kremlin, celui qu'avaient utilisé les boyards en 1682, pour échapper à la colère de la garde du tsar.

Le 18 septembre, par chance, la pluie s'abattit sur Moscou et éteignit l'incendie. Le 19 septembre, l'Empereur revint au Kremlin et se fit apporter les archives de l'État russe concernant la révolte de Pougatchev, ce fameux chef de jacquerie russe. Napoléon s'enferma avec le consul de France à Moscou, Lesseps, et Caulaincourt et leur posa cette question : « Et si nous répétions l'exploit de Pougatchev ? Si nous appelions les paysans à la révolte ? Si nous ameutions les Cosaques contre le tsar ? »

Lesseps répondit :

– Il faut trouver pour cela un faux Dimitri. Nous n'en avons pas.

L'Empereur appela alors au Kremlin Mine Aubert-Chalmais, une Française habitant Moscou depuis longtemps. Mais elle le dissuada de jouer la carte de la jacquerie russe. Vers le 15 octobre, Napoléon convoqua ses maréchaux et forma un grand conseil de guerre. Il proposa de brûler les restes de Moscou, de faire sauter le Kremlin, et de marcher sur Saint-Pétersbourg où Macdonald viendrait rejoindre la Grande Armée.

Mais, devant les protestations de ses maréchaux, Napoléon renonça à son plan. Celui que le peuple russe appelait désormais l'Antéchrist demeurait hébété en voyant la victoire lui échapper sous ses yeux.

L'automne de cette année 1812 était exceptionnellement doux, fait rare dans cette région. Les feuilles dorées des arbres du Kremlin recouvraient les pavés devant la cathédrale Saint-Basile que l'Empereur appelait avec mépris « la mosquée ». Il se tourna vers Caulaincourt et lui dit : « À Moscou, l'automne est aussi doux qu'à Paris... Le Kremlin ressemble à Fontainebleau en cette saison. » Esquissant un sourire, il ajouta : « Voilà donc un échantillon de ce terrible hiver russe avec lequel M. de Caulaincourt fait peur aux enfants ! »

Le maréchal Berthier vint voir l'Empereur et insista pour quitter Moscou avant les pluies. Il était grand temps de se retirer dans les quartiers d'hiver ; en outre, de fortes concentrations de Cosaques avaient été signalées à une centaine de kilomètres du Kremlin.

Dans la nuit du 17 au 18 octobre, les troupes russes attaquèrent. Guidées par un espion russe d'origine polonaise, transfuge, sous-officier de l'armée française, les troupes du tsar coupèrent la retraite à Murat... Difficilement, celui-ci redressa la situation.

Dès qu'il reçut le rapport de Murat sur cette bataille, Napoléon ordonna de quitter Moscou. Mais les Russes engagèrent la bataille et le rejetèrent sur la route de Smolensk. Coupés de leurs bases de ravitaillement, harcelés jour et nuit, les soldats de Napoléon prirent la fuite. L'armée de l'Empereur, qui comptait plus de 500 000 hommes au départ, n'en avait plus que 60 000 en traversant la Berezina ; 30 000 seulement rejoignirent la France...

Le maréchal Koutouzov, commandant en chef des troupes russes, adjura Alexandre Ier de s'arrêter sur le Niémen, car « l'écroulement définitif de Napoléon ne serait favorable qu'à l'Angleterre et aux ennemis de la Russie à la longue ».

Mais le tsar répondit sèchement : « Lui et moi ne pouvons régner ensemble. »

Nicolas Ier ou la naissance de la Haute Police

Le vainqueur de Napoléon Ier, le tsar Alexandre Ier, mourut subitement en Crimée le 1er décembre 1825, sans laisser de descendance. Le renoncement au trône du plus âgé de ses frères, Constantin, provoqua une vacance du pouvoir. C'est alors qu'un groupe de militaires acquis aux thèses libérales d'Europe occidentale tenta un coup d'État pour évincer le successeur désigné – le grand-duc Nicolas. La révolte échoua et les instigateurs du mouvement, de jeunes officiers passés à la postérité sous le nom de « décabristes » ou décembristes, furent exécutés ou exilés en Sibérie. Ces événements dramatiques marquèrent profondément le nouveau tsar. Résolu à défendre l'autocratie, il combattit toute tentative de changement. À partir des années trente, ses convictions furent fondées sur le devoir, l'orthodoxie, la vénération des traditions et l'architecture du Kremlin.

Nicolas Ier allait régner pendant trente ans, avec des fortunes diverses et une autorité sans cesse grandissante. La deuxième capitale, Moscou, fut reliée par chemin de fer à Saint-Pétersbourg. De timides usines, aux cadres insuffisants, se dressèrent çà et là. L'exportation devint prospère. Et toujours cette question du servage, si anachronique pour l'Europe. Le tsar développa un art inspiré par l'idéologie slavophile qui, depuis l'élan patriotique de 1812, exaltait les valeurs nationales, condamnant l'ouverture sur l'Occident. Pourtant cette tendance s'inscrivait exactement dans le mouvement européen du romantisme. Elle s'exprimait en réaction contre le modèle français, à la fin du XVIIIe siècle, par une création imprégnée de mysticisme qui se référait aux mythes du Kremlin et aux légendes de la Russie éternelle.

Animé par cet esprit national, Nicolas Ier décida de créer une organisation qui allait très vite devenir « la force la plus puissante du pays », sous le nom de troisième section de la chancellerie personnelle de Sa Majesté, à qui le tsar aurait assigné la double tâche de servir d'instrument de répression contre les opposants politiques mais aussi d'être un « centre de réflexion sur la condition russe ».

À l'époque, au sein de cette organisation, se trouvaient réunis des représentants de la haute aristocratie. Son chef, Alexandre Benkendorf, d'origine germano-balte (comme l'étaient beaucoup des serviteurs du tsar), entra dans les annales en supervisant les activités littéraires du plus grand poète russe, Alexandre Pouchkine. Ses contemporains n'ont pas oublié non plus comment ce beau général enleva la célèbre actrice française Mademoiselle George, qui passa auprès de lui quelques années de passion.

Benkendorf dirigea la troisième section de la chancellerie personnelle du tsar de 1825 à 1844 et créa le terme de *Vischaya Policia*, « Haute Police » en français. L'homme de la rue lui rendit justice à sa façon : « Il est peu d'hommes, dit-il, que les Russes voudraient voir à sa place. » Son pouvoir fut en effet immense, et remonte à l'origine même du règne, le complot décembriste, qui prouva la nécessité d'une police efficace et lui donna l'occasion de manifester sa fidélité à l'empereur.

Depuis ce temps, l'uniforme bleu clair brodé d'argent des gendarmes produit chez tous les Russes une impression de respect mêlé de terreur : car la valeur des méthodes est rehaussée par le silence profond qui entoure les actions. Benkendorf n'était ni cupide, ni féroce ; mais il était borné et, vers la fin de sa vie, dévoué au mysticisme, il confiait ses affaires à Léon Doubelt, beaucoup plus redoutable que lui (on le surnommait « le Fouché russe »).

Se présentant comme « ingénieur en matière sociale », il donnait au monarque des analyses assez objectives de la situation politique. Paradoxalement Benkendorf et ses collaborateurs présentaient régulièrement au tsar des recommandations réformistes. En 1839, il écrivit par exemple dans un rapport adressé à Nicolas Ier : « Toute la Russie attend impatiemment du changement. La machine étatique doit être reconstruite. Les éléments clés de ces changements se trouvent dans la Justice et dans l'Industrie. »

La Haute Police fit également savoir à l'empereur

que la libération des serfs était « aussi nécessaire qu'inévitable ». Notons que si de pareils discours avaient été proférés dans la presse ou même dans le privé, leurs auteurs auraient assurément été exilés en Sibérie. Mais Benkendorf persista et signa. En 1839, un rapport spécial de la Haute Police préconisait le développement du chemin de fer ; en 1841, la réforme des services de santé ; en 1842, l'abaissement des impôts. Ses exposés ne furent jamais pris au sérieux par les historiens officiels, surtout les chroniqueurs soviétiques, qui les considéraient comme de banals rapports de police. Pourtant cet esprit réformiste fut une des prémices de l'apparition de « l'élite technocratique » dont parlait le colonel Joseph au début de notre récit. Elle était investie – selon les termes de Nicolas Ier –, de « la mission de défendre les intérêts supérieurs de l'État » ou pour reprendre la formule de Benkendorf, d'« une certaine idée du Kremlin ».

L'âge d'or de l'Okhrana

Quand le fils de Nicolas Ier, Alexandre II, âgé de trente-sept ans, monta sur le trône, en 1855, il hérita d'une guerre en Crimée et du brûlant problème de l'abolition du servage. Une nouvelle étape de la formation de l'élite de la Haute Police est liée aux activités de ce tsar réformiste qui libéra les serfs en 1861.

Ce monarque plaça à la tête de la Haute Police Loris-Melikov, prince d'origine arménienne. Celui-ci utilisa habilement son association politique avec la maîtresse puis l'épouse morganatique d'Alexandre II, la célèbre Katia Dolgorouki, et mit en route des réformes radicales de l'administration. Ses projets allaient cependant être contrariés par une dure réalité. Deux mondes s'affrontaient alors, celui de l'autocratie et des palais étincelants et celui de la rue, dominé par des révolutionnaires qui voulaient en finir avec le système tsariste. Ainsi le terrorisme fit-il du Kremlin son champ d'action privilégié, ses cibles étant les plus hauts personnages de l'État.

Un premier attentat commis à l'encontre d'Alexandre II en 1866 resta malgré tout un acte isolé mais, à partir de 1878 et avec la naissance de l'organisation Terre et liberté, les attentats se multiplièrent et l'empereur fit l'objet d'une véritable traque jusqu'à son assassinat, le 1er mars 1881.

Son successeur, Alexandre III (1881-1894), ne toléra aucune critique. Pendant son règne se forma une autre communauté prétendant exprimer les traditions séculaires du Kremlin : une sorte de société secrète appelée la Confrérie sacrée, réunissant plus de 10 000 personnes.

Au début, le tsar et son plus proche conseiller[1] avaient été plutôt séduits par leur activisme en faveur de la défense des intérêts russes contre les étrangers, mais bientôt le monarque fut contraint de dissoudre ce groupe, trop extrémiste et indépendant face à l'administration officielle. La Confrérie sacrée contribua néanmoins au développement des idées fomentées autour des « Cent Noirs », organisation qui devint célèbre par ses nombreuses actions antisémites au début du XXe siècle.

En 1880, fut formé au sein du ministère de l'Intérieur un secteur constitué d'un département central spécial et d'un réseau de division sécurité couvrant la totalité du pays. Le peuple connaissait ce réseau redoutable sous le nom d'Okhrana, héritier direct des traditions de l'espionnage du Kremlin.

En 1894, Nicolas II succéda à son père, le tsar Alexandre III. Âgé de vingt-quatre ans, le nouvel

1. Constantin Pobedonostsev.

empereur dut assumer un pouvoir autocratique contesté, dans un pays en pleine mutation.

En janvier 1895, le jeune tsar vint faire au Kremlin une sorte de pèlerinage symbolique pour honorer les traditions séculaires. Le thermomètre marquait moins vingt degrés, midi venait de sonner à la tour de Saint-Sauveur. Un véritable flot humain s'était déversé sur la place Rouge recouverte d'une neige épaisse. Une double haie de soldats était alignée en longues files. L'air était figé. Mordant, le froid se glissait insidieusement par les boutonnières, sous les pelisses et les capotes. D'innombrables traîneaux attelés de petits chevaux à robe rousse empruntaient, pour aller plus vite, la Moskova gelée. L'immense terre-plein était occupé par une foule dense que contenaient à grand-peine les soldats. À deux heures très précises, les députations provinciales et les représentants des corps constitués devaient être présentés au tsar.

La veille de l'arrivée du tsar au Kremlin pour cette occasion, Sergueï Zoubatov, le chef de l'Okhrana de Moscou, avait communiqué au ministre de l'Intérieur un rapport qu'il s'était chargé d'établir sur les tendances libérales qui se manifestaient à nouveau, depuis la mort d'Alexandre III. Chose grave, les officiers de la garnison du Kremlin, réunis au Cercle militaire, avaient osé voter une adresse au tsar qui contenait une allusion très nette à « l'obstacle séparant l'Empereur et son peuple » (par « obstacle », il fallait entendre les ministres et les conseillers d'Alexandre III que Nicolas II avait maintenus en fonction).

Le rapport de Zoubatov dénonçait donc un danger pressant. Il fallait faire admettre au jeune empereur qu'il ne pourrait continuer à régner qu'en rendant efficace son puissant appareil bureaucratique.

Nicolas II n'avait pas eu encore l'occasion de faire acte de souverain que, déjà, les vieilles intrigues se renouaient. Elles visaient à l'asservir à la machine bureaucratique de la Haute Police. L'activité du maître devait s'arrêter là où commençait celle de l'appareil.

Le jeune souverain se tenait dans la vaste salle d'apparat du Kremlin. Son trône était surmonté d'un dais orné d'un magnifique pavillon d'hermine. Les marches qui y conduisaient étaient recouvertes d'un brocart d'or brodé aux initiales de l'empereur. Tous les dignitaires de la cour se tenaient à distance respectueuse, avec de lourds uniformes rutilants, la poitrine parée de décorations. Lui seul avait adopté une mise volontairement simple en revêtant la tenue de colonel de son régiment, la croix de Saint-André en sautoir.

L'empereur de toutes les Russies énonça alors son discours. « Je suis satisfait de voir ici les représentants de toutes les classes, venus pour témoigner de leurs sentiments de sujets soumis et obéissants, et je crois à ces sentiments qui ont toujours animé le peuple russe [...] Qu'ils sachent que je maintiendrai le pouvoir absolu avec autant de fermeté que mon père [...] ».

Ce discours fut lourd de conséquences ; il résonna comme un avertissement terrible aux oreilles des pétitionnaires. Ils avaient espéré des réformes et avaient reçu une semonce.

Il restait cependant une autre stratégie, à long terme, élaborée par les dignitaires de la Haute Police sous la houlette de son chef emblématique, Sergueï Zoubatov : se lancer dans la manipulation tous azimuts pour essayer de sauver le régime.

Ce géant aux yeux de braise et aux gestes précis était un homme à part, qui, dans sa jeunesse avait été intéressé par les théories révolutionnaires. Riche de cette expérience, il proposa de remédier aux problèmes russes à la fois par des moyens policiers et par des actions politiques.

Sa grande idée était de court-circuiter à la fois le conservatisme de la noblesse et le radicalisme du mouvement révolutionnaire animé par l'esprit de lutte des classes, en pénétrant les syndicats et d'autres nouvelles structures politiques.

Zoubatov avait une réelle influence sur la société russe. Même une partie de la sociale-démocratie fut conquise par la personnalité de ce chef de la police de Moscou animé par des idées de transformation sociale.

Placée en première ligne, la police tsariste chercha donc à infiltrer les organisations d'opposition en réussissant à placer ses agents à leur tête. Eu égard à la très petite quantité de personnel employé – à peine plus de 15 000 personnes en 1916 – les résultats furent singulièrement brillants.

Comble de l'ironie, ce fut au sein de la fraction la plus radicale du Parti ouvrier social-démocrate russe que ces performances allaient être les plus spectaculaires. Son leader, Lénine, dut fuir la Russie, laissant à son bras droit Roman Malinovski le soin de parler en son nom. Or ce dernier, quoique membre du comité central du Parti, était également un agent bien rémunéré des services secrets du tsar. En 1908-1909, quatre des cinq membres du comité du parti bolchevique de la capitale étaient des collaborateurs de l'Okhrana.

Le naufrage

Pendant ce temps, la Russie était entraînée aux côtés des Alliés dans la Première Guerre mondiale. À l'est, l'offensive lancée en Prusse orientale s'essoufflant, les Russes amorcèrent un repli qui devait durer jusqu'en 1917. Ce revers fut cependant compensé par leur victoire sur les Autrichiens en Galicie. Le tsar avait pris la tête de ses troupes. La guerre promettait d'être longue. En deux ans et demi, cinq millions et demi de Russes allaient être tués.

En novembre 1916, le dernier gouvernement, à bout de souffle, mit le tsar en garde – s'il n'acceptait pas certains changements, la révolution risquait d'éclater. Mais celui-ci, rassuré par la présence des agents de sa police secrète au sein de tous les mouvements d'opposition, ignora le conseil de ses ministres.

Au début de l'année 1917, la situation politique s'était encore détériorée et les grèves devinrent de plus en plus fréquentes. Le 8 mars, le Kremlin se réveilla avec un froid de quarante-trois degrés au-dessous de zéro. Douze cents locomotives devinrent d'immuables blocs de glace. Cinquante mille wagons destinés à ravitailler le centre de la Russie furent paralysés. Hommes et femmes affamés se déversèrent dans la rue, en grève. Les soldats fraternisèrent avec les manifestants.

Le 15 mars, pour tenter de sauver la dynastie, Nicolas II abdiquait en faveur de son frère, le grand-duc Michel, mais celui-ci renonça au trône. Ce fut la fin de la dynastie des Romanov. Un gouvernement provisoire fut alors mis en place. N'étant pas parvenu à éviter la catastrophe, Zoubatov, l'idéologue de la Haute Police, se suicida.

Le soulèvement de février fut effectivement spontané, saisissant l'Okhrana par surprise parce qu'aucun des groupes révolutionnaires n'y avait pris part. La décision la plus importante du gouvernement provisoire fut sans doute l'abolition de la police secrète. Par peur d'être lynchés par la foule, ses agents se précipitèrent au siège du gouvernement, pour s'y faire arrêter.

À Berlin, la chute du tsar fut considérée comme une opportunité à saisir : les Allemands espéraient que la Russie se retirerait de la guerre et que les Alliés seraient ainsi affaiblis. L'état-major allemand mit alors à la disposition de Lénine un wagon plombé spécial et il regagna la Russie en traversant l'Europe sans encombre.

En octobre, l'insurrection bolchevique armée triomphait. Et, à l'ouverture du Congrès des soviets de toute la Russie, Lénine prenait la tête du gouvernement. En 1918, la capitale du pays était transférée à Moscou. Le leader bolchevique avait fait ce choix pour deux raisons. La première était politique : Saint-Pétersbourg symbolisait l'aristocratie tsariste. La seconde était stratégique : Moscou est située à l'intérieur des terres et se trouve donc moins exposée face à un éventuel ennemi.

En mars 1918, Lénine s'installait au deuxième étage de l'ancien bâtiment du Sénat, à l'intérieur de l'enceinte historique. Le Kremlin possédait alors, à peu de choses près, son apparence d'aujourd'hui. C'est toujours le même triangle dont les murailles font près de deux kilomètres et demi de long et dont la superficie atteint vingt-sept hectares et demi. Pourtant au fil des années, les dirigeants communistes procéderont à certains aménagements.

Lénine fit d'abord réparer la tour de Saint-Sauveur qui porte l'horloge et le carillon du Kremlin. Installés par un Anglais en 1625 et changés en 1706 à la demande de Pierre le Grand par des Hollandais, ils avaient souffert lors des combats de 1917. Le cadran ayant été partiellement détruit par un obus, le leader bolchevique fit alors installer un nouveau mécanisme qui interprétait *L'Internationale.*

Rythmée ainsi, la vie de la Russie s'enfonça alors dans une gigantesque terreur menée par la police politique.

Lénine au Kremlin

Le Kremlin retrouva son rôle de haut lieu du pouvoir, dont l'essence même fut exprimée par les activités de la Haute Police soviétique : ainsi le couple emblématique de notre histoire – tsar rouge et espion – devint-il inséparable.

Le destin des services secrets fut alors confié par Lénine à un aristocrate polonais barbu et nerveux, qui parlait le polonais, le russe, l'anglais et le yiddish, Félix Dzerjinski. Sa première ambition avait été de choisir le destin de prêtre de l'église catholique romaine, mais à l'âge de seize ans, il devint un révolutionnaire fanatique. Sa santé avait été considérablement altérée par de longues années de prison – il avait connu plus d'une fois la geôle sous le régime du tsar – et il ne s'était jamais complètement remis de sa tuberculose, malgré des séjours réguliers en Suisse et en Pologne. Âgé de quarante ans, il avait passé onze ans de sa vie en détention. Il devint un personnage clé du Kremlin.

Dans le mois qui suivit le coup d'État bolchevique d'octobre 1917, il proposa d'établir un appareil chargé de combattre la contre-révolution. En réalité, les bolcheviks voulaient renforcer leur pouvoir et créèrent à cet effet une « commission chargée de combattre la contre-révolution et le sabotage ». Le temps pressait : une grève générale s'étendait dans tout le pays. Lénine insista pour que Dzerjinski soit mandaté pour la brimer. Ce dernier déclara alors devant le Comité central exécutif : « C'est la guerre, désormais. Une question de vie ou de mort... »

La décision fut prise le jour même. Le 20 décembre 1917, le Comité formait une commission extraordinaire chargée de combattre la contre-révolution, la spéculation. On ne la désignerait bientôt plus que par les premières syllabes des mots russes « commission extraordinaire » : Tcheka [1]. Ainsi naquit, non sur la base légale d'un décret mais par une laconique résolution, ce que l'on peut appeler la Haute Police de Lénine, ancêtre du KGB (pendant la période soviétique, cet organisme changera maintes fois d'appellations [2]).

---

1. En 1918, quand le gouvernement soviétique déménagea à Moscou, la Tcheka fut logée au numéro 11 de la Bolchaïa Loubianka, dans les bâtiments de la Lloyds de Londres (avant de déménager au numéro 2 de la même place, dans l'immeuble de la compagnie d'assurances Panrusse, à quelques centaines de mètres du Kremlin).

2. Pour faciliter la lecture désormais nous allons utiliser deux termes : soit Haute Police soviétique, soit KGB. En 1922, la Tcheka devient la PU (Administration politique de l'État) puis, un an plus tard, à l'occasion de l'instauration de la première Constitution de l'URSS, l'OGPU (Administration politique combinée de l'État). Onze ans après, en 1934, après avoir appliqué un implacable plan

Croyant fanatiquement à l'efficacité de la « méga-terreur », Lénine privilégia manifestement la fonction répressive de ses services secrets. À ce propos, il ne se référa pas à la tradition du Kremlin sous Ivan le Terrible mais à la Révolution française. Aussi le leader bolchevique décrivit-il ainsi la personnalité de celui qui devrait diriger la police : « Nous devons trouver un prolétaire dévoué et... jacobin. »

En dépit de ses origines aristocratiques, Dzerjinski était le candidat idéal pour ce genre de besogne. « D'ailleurs, avoua-t-il, ne croyez pas que je cherche des formes pour une justice révolutionnaire ; actuelle-

---

de coercition des masses, pour la réussite de la collectivisation générale et forcée du pays, décidée en 1930, l'OGPU se transforme en NKVD (commissariat du peuple aux Affaires intérieures). En pleine guerre contre l'Allemagne (1943), Moscou décide de retirer les affaires de contre-espionnage de la compétence du commissariat aux Affaires intérieures, pour créer le célèbre *Smersh,* contraction du slogan « Mort aux espions ! » (*Smert shpionam*, en russe). Puis la police soviétique se divise en deux principaux organismes : le MVD et le KGB. Au MVD (ministère des Affaires intérieures) est dévolue la responsabilité de contrôler la police régulière, tout le système pénitentiaire et les sections spéciales, sévissant à l'intérieur du pays. Le KGB (Comité de sécurité de l'État) dépend directement du Conseil des ministres et garda son appellation jusqu'à la fin du communisme en URSS, en 1991. En fait, même aujourd'hui, pour un Russe de la rue, le « tchékiste » est un agent des services secrets de la Fédération de Russie qui d'ailleurs continuent à être appelés communément le KGB ! (Au temps des tsars, la police secrète a plusieurs fois, elle aussi, transformé son nom, sans jamais, bien entendu, abandonner ses pratiques.) En qualifiant ment, nous n'avons pas besoin de justice ! Aujourd'hui, nous sommes engagés dans une lutte au corps à corps, jusqu'au bout ! Je propose, j'exige l'organisation d'une répression révolutionnaire contre les agents de la contre-révolution. »

Au fil des années la Loubianka se transformera en un véritable État dans l'État assumant les responsabilités gigantesques de la police politique et économique, du contre-espionnage, des magistrats instructeurs, des juges. Elle fut chargée de prononcer les sentences et de les exécuter. Selon les estimations de l'académicien Alexandre Yakovlev, dès 1921-1922, dans les villes, un habitant sur quatre était un informateur secret. Ce pouvoir s'accrut d'une manière vertigineuse après la nomination de Staline au poste de secrétaire général du parti bolchevique en 1922.

Durant ces années, le chef de la police des soviets inaugura une pratique d'exécution ou la déportation des enfants ou des parents des opposants. Au cours de la guerre civile il lui arriva fréquemment de faire prendre des otages dans les autres partis révolutionnaires, pour s'assurer la loyauté des membres qui restaient en liberté. Pourtant, pour Lénine, ce n'était pas assez : il se plaignait du relâchement de la terreur. Dans une lettre concernant la formulation du code criminel, il écrivait : « La loi ne devrait pas abolir la terreur. Elle devrait être concrétisée et légalisée dans son principe, en toute clarté, sans détours ni fioritures. »

---

cette commission d'« extraordinaire », les bolcheviques voulaient laisser entendre qu'elle serait temporaire.

La guerre de succession

La fatalité et la passion, le fanatisme et la terreur : tous les ingrédients des drames du Kremlin étaient présents dans le tableau. Seul manquait un final tragique. Il allait se jouer sur la place Rouge.

Le vingt-quatrième jour du mois de septembre 1920, le chef incontesté de l'État bolchevique était de bonne humeur. La journée précédente avait été rude : il avait encore dû répéter qu'au Kremlin la vie humaine ne comptait pas ; que la fin justifiait les moyens. Il se remémora la pendaison de son frère aîné, âgé de dix-huit ans, condamné en 1887 pour avoir participé à un attentat contre le tsar Alexandre III. À l'époque, le jeune homme avait juré vengeance. Il se souvint aussi comment il avait assouvi sa haine. C'était en juillet 1918, les blancs approchaient dangereusement de la ville d'Iekaterinbourg où Nicolas II et sa famille étaient prisonniers. Ne voulant pas courir le risque de les voir libérés par les blancs, Lénine donna l'ordre de les exécuter sans autre forme de procès. Il se souvint aussi comment il avait rencontré la femme de sa vie à Paris en 1910. Inès Armand, cette révolutionnaire d'origine française était restée pour toujours à ses yeux bien plus qu'une maîtresse, son grand amour. Elle l'avait suivi à Moscou en 1918 mais ils ne vivaient désormais plus côte à côte comme autrefois à Paris. Elle s'était installée rue Arbat, alors que le leader bolchevique avait son appartement au Kremlin.

Lénine n'avait plus beaucoup de temps à consacrer à Inès. Il y avait deux raisons à cela, le travail et la maladie. Elle était l'une des rares à connaître l'état de santé de son amant. En effet, depuis la fin de l'année 1917, de terribles céphalées le martyrisaient. Lénine écrivait peu à « la camarade Armand », mais il lui téléphonait souvent. Inès non plus n'avait pratiquement plus de vie privée car elle occupait d'importants postes au comité central du parti bolchevique et au conseil économique de la province de Moscou. Ces derniers temps Lénine avait pourtant commencé à montrer en public ses sentiments pour Inès. Le chauffeur du leader bolchevique raconta cette scène révélatrice : alors que la femme de Lénine était en voiture avec son mari près du Kremlin, le hasard leur fit rencontrer Inès. Lénine descendit de la voiture et parla près d'une heure en tête à tête avec son amie.

Lorsqu'il revint, sa femme excédée lui dit : « Je croyais que tu étais pressé. »

Lénine répondit sèchement : « Ce n'est pas maintenant que tu vas devenir jalouse ! »

Mais en ce jour de septembre 1920, Lénine ne pensait plus à tous ces soucis car il y avait dans l'air une douceur et une légèreté particulières contrastant avec cette atmosphère électrique du Kremlin des bolcheviques sous les immuables bulbes dorés des cathédrales du Kremlin couverts de reflets turquoise, émeraude ou saphir.

Le leader bolchevique aperçut la silhouette noire de son chef de cabinet. C'était un vieux militant habitué à la dureté de la vie et à la clandestinité. En voyant son visage préoccupé, Lénine pensa : « Que me veut celui-là ? »

Il marchait droit, le vent léger s'engouffrait dans son manteau. « Que vous arrive-t-il, camarade ? » demanda Lénine. Le chef de cabinet, prostré, lui tendit sans un mot un télégramme. « Priorité absolue Lénine, le Kremlin. »

« Impossible de sauver camarade Inès Armand atteinte de choléra. Elle est morte le 24 septembre 1920. Renvoyons corps à Moscou. »

Lénine ne parvenait pas à y croire. Le matin même il avait demandé de veiller sur elle pendant son voyage dans le Caucase et avait reçu en réponse que « tout allait très bien ». Son visage changea subitement, son pas encore alerte quelques instants auparavant s'alourdit. Tous ceux qui ont vu Lénine en ces tristes jours témoignèrent de son abattement, telle sa collaboratrice[1] : « Jamais je n'ai vu un être humain si totalement absorbé par le chagrin, par l'effort de le garder pour soi-même, de le soustraire à l'attention des autres, comme si l'acuité de ses sentiments eût été diminuée si d'autres

1. N. Balabanova.

s'en étaient rendu compte. » Comme Ivan le Terrible, Lénine erra à travers les corridors du Kremlin, sans même saluer ses proches. Il se souvint de la période pendant laquelle, par la force des choses, il avait dû prendre ses distances vis-à-vis d'Inès. Cet éloignement avait-il anéanti leur amour ou la révolution tuait-elle invariablement ses enfants ? Lénine se sentait coupable de ne pas avoir laissé partir Inès pour la France.

Désormais c'était un homme brisé. Pourtant, il lui fallait vivre encore et s'occuper des affaires pratiques. Il demanda que le corps soit renvoyé à Moscou dans les plus brefs délais (habituellement, on enterrait les morts sur place). Aussi fallut-il attendre le 11 octobre 1920, presque trois semaines, avant l'arrivée de la dépouille mortelle d'Inès. Il y avait quelque chose de surréaliste dans les télégrammes du Kremlin à ce sujet. Lénine n'hésitait pas à menacer de mort les responsables locaux s'ils ne trouvaient pas de cercueil convenable pour la dépouille de sa maîtresse. Pendant la guerre civile, on enterrait les morts, faute de moyens, enveloppés d'une toile blanche ou rouge. Finalement, un grand cercueil fut envoyé à Moscou dans un wagon spécial. Lénine vint accueillir le corps d'Inès. Il marcha près du cercueil, de la gare jusqu'au centre de la ville. L'époux d'Inès, ses enfants et la femme de Lénine suivaient en retrait. Le cortège longea les rues enneigées. Les vitres des fenêtres du Kremlin reflétaient une lueur morne.

Un témoin [1] raconta l'émouvant et ultime tête-à-tête

1. E. Drabkina.

du fondateur de l'État soviétique et de sa chère « collaboratrice ».

« Tout son être, pas seulement son visage, exprimait une telle tristesse que nul n'osait le saluer, fût-ce d'un signe de tête. Il était clair qu'il souhaitait se retrouver seul avec sa douleur. Il semblait s'être tassé, sa casquette cachait ses traits et ses yeux paraissaient noyés de larmes, retenues à grand-peine. Et chaque fois qu'un mouvement de foule pressait notre groupe, il se laissait pousser sans résistance comme s'il eut été reconnaissant de se trouver plus près du corps. »

Inès fut mise en terre en grande cérémonie au pied du mur du Kremlin, le 12 octobre 1920. Lénine y déposa une magnifique couronne de lis blancs. Célèbre féministe et ambassadeur soviétique, Alexandra Kollontaï déclara plus tard qu'il n'avait pas pu survivre à la femme de sa vie.

Lénine passa désormais le plus clair de son temps dans sa propriété de Gorki, située à trente-cinq kilomètres de Moscou, dans une région déserte, sur une colline entourée de champs et de bois, un cadre idéal pour son repos. La maison dont les colonnes blanches se détachaient sur la verdure du parc avait deux étages. Au fond, il y avait un étang où il se rendait très souvent. Il se baignait, faisait du canotage, cueillait des fleurs, ramassait des champignons. Depuis l'attentat de 1918, il était étroitement gardé ; parfois, il s'amusait à se cacher dans les buissons ou se perdait dans la forêt. Les gardes, affolés, le retrouvaient une demi-heure plus tard, en compagnie d'enfants qui pêchaient à la ligne dans quelque ruisseau des alentours de la propriété.

Vers la fin de 1921, Lénine commença à se plaindre de vertiges, de fatigue et d'insomnies. Ses maux de tête devinrent de plus en plus fréquents. Il eut un jour un étourdissement qui le fit chanceler et l'obligea à s'accrocher à un meuble ; les médecins voulurent le tranquilliser en lui disant qu'il ne s'agissait que d'une simple fatigue. Il leur répondit, déprimé :

– Non, je sens que c'est là le premier son du glas.

Quelques jours après, Lénine dit à son entourage : « Souvenez-vous de mes paroles. Je finirai paralysé. »

Pendant ce temps, la presse de l'émigration blanche de Paris annonçait, dans des articles à sensation, que Lénine allait bientôt payer ses péchés de jeunesse passée en Sibérie où il avait été déporté en 1897... Selon un journal monarchiste, Lénine aurait eu une liaison avec une paysanne ouriate. Cette population serait contaminée depuis longtemps par une sorte de syphilis locale endémique appelée par les indigènes *badoka*, terme qui est proche du japonais *baïdokou*, désignant la syphilis. En mai 1922, le leader bolchevique fut victime d'une première attaque cérébrale. L'atmosphère devint explosive au Kremlin, annonçant une impitoyable guerre de succession.

Déjà auparavant, il arrivait à Lénine d'être opposé à Staline et au chef de la police, Dzerjinski, sur des questions politiques. Il avait eu l'intention d'évincer ce dernier. Mais la maladie mit obstacle à ce projet. Et la Haute Police soviétique devint un soutien inébranlable pour Staline...

La partie était délicate. D'autres dignitaires du Kremlin, notamment Trotski, étaient de loin plus populaires. Lénine commença alors à avoir des doutes à l'égard de son successeur, d'autant qu'en septembre il semblait avoir recouvré la santé.

Au petit matin, à l'heure où les coqs chantent encore, où les poêles fument dans les isbas, il ouvrait grand la fenêtre sur la fraîcheur du verger rempli d'une brume violette que trouaient çà et là les éclats lumineux du soleil matinal. Mais, trop absorbé par les problèmes de sa succession, il n'était guère ému par cette quiétude. Le 22 septembre, il trouva même la force de s'opposer à Staline (pourtant élu seulement six mois auparavant secrétaire général du Parti). Le chef historique des bolcheviks craignait en effet que les tensions nationales ne menacent le fragile équilibre de la future Union soviétique qui devait se constituer en cette année 1922. Il critiqua alors Staline qui avait fait référence à l'héritage centralisateur du Kremlin pour avantager le rôle de la Russie. En s'adressant aux membres du bureau politique, il conclut : « C'est une question fort importante. Staline a une certaine tendance à trop se hâter. » Le lendemain, Staline répondait par une lettre aux mêmes, dans laquelle il déclarait l'amendement de Lénine tout simplement « inacceptable ». Puis il renvoya ironiquement son compliment à l'auteur : « Le camarade Lénine s'est, à mon avis, trop hâté... » Il précisait : « La fermeté est nécessaire contre Lénine ! »

Cependant, la rupture avec Lénine, malade mais encore valide, semblait prématurée. Il louvoya donc et inaugura une tactique à laquelle il recourrait souvent tant qu'il ne serait pas le seul chef incontestable du Kremlin : il céda sur les mots mais se réserva le droit de désavouer dans les faits ses propres concessions verbales.

Le 30 décembre, il réussit un coup de maître en se voyant confier la responsabilité personnelle de l'isolement de Lénine, tant pour les relations personnelles avec les responsables que pour la correspondance. Le Comité central décida de ne communiquer les comptes rendus des délibérations des instances dirigeantes que « lorsque les médecins le permettront après accord du camarade Staline. » Ainsi le destin de Lénine fut-il livré à la volonté des services secrets, qui s'investirent du droit de l'isoler, de contrôler son traitement et ses activités. Et, tandis que les autres dirigeants du Kremlin s'en lavaient les mains, Trotski ne bougea pas. Ce dernier mit d'ailleurs longtemps à comprendre que son ennemi principal était Staline. Le Carnot soviétique se révéla un piètre stratège dans sa lutte pour le Kremlin. Trotski s'était trompé de cible [1]...

Pour l'heure, les secrétaires de Lénine tenaient à son insu un journal qui permet de suivre au jour le jour le déroulement des faits. Le futur dictateur du Kremlin

---

1. En effet ses partisans menèrent une campagne contre Zinoviev, alors président du Komintern, et contre Kamenev, président du soviet de Moscou.

leur saura gré des services qu'elles lui ont alors rendus en l'aidant à mettre le leader bolchevique au secret [1].

Lénine, paralysé, réduit au statut d'opposant à la direction du parti qu'il avait fondé, s'engagea alors dans une bataille inégale. Nullement dupe, persuadé que ses médecins et ses secrétaires étaient aux ordres de Staline, il s'exclama : « Ah si j'étais en liberté, je pourrais facilement faire tout cela moi-même. »

Sur cette toile de fond, Staline demanda perfidement au Bureau politique de le décharger du contrôle du régime médical de Lénine (cette requête étant bien sûr immédiatement rejetée). Lâché par ses amis plus soucieux de faire barrage à Trotski, le vieux leader bolchevique restait le prisonnier de la Haute Police.

Le 21 décembre Lénine tenta sa dernière chance et dicta à son épouse une lettre à Trotski. « [...] je propose de ne pas s'en tenir là et de continuer l'offensive [contre Staline *(NdA)*]. » Il demandait à Trotski de lui téléphoner sa réponse. Mais Trotski, curieusement, transmit le contenu de la lettre par téléphone en pleine nuit à un autre membre du Bureau politique [2], en lui demandant d'en informer Staline. En apprenant la nouvelle, celui-ci, furieux, s'emporta : « Comment le Vieux [un autre nom de code de Lénine] a-t-il pu organiser une correspondance malgré l'interdiction absolue

1. Elles échapperont toutes trois à la répression et périront de mort naturelle : K. Gliasser à 61 ans en 1951, N. Voloditcheva à 82 ans en 1973, V. Fotieva à 84 ans en 1975.

2. Kamenev.

décrétée par les médecins ? » Il téléphona ensuite à la femme de Lénine, l'insulta et la menaça de sanction pour indiscipline. Surprise, celle-ci n'en dit rien à son mari.

Victime d'une nouvelle attaque dans la nuit du 22 au 23, ce dernier supplia qu'on le protège « de cette grossière ingérence dans sa vie privée, d'injures et de menaces indignes ». Mais ces griefs ne changèrent en rien la situation au Kremlin : paralysé de la jambe et de la main droite, le chef historique des bolcheviks, cloué au lit, était toujours à la merci de Staline et de sa Haute Police.

Le 23 décembre 1923, sentant venir sa fin, il dicta à l'une de ses secrétaires [1] la première partie de son testament politique, une lettre au congrès dans laquelle il proposait d'élargir le Comité central. La jeune femme transmit immédiatement la missive à Staline. Après l'avoir lue, celui-ci s'enquit de l'état de santé de Lénine puis, lui rendant la lettre, dit froidement : « Brûlez-la ! » Si elle s'exécuta, elle se garda bien de dire à son redoutable interlocuteur que le coffre de Lénine en contenait quatre copies.

Le 24 décembre, tandis que « le Vieux », poursuivant sa dictée, parlait d'« une affaire de conspiration », Staline réunissait les médecins et faisait adopter une résolution contraignante au nom du Bureau politique :

« Lénine a le droit de dicter chaque jour pendant cinq à dix minutes, mais les notes qu'il dictera ne

1. N. Voloditcheva, conseillée par V. Fotieva.

doivent pas avoir le caractère d'une correspondance et il ne doit pas attendre de réponse à ces notes. Les rendez-vous lui sont interdits. Ni ses amis ni ses proches ne doivent lui communiquer aucune nouvelle de la vie politique afin de ne pas lui donner matière à réflexion et de ne pas l'agiter. »

En ce même jour, Lénine, dans son fameux « testament du Kremlin », déclarait : « En devenant secrétaire général, Staline a concentré dans ses mains un pouvoir illimité » ; il affirmait n'être « pas convaincu qu'il saura toujours en user avec assez de circonspection », soulignant la nécessité de limiter ces pouvoirs excessifs. Six jours plus tard, dans une note sur la question nationale, il attaquait cette fois-ci plus violemment « ce Géorgien ». Staline « humilié et offensé » s'attela alors à rassembler sous sa houlette tous les dirigeants qui avaient été fustigés par le leader bolchevique ou écrasés par Trotski.

Au milieu de décembre, Staline fit déménager le Comité central et son secrétariat dans un vaste immeuble, près du Kremlin. Cette institution y demeurera jusqu'à la dissolution du PCUS par Boris Eltsine à la fin d'août 1991. Il y fit aménager un grand bureau, avec une dizaine de téléphones dont la fameuse *vertouchka*, ligne spéciale réservée aux hauts dignitaires, mise au service d'écoute permanente de sa Haute Police et qui lui donnait la possibilité d'écouter toutes les conversations des trois cents premiers abonnés habitant au Kremlin, c'est-à-dire des plus hauts fonctionnaires soviétiques.

En cette fin d'année 1923, l'état de santé de Lénine s'aggrava brutalement, altérant définitivement ses facultés mentales. Dès lors, il ne reconnut plus personne. Réfugié dans l'annexe de sa datcha, il lui arrivait même d'aboyer.

Le 21 janvier 1924 enfin, le leader bolchevique s'éteignit. Le Bureau politique se précipita alors chez le défunt. Staline entra le premier dans la chambre du mort, d'un pas lourd mais décidé, l'air grave, la main droite dans le revers de sa veste d'allure militaire, le visage blême. Se penchant sur le corps, il proféra un emphatique : « Adieu, adieu, Vladimir Ilitch, adieu » puis saisit la tête de Lénine à deux mains, l'approcha de son cœur, l'embrassa sur les joues et s'en alla.

La Haute Police fut chargée d'organiser les funérailles sur la place Rouge. Staline lui ordonna, malgré l'opposition de ses pairs, de préparer des obsèques grandioses, dignes de l'Empire romain. Trotski allait en être absent. Il aurait pu être là si le télégramme de Staline, transmis par l'intermédiaire de la Haute Police, ne l'avait pas sournoisement trompé, à un jour près, sur la date des funérailles. Quand le fondateur de l'Armée rouge reçut à Tiflis l'annonce de la mort de Lénine, il s'enquit aussitôt par télégramme de la date de la cérémonie. Staline lui répondit qu'elle aurait lieu le samedi, qu'il ne pourrait donc revenir à temps et que, « vu son état de santé, il ne devait pas changer ses projets [mais] se rendre à son lieu de cure ». Trotski resta donc à la chasse dans le midi de la Russie. En réalité, les obsèques étaient fixées au dimanche 27...

Le 26 janvier 1924, au XIe congrès des soviets, treize orateurs rendirent hommage au défunt. Staline parla le quatrième. Son discours donna le ton. D'une voix monocorde, il psalmodia un texte étrangement proche de la litanie et de l'incantation, utilisant les paroles et les rythmes propres à la liturgie orthodoxe. Après avoir invité à « construire le royaume du travail sur terre et non au ciel », il prononça un serment à Lénine, se posant en exécuteur testamentaire du dieu disparu et en grand prêtre de sa pensée réduite à des formules pieuses. Six de ses versets commençaient par « En nous quittant, le camarade Lénine nous a recommandé... » et s'achevaient par des variantes d'un engagement solennel : « Nous te jurons, camarade Lénine, d'accomplir avec honneur ta volonté [...] de ne pas épargner nos forces ni notre vie pour le tenir haut et garder sa pureté au glorieux titre de membre du Parti, et de préserver l'unité de notre parti comme la prunelle de nos yeux [...]. »

Cette apothéose marqua le point de départ d'un nouveau culte au Kremlin. Peu après les funérailles, Staline avait convoqué plusieurs intellectuels de renom du Parti, pour l'aider à mettre au point le système des symboles de cette religion païenne. Le mausolée de Lénine sur la place Rouge, sa divinisation, le Parti, appelé « l'ordre des chevaliers porteurs d'épée », une inquisition représentée par la Haute Police furent la concrétisation de leur réflexion. Il cita une lettre de « camarades de province » anonymes (donc dictée par lui-même) qui demandaient l'embaumement du défunt.

Le Kremlin en avertit aussitôt la veuve de Lénine qui supplia[1] de ne pas construire de monument ni de palais au nom de Lénine et de ne pas organiser de cérémonies pompeuses en son souvenir. En vain. Le 30 janvier, Staline faisait voter par le Bureau politique l'interdiction (mise en œuvre par le fidèle Dzerjinski) de diffuser le Testament de Lénine.

Embaumé, exposé dans un cercueil de verre, Lénine devint ce dieu éternel offert à l'adoration des foules qui permit à Staline de devenir le nouveau dieu vivant et d'imposer sa dictature personnelle au Kremlin.

Dès le 24 février, Staline nommait Dzerjinski contrôleur du programme économique de l'Union soviétique. Cumulant diverses fonctions, celui-ci était aussi membre du « comité scientifique » de Russie. Il se vit également chargé de la politique de l'emploi et de la construction, tout en participant aux négociations internationales qui allaient permettre à la jeune Union soviétique de rétablir ses rapports avec l'Occident. Ceci ne le détourna nullement de sa tâche principale de chef de la police secrète : pratiquer la terreur. Grâce à l'influence de son nouveau protecteur, Dzerjinski entra aussi au Politburo comme membre candidat. Puis, quand la guerre pour la succession de Lénine éclata entre Staline et Trotski, par une sorte de renvoi d'ascenseur, il paria pour Staline et lui apporta un soutien sans faille jusqu'à sa mort en 1926.

---

1. Dans la *Pravda* du 29 janvier 1924.

Le génie du mal

Il ne fallut pas plus de trois ans pour que Staline se place lui-même au centre de l'iconostase politique. Ne disait-il pas à sa belle-sœur : « Le peuple a besoin d'une idole, le peuple a besoin de fétiche, le Kremlin a besoin d'un tsar. »

Et le dictateur de façonner habilement la symbolique de ce dieu vivant, idole énigmatique siégeant à l'écart du monde, parfois souriante comme un bouddha, le plus souvent silencieuse. Il s'installa au Kremlin et saisit dans ses mains robustes la destinée d'un peuple de cent soixante-cinq millions d'âmes. Il n'était guère aimé. Même dans son entourage le plus proche, on le craignait.

C'était un homme de taille moyenne, solidement charpenté, le front bas sillonné de rides et caché par une épaisse chevelure, les yeux foncés extrêmement vifs et fureteurs, la bouche impénétrable grâce à sa grosse moustache noire.

Dans la vie quotidienne pourtant, Staline n'avait rien d'un dieu. La modestie primait sur tout : deux simples tapis, une couverture de soldat abîmée ; une pelisse de paysan rapiécée constituait sa garde-robe. Plusieurs fois, on lui proposa des locaux dignes de sa fonction. Il refusa toujours. Quand on suggéra de lui faire construire un palais non loin de Moscou, il dit d'une voix ferme : « Qu'est-ce que c'est que cette souricière ? » Il avait vécu, enfant, avec un père alcoolique et violent et une mère impuissante à le défendre. Staline en nourrit un sentiment d'isolement face à un monde qu'il considérait hostile. Pour sortir de sa solitude, il chercha à s'identifier à un idéal extérieur – d'abord à un légendaire bandit caucasien, puis à Lénine –, mais surtout à obtenir la reconnaissance et l'amour des autres en devenant « l'Homme d'acier » travaillant sans trêve enfermé dans ce Kremlin hanté par un passé sanglant et mystérieux... Chaque pierre, ici, lui rappelait l'ombre terrifiante d'Ivan le Terrible. Pour l'heure, terré dans l'enceinte du Kremlin pratiquement pendant les dix premières années de son pouvoir, le dictateur ordonna la démolition de plusieurs bâtiments. Ainsi entre 1931 et 1934, disparurent le monastère des Miracles (édifié en 1358 et résidence du faux Dimitri), le monastère de l'Ascension, qui datait de 1389, et enfin le palais Nicolas ou Petit Palais du Kremlin, qui avait été conçu par Catherine II. Dans le Grand Palais, deux des salles les plus spectaculaires, les salles Saint-André et Saint-Alexandre où se trouvaient les trônes et dont le décor était chargé de stucs, d'ors et de tentures, furent détruites. Dans cet immense espace libéré, les architectes soviétiques aménagèrent, dans le style des années trente, l'amphithéâtre où se tiendraient les sessions du Soviet suprême de l'URSS.

Staline voulut aussi marquer d'une manière symbolique la cité historique, devenue siège d'un pouvoir aussi absolu que celui des tsars de la Russie éternelle. Aussi décida-t-il de faire enlever les aigles à deux têtes qui surplombaient toujours les toits du Kremlin, symboles de la monarchie russe, dont l'immense empire contemplait à la fois l'Est et l'Ouest. En 1935, le nouveau maître des lieux les fit remplacer par des étoiles hissées en haut des tours du Kremlin. Ces étoiles symbolisaient le communisme et s'inspiraient de Mars, l'astre rouge sang, qui porte le nom du dieu de la guerre[1].

Taciturne, inébranlable, des nerfs à toute épreuve hérités de ses ancêtres montagnards, il écoutait, notait, laissait chacun parler à sa guise ; ce n'est que lorsqu'il avait entendu le dernier orateur qu'il se levait et, d'une voix basse, forte et assurée, donnait ses ordres et dictait une résolution. Le soir il retournait dans son modeste « trois pièces » du Kremlin, dont deux servaient, avant son arrivée, à loger des domestiques. Le mobilier était

1. Fabriquées dans un cuivre doré, ces premières étoiles n'étaient pas assez rouges et se révélaient peu visibles à son goût, même si elles étaient frappées d'une faucille et d'un marteau taillés dans des pierres fines provenant de l'Oural. En 1937, à l'occasion du vingtième anniversaire de la révolution d'Octobre, il ordonna donc qu'elles soient remplacées par des étoiles rouges lumineuses.

simple. Un vieux fauteuil placé près de la fenêtre, des rideaux de grosse toile ; sur une table en bois dépoli, l'éternel samovar, un verre de thé, une blague à tabac, deux ou trois pipes que Nadejda, sa femme, lui bourrait. Ses repas étaient plus que frugaux, un morceau de hareng et quelques pommes de terre ; son seul luxe était un verre de vin du Caucase. Pendant son travail, il buvait d'innombrables verres de thé. Mais les querelles entre les époux prenaient parfois une tournure si violente que Staline devait envoyer leurs enfants, Svetlana et Basile, chez ses beaux-parents.

La Haute Police, voulant « faire plaisir » à Staline, fit surveiller étroitement les jeunes qui rendaient visite à sa femme. Il eut vite fait de découvrir parmi eux quelques « comploteurs camouflés ». Trente-sept « terroristes » furent alors arrêtés, dont la plupart étaient des amis de l'épouse du dictateur. Staline fut-il convaincu de la véracité des accusations prononcées contre l'entourage de son épouse ? La soupçonna-t-il d'infidélité conjugale ou voulut-il assouvir une vengeance politique ? En tout état de cause, en ce 5 octobre 1932, elle se rendit dans l'appartement du Kremlin puis téléphona à son mari qui se trouvait dans le bâtiment du comité central du Parti. La conversation dura un bon moment. Quelques instants plus tard, Nadejda se tirait une balle dans le cœur...

Bien sûr, le suicide fut camouflé en « mort subite » par la presse de Moscou. Le cercueil de la défunte fut exposé à la salle des Colonnes ; elle fut enterrée au cimetière du couvent Novodevitchi. Sur l'ordre de Staline, une magnifique stèle sculptée fut érigée sur sa tombe.

Un dieu doit être énigmatique et inaccessible. Maniaque du secret et hanté par la menace d'un complot, Staline vivait entre sa datcha, le Kremlin et sa Packard blindée, truffée de gardes du corps, dans laquelle il se rendait au centre de Moscou par une voie spécialement aménagée. La garde du Kremlin qui veillait sur lui et son entourage était composée de quinze mille hommes triés sur le volet. Cette garde prétorienne assurait aussi la sécurité autour du Kremlin, dans les immeubles environnants où vivaient les apparatchiks les plus fidèles et leur famille.

Habituellement Staline faisait les cent pas dans son bureau, la pipe à la main, dégustant l'odeur sucrée de son tabac préféré, l'Herzegovina Flor, puis allait dans sa bibliothèque. Il avait commencé à la constituer dans les années vingt. Fonction oblige, on y trouvait des œuvres de Marx, Lénine, les utopistes français, quelques classiques russes comme Tolstoï et Tchekhov, et puis Gorki. Pourtant, il ne s'agissait pas de ses lectures de prédilection.

Parmi ces ouvrages que j'eus la possibilité de consulter, j'ai pu retrouver ses livres favoris grâce aux pages annotées ou parfois écornées. Ainsi ai-je pu remarquer aussi, un texte sur l'histoire religieuse et mystique, un livre sur Pierre le Grand, un autre sur Ivan le Terrible. Le dieu vivant s'intéressait donc à ses prédécesseurs au Kremlin...

Un dieu doit être irréprochable ! Son seul luxe fut

son narcissisme et les ovations de la foule en délire sur la place Rouge. Cette vie d'ascète développa en lui une certaine timidité, à l'égard des femmes en particulier. Il suffit de rappeler cet incident à la conférence de Yalta : Staline, dans son uniforme flambant neuf qui le serrait de tous les côtés, n'était pas à son aise devant les dames qui accompagnaient Roosevelt et Churchill ; il leur prit la main d'un geste assez comique, comme s'il ne savait pas quoi en faire. Soudain, il « se cassa » à « l'allemande » et leur baisa la main avec une grande élégance, selon l'ancienne mode des cours royales. On vit alors son visage rougir et sa main trembler...

Staline et les maîtres-espions

Le dictateur du Kremlin se considérait comme le meilleur spécialiste de l'espionnage, seul habilité à traiter les informations fournies par ses agents. Si Staline était dogmatique et rigide, ses espions ne le furent pas. Leur intuition individuelle comme leur esprit inventif et parfois anticonformiste donna aux opérations de renseignements un caractère plus extravagant qu'à celles de leurs successeurs des années 1960-1970. Cet esprit contribua souvent à leur réussite, même si à l'époque ils avaient affaire à des adversaires nettement moins coriaces, les systèmes occidentaux de sécurité étant encore assez rudimentaires.

La majorité des maîtres-espions de Staline passaient par l'Internationale communiste qui exigeait que ses militants fussent prêts à exécuter n'importe quelle tâche, à n'importe quel prix, sans prendre en compte la norme morale « abstraite ». Ainsi le bien et le mal étaient-ils déterminés idéologiquement. Maly, un des grands agents du Kremlin, résuma parfaitement cette mentalité : « J'ai complètement rompu avec mon passé. Je ne suis plus ni hongrois, ni prêtre, ni chrétien, ni même le fils de quiconque. Je suis juste un soldat “disparu au combat”. »

La période la plus difficile pour ces services fut sans conteste celle des purges de 1937-1938. En février 1938, en pleine tourmente, leur chef[1] fut retrouvé mort dans son bureau, officiellement d'une crise cardiaque. Mais, certains officiers expérimentés remarquèrent sur son visage les signes révélateurs d'un empoisonnement au cyanure...

La Haute Police du Kremlin sombra alors dans la confusion. Durant cent vingt-sept jours consécutifs, Staline ne reçut pas un seul rapport de ses services d'espionnage[2]. Dans ce triste contexte, les officiers des services secrets pouvaient s'attendre à entendre frapper à leur porte à l'aube. Personne n'était à l'abri car tout ce qui allait à l'encontre de la pensée profonde du dictateur était systématiquement rejeté, à tel point que les services secrets hésitaient souvent à transmettre leurs informations au Kremlin. Ainsi, dans cette ambiance de paranoïa, la plus grande erreur d'analyse dans le domaine du renseignement fut-elle commise par Staline lui-même quand il refusa de croire au début du conflit avec Hitler le 22 juin 1941.

Une centaine de messages le prévenant du commencement imminent de l'offensive allemande avaient été envoyés au Kremlin, confirmés une dizaine fois par le

1. Abraham Sloutsky.

2. En décembre, Iejov (qui sera bien entendu fusillé) fut remplacé à la tête de la police secrète par Beria.

réseau d'agents de l'Orchestre rouge. Depuis l'invasion allemande de l'Europe occidentale, cette organisation[1] camouflée à Bruxelles et à Paris en société commerciale, avait transmis à Moscou des informations de première importance. Staline aurait donc dû lui faire confiance. Et pourtant, malgré la somme des précisions concernant les mouvements des troupes allemandes qui démontrait sans le moindre doute les préparatifs d'Hitler, il s'y refusa. Churchill lui-même s'en était mêlé. Le 3 avril 1941, il avait envoyé au Kremlin un message personnel pour informer Staline qu'il savait avec certitude que l'Allemagne attaquerait la Russie à la mi-juin. Mais Staline ne répondit pas. Churchill insista alors, par télégramme. Même mutisme du numéro un soviétique. Rudolf Hess, lors de sa fuite en Écosse, avait-il mis les autorités britanniques au courant du plan Barberousse ? Cela reste une des énigmes de l'affaire Hess. Et Staline d'annoter au crayon sur un coin du télégramme : « Provocation anglaise. » Or, d'une autre source, provenaient depuis quelques semaines des renseignements de plus en plus précis. Cette source n'était autre que Richard Sorge, le « maître-espion » du Kremlin installé à Tokyo. Ses informations, au même titre que celles émanant de l'Orchestre rouge, s'étaient toujours révélées exactes. Mais elles n'eurent pas plus de succès auprès du Tsar rouge.

Sorge[2], fils d'un Allemand et d'une Russe, appar-

1. Remarquablement dirigée par Leopold Trepper.

2. Né en 1895 à Bakou.

tenait au parti communiste depuis 1920. Il avait alors vingt-cinq ans et venait d'obtenir son doctorat de sciences politiques. Nommé au collège d'Aix-la-Chapelle, il en fut renvoyé deux ans plus tard en raison de ses activités politiques. Il suivit la voie classique des agents du Kremlin. En 1925, Richard Sorge devint membre du parti communiste bolchevique et militant permanent du Komintern. Il vécut en URSS jusqu'en 1930, date à laquelle il fut envoyé comme agent secret en Chine [1]. Un peu plus tard, on décida de le nommer à Tokyo. Mais il lui fallait une couverture sans faille. Il repartit donc pour l'Allemagne en mai 1933, alors qu'Hitler était chancelier depuis quatre mois. Et là, après avoir adhéré au parti nazi, Sorge se fit confier plusieurs correspondances de journaux et de revues au Japon. Le plus extraordinaire dans tout cela est que les Allemands, et surtout la Gestapo, pourtant méfiants et bien informés, ne découvrirent pas l'ancienne appartenance de leur militant au parti communiste allemand. Dès son arrivée au Japon, Sorge prépara avec une extrême minutie son futur rôle de maître-espion du Kremlin. Excellent journaliste, grand, très beau garçon, l'agent soviétique devint vite la coqueluche de la colonie allemande. Peu à peu, il noua des liens avec les diplomates et même avec les représentants de la Gestapo à l'ambassade de Berlin ; ainsi fut-il l'amant de l'ambassadrice d'Allemagne et le confident de tous ces personnages officiels qui n'eurent bientôt plus de secrets

1. À Shanghai, puis à Nankin.

pour lui. Eugène Ott, l'ambassadeur, représentant d'Hitler, lui vouait une amitié et une admiration telles qu'il lui faisait lire les télégrammes qu'il recevait et lui soumettait ses rapports avant de les envoyer à Berlin. Aussi, avec les quatre hommes recrutés pour composer son réseau [1], Sorge put-il alimenter presque quotidiennement le Kremlin de renseignements exceptionnels. Si sa moisson fut abondante et de qualité, l'information annonçant qu'Hitler attaquerait la Russie le 22 juin à l'aube fut la cerise sur le gâteau. La façon dont il obtint ce renseignement fut simple. Le 1er mai, le Führer convoqua l'ambassadeur du Japon à Berlin pour lui faire connaître la date de l'offensive à l'est. L'ambassadeur en alerta aussitôt le cabinet de Tokyo, et Sorge en fut bientôt avisé. Il fit également savoir au Kremlin qu'Hitler avait demandé au gouvernement nippon d'attaquer en même temps la Russie par l'est. Or, si les Japonais étaient impressionnés par les succès d'Hitler, leur intention était d'attaquer en direction de l'Asie du Sud-Est pour s'emparer des possessions britanniques et des Indes néerlandaises. La Russie pouvait attendre. D'ailleurs, il valait mieux attendre, pensait Tokyo, que les Allemands les aient sévèrement étrillés et se contenter de participer « au dernier quart

1. Max Clausen, son radio ; un Allemand, Branks ; un Yougoslave, expert en photographie ; Hozoumi, un Japonais qui va devenir le secrétaire du Premier ministre nippon, et Miyaki Yotoko, un artiste qui a ses entrées dans tous les milieux politiques et militaires de Tokyo.

d'heure ». Le souvenir de la défaite infligée peu auparavant par Staline en Mongolie était encore cuisant... Le réseau Sorge ne mit pas bien longtemps à connaître cette position du gouvernement impérial, aussi était-il essentiel que le Kremlin en fût avisé.

Le 12 mai 1941, d'une barque qui naviguait tranquillement au large de la côte nippone, l'espion envoya à Moscou de nouvelles précisions : « Cent soixante-dix divisions allemandes massées sur la frontière soviétique attaqueront sur l'ensemble de la frontière le 22 juin. Direction de l'effort principal : Moscou. Ramsey. » (Ramsey était le nom de code de Sorge.) Celui-ci fut alors arrêté par les Japonais qui voulurent l'échanger. Comme Staline refusa, il fut fusillé à la fin de la guerre.

Toutes ces informations auraient au moins dû troubler le Tsar rouge. Mais, comme nous l'avons constaté, elles ne changèrent en rien sa conviction qu'il s'agissait là d'une véritable intoxication organisée par l'Angleterre. Il se contenta de les mettre de côté sans même en aviser son chef d'état-major.

La police du Kremlin était donc obligée de lui remettre des informations non traitées ou encore des documents crus pour qu'il en fasse lui-même la synthèse. D'ailleurs à l'époque, le renseignement extérieur soviétique n'avait même pas de service d'analyse. Pourquoi alors, Staline réussit-il à avoir les meilleurs services secrets du monde ?

« Les Cinq Magnificents de Cambridge », comme d'autres agents légendaires, pénétrèrent au cœur même du pouvoir dans les capitales européennes. La véritable explication de ces recrutements se situe ailleurs que dans une « simple » adhésion à l'idéologie marxiste. La montée du fascisme en Europe fut, en effet, l'élément déclencheur du ralliement à la cause de l'Union soviétique. Croyant que seul le Kremlin rouge était de taille à faire barrage au fascisme, ces agents se laissèrent, en quelque sorte, ensorceler par le dictateur. Ainsi des documents ultrasecrets occidentaux arrivèrent souvent chez Staline avant même que le Président américain ou le Premier ministre britannique en aient pris connaissance. Et l'accumulation de ces dossiers diplomatiques secrets eut une grande influence sur l'histoire du Kremlin. La Grande-Bretagne et la France furent sa cible prioritaire dans l'entre-deux-guerres, et les États-Unis devinrent l'ennemi principal de la guerre froide. Ce fut pendant la Seconde Guerre mondiale que la pénétration de l'Occident par les services secrets soviétiques atteignit son acmé.

Les plus chevronnés des agents de Staline étaient cosmopolites, originaires d'Europe centrale, et parlaient toutes les grandes langues européennes ; ils avaient clandestinement adhéré à l'Internationale communiste avant d'être engagés par les services secrets soviétiques. Ces « illégaux légendaires » du Kremlin sont aujourd'hui célèbres pour leur art de recruter de jeunes et brillants esprits. La plupart de leurs exploits eurent pour théâtre l'Europe.

L'ensorcellement
ou le grand recruteur

Arnold Deutsch, le principal recruteur d'étudiants et de jeunes diplômés de Cambridge, un juif autrichien, devint un des plus illustres de tous les « grands illégaux » au service du Kremlin.

Son parcours universitaire fut éblouissant. À vingt-quatre ans, il avait déjà reçu le titre de docteur à l'université de Vienne en devenant spécialiste de chimie, même s'il était également très porté sur la philosophie et sur la psychologie. Séduit par l'image révolutionnaire de l'État soviétique comme tant d'autres jeunes universitaires à l'époque, il adhéra tout naturellement au parti communiste. Pour camoufler cet engagement politique, il se présentait alors volontiers comme un religieux fervent, d'autant plus que son authentique foi ne l'avait jamais empêché de s'attacher avec enthousiasme aux slogans du Kremlin. Ses études achevées, il fit tout de suite ses premiers pas dans les sables mouvants du renseignement en devenant courrier du Komintern. Ainsi le rencontra-t-on en Roumanie, en Grèce, en Palestine et en Syrie. Désormais, ses titres universitaires servirent essentiellement de couverture pour son activité principale : l'espionnage.

Au début de l'année 1934, sur ordre du Kremlin, il s'installa à Londres où il loua un appartement dans le quartier préféré de l'intelligentsia progressiste [1]. Ce brillant maître de conférences devint vite familier des milieux universitaires les plus prestigieux. Afin de renforcer sa couverture, il suivit parallèlement des cours de troisième cycle en psychologie, en attendant sa femme qui terminait à Moscou une formation d'opérateur radio. Elle ne tarda pas à le rejoindre dans la capitale britannique où le couple assura promptement l'enrôlement de vingt agents, ainsi que des contacts avec neuf autres.

Une stratégie simple et directe de recrutement fut la clé de son succès. Les jeunes progressistes des grandes écoles, en particulier à Oxford et à Cambridge, attiraient toute son attention. En effet, c'était un cadre idéal pour se rapprocher de ces esprits encore malléables avant qu'ils ne commencent une carrière professionnelle, et pour les pousser à entrer dans les corridors du pouvoir suprême de l'Empire britannique.

« Le mouvement communiste, arguait-il, s'est largement répandu dans ces universités où le renouvellement des étudiants est permanent. Par conséquent, soustraire des communistes au parti passera inaperçu aussi bien du parti que de l'extérieur. Les gens ont la mémoire courte. Si d'aventure quelqu'un venait à se

1. Hampstead.

rappeler leur passé communiste, cela sera mis au compte d'une lubie de jeunesse, surtout pour les fils de bourgeois. À nous de fabriquer à chacun une nouvelle personnalité politique non communiste. »

Ainsi cinq jeunes diplômés de Cambridge, Anthony Blunt, Guy Burgess, John Cairncross, Donald Mac Lean et Kim Philby formèrent-ils le groupe le plus célèbre des recrues du Kremlin. Pendant la Seconde Guerre mondiale, Moscou les appelait *« The Five »*, mais, plus tard, après la sortie du célèbre western *The Magnificent Seven (Les Sept Mercenaires),* les agents soviétiques de Cambridge furent rebaptisés *« The Magnificent Five »*.

L’espion qui changea l’histoire du Kremlin

Harold Adrian Russel Philby naquit le 1er janvier 1912 au Pendjab où son père était inspecteur des colonies de l’Empire. Surnommé Kim par référence au héros de Rudyard Kipling, le jeune Philby marchera toute sa vie hors des sentiers battus. Kim Philby, diplômé d’histoire de Trinity College, était un disciple de son professeur d’économie, Maurice Dobb, marxiste convaincu, et membre fondateur du parti communiste.

Suivant sans hésitation l’exemple de son maître à penser, il adhéra au parti. À vrai dire le collège de Cambridge était truffé de sympathisants communistes et la cellule de Trinity était la plus importante de l’université. Philby y devint inséparable de deux autres étudiants, Guy Burgess et Anthony Blunt. Ils fréquentaient une amicale étudiante, la Société des apôtres, qui réunissait les professeurs et les étudiants les plus brillants.

En juin 1933, à l’issue de ses études, Philby n’avait qu’une idée en tête, devenir un clandestin du Komintern. Son cher professeur l’introduisit alors auprès d'un grand metteur en scène des messes communistes en Europe, Willy Münzenberg. Ainsi passa-t-il l'année 1934 à Vienne, servant de courrier pour le PC autrichien clandestin.

C'est en Autriche que se forgèrent définitivement les convictions du jeune Anglais. Son destin changea après une rencontre avec une jeune et flamboyante étudiante divorcée, Litzi Friedmann, qu'il épousa. Ce ne fut pas un amour banal mais une véritable passion, une sorte de fusion à la fois charnelle et spirituelle. À cette époque, passionnés, ils ne parvenaient pas à résister à l'appel de la chair, à tel point qu'il leur arrivait même souvent de faire l'amour dans la neige : « On a vraiment chaud une fois qu'on y est habitué », se plaisaient-ils à dire.

À Vienne, Philby rencontra aussi Deutsch, son futur recruteur. Subtil, celui-ci n'évoqua pas d'emblée une mission d'espionnage en faveur du Kremlin ; il parla seulement en termes vagues de collaboration à la lutte clandestine de l'Internationale communiste contre le fascisme, en déclarant : « Nous avons besoin de gens capables d'infiltrer les institutions bourgeoises. Faites-le pour nous. » Puis il suggéra à Philby de rompre officiellement tout lien avec le parti communiste britannique et d'infiltrer les milieux profascistes.

Un demi-siècle plus tard, Philby racontera avec un lyrisme tout à fait inhabituel pour un maître-espion du Kremlin sa première rencontre avec Deutsch : « C'était un homme merveilleux. Absolument merveilleux. Je l'ai senti tout de suite. Et je n'ai jamais changé d'avis [...] La première chose qu'on remarquait chez lui, c'étaient ses yeux. Il vous regardait comme s'il n'y avait rien de plus important au monde que d'être là avec vous et de vous parler. »

À la suite de cette entrevue, les Soviétiques attribuèrent à Philby son premier nom de code [1].

---

1. *Söhnchen*, en russe *Sinok* : « Fiston ».

Le premier pas qui compte

Les quatre autres *Magnificent Five* allaient être bientôt recrutés par l'intermédiaire de Philby. La tactique utilisée fut si efficace que les cinq agents soviétiques de Cambridge parvinrent à entrer au Foreign Office ou dans les services de renseignements. L'avalanche de leurs informations deviendra telle que le Kremlin aura parfois des difficultés à les analyser.

Le secret de ce succès sans précédent s'explique par le fait que le profil de leur recruteur correspondait parfaitement à ce que les Cinq de Cambridge attendaient de leur officier traitant. Sa grande expérience de la vie, son aura, ses titres universitaires, sa perspicacité aiguisée et enfin ses convictions inébranlables faisaient de lui un homme hors du commun. Mais Deustch était aussi un professionnel chevronné de l'espionnage et aucun détail n'échappait à son regard perçant. Il lui arrivait souvent, par exemple, de feindre de quitter un lieu pour s'assurer que sa voiture n'était pas suivie et de rentrer ensuite par les transports en commun en changeant plusieurs fois d'itinéraire. Tel un James Bond avant l'heure, il cachait les microfilms de documents secrets dans des brosses à cheveux, des nécessaires de voyage ou des ustensiles domestiques. La plupart de ses rapports destinés au Kremlin étaient écrits à l'encre sympathique.

Mais, outre ces détails techniques, la psychologie avait une importance primordiale pour assurer son succès. Il savait pertinemment que pour les Cinq de Cambridge la dimension sexuelle de la vie était aussi essentielle que n'importe quelle analyse politique. En rebelles exaltés, ces jeunes Britanniques affichaient ostensiblement leur rejet des strictes mœurs héritées de la tradition victorienne. Burgess et Blunt étaient homosexuels ; Mac Lean, bisexuel ; Cairncross et Philby, hétérosexuels, disons, effrénés.

Philby rendit son premier service important au Kremlin en proposant une autre recrue de valeur. Il s'agissait en l'occurrence du fils d'un ancien ministre, haut dignitaire de l'Empire britannique, Donald Mac Lean. Brillant et affable, le jeune homme avait ses entrées partout et représentait pour Moscou le profil idéal de l'agent secret.

Ayant obtenu son diplôme de langues modernes au collège de Trinity Hall en 1934 et songeant à une carrière universitaire, Mac Lean ne manifesta aucun désir d'entrer dans la fonction publique. Mais c'était compter sans sa rencontre avec Deutsch au mois d'août. En effet, quelques mois plus tard, il avait soudain changé d'avis et annonçait à sa mère qu'il avait l'intention de préparer les concours d'entrée au Foreign

Office. Ainsi Mac Lean avait-il accepté de travailler pour Moscou[1].

La troisième recrue, Guy Burgess, poursuivait ses études à Trinity College où il préparait tranquillement une thèse de doctorat d'histoire. Il s'était également enflammé à l'idée de mener une guerre secrète contre le fascisme pour le compte de l'Internationale communiste. Pendant une nuit d'amour, bravant les instructions de Moscou, Mac Lean lui aurait confié qu'il avait été investi d'une mission confidentielle. Burgess, impressionné, voulut absolument participer à l'aventure. Aussi Mac Lean organisa-t-il immédiatement une première entrevue avec son recruteur.

Burgess était l'une des figures fétiches de Cambridge. Sociable, flamboyant conteur, il était aussi à son aise dans les rebutantes discussions intellectuelles que dans les beuveries en compagnie de ses amants, assumant avec fierté ses convictions communistes et son homosexualité. On aurait pu en déduire que l'excentricité de Burgess lui interdirait la carrière d'espion. Mais il n'en fut rien. Au contraire, le Kremlin considéra que cette attitude peu conventionnelle représentait une excellente couverture. Burgess fut donc invité à participer à « la lutte clandestine contre le fascisme », autrement dit à devenir agent de Staline[2].

---

1. Il reçut un double nom de code, *Waise* en allemand, *Sirota* en russe : l'Orphelin, une allusion au récent décès de son père, influent ministre libéral.

2. Mieux encore, en lui attribuant le nom de code allemand

Au mois d'août 1935, Mac Lean réussit avec brio ses examens d'entrée au Foreign Office. Interrogé sur ses « sympathies communistes » à Cambridge, il répondit subtilement en faisant valoir un petit péché de jeunesse.

Ainsi Mac Lean commença-t-il sa carrière en octobre 1935, inaugurant la marche triomphante de ces agents au cœur de la haute administration britannique.

Les agents de Cambridge avaient-ils déjà compris qu'ils travaillaient pour le Kremlin ou croyaient-ils toujours participer à la lutte clandestine contre le fascisme ? La réponse à cette question fut donnée par leur propre officier traitant dans une de ses dépêches : « Ils savent tous pertinemment qu'ils œuvrent pour l'Union soviétique. Mais mes relations avec eux reposent sur notre appartenance au Parti. »

Au début de l'année 1936, Burgess, alors producteur à la BBC, arrangea pour les Soviétiques un premier contact avec son amant Anthony Blunt, autre brillant diplômé de Cambridge, historien d'art. Le « Cinquième Homme » et le dernier des *Magnificent Five* était l'Écossais John Cairncross. Étudiant remarquable, il fut admis à Trinity College en 1934 après avoir passé

Mädchen (« Fillette »), les Soviétiques faisaient facétieusement référence à son homosexualité. Cette inventivité dans la dotation des noms de code prendra d'ailleurs des allures quasi littéraires lorsque le KGB désignera plus tard dans ses documents Philby, Mac Lean et Burgess, comme « les Trois Mousquetaires des temps modernes ».

deux ans à l'université de Glasgow et obtenu, à la Sorbonne, une licence ès lettres. Cette fois-ci, le Kremlin tabla non seulement sur son marxisme passionné, mais aussi sur sa frustration face à la classe dirigeante britannique. En effet, jeune homme d'origine modeste, Cairncross détestait les représentants de la haute aristocratie qui le traitaient avec dédain [1].

À cette époque, une multitude d'informations des plus précieuses livrées par Mac Lean et Cairncross influencèrent le destin du Kremlin. Le premier transmit à Staline, en novembre 1937, le compte rendu de l'entretien de lord Halifax, alors président du Conseil, avec Hitler. Ce rapport fit forte impression sur le maître du Kremlin et renforça sa méfiance à l'égard des Britanniques. Dans ce document, lord Halifax considérait l'Allemagne nazie comme « le bastion occidental contre le bolchevisme ».

À la lumière de ces informations, le dictateur rouge se laissa convaincre que la Grande-Bretagne venait de donner à dessein le feu vert à l'agression nazie en direction de l'est. Les documents du Foreign Office fournis par Mac Lean et Cairncross sur la politique d'apaisement convainquirent Moscou qu'un complot britannique visait à retourner Hitler contre l'Union soviétique...

1. Toujours animés par l'esprit littéraire, les Soviétiques lui donnèrent le nom de code « Molière » : l'auteur de *Tartuffe* était l'écrivain favori du jeune homme qui lui consacra deux essais, publiés en français.

Avec le temps, Kim Philby allait devenir le plus célèbre et le plus efficace des espions du Kremlin. Sa carrière fut pourtant semée d'embûches et plus lente que celle de ses quatre collègues. Il dut d'abord renoncer à embrasser la fonction publique à cause de sa sensibilité politique trop marquée à gauche. Pour remédier à cette réputation, il entra en 1937 dans une revue libérale et adhéra à l'Association anglo-allemande pro-hitlérienne. Puis, le déclenchement de la guerre civile en Espagne lui fournit l'occasion de participer à sa première grande mission de renseignements.

Parvenu à se faire embaucher par le *Times* comme correspondant de guerre, Philby arriva en Espagne au mois de février 1937. Il devint même bientôt un héros local quand, en sa présence, trois journalistes furent tués par un obus, tandis qu'il s'en tirait avec une blessure légère.

Quelques semaines après son départ pour l'Espagne, les services secrets soviétiques avaient reçu l'ordre – donné par Staline en personne – de charger Philby d'assassiner le général Franco.

Décoré par le Caudillo lui-même, il put en effet accéder facilement aux milieux dirigeants antirépublicains. « Ma blessure en Espagne, affirmera-t-il, me facilita énormément le travail, tant pour le journalisme que pour le renseignement. » Le Kremlin abandonna cependant son projet. Il faut dire que depuis le printemps 1937, Staline concentrait son attention sur les affrontements internes du camp des républicains et l'élimination des trotskistes. Vers la fin de cette année, à Moscou, la traque des « ennemis du peuple » prit le pas sur la collecte de renseignements. Les talents exceptionnels des *Magnificent Five* demeurèrent alors en suspens. Enlisé dans la paranoïa de la grande terreur, le Kremlin suspectait la plupart des agents.

Si Moscou n'appréciait guère les méthodes peu orthodoxes de Burgess en matière de recrutement, celui-ci était néanmoins considéré comme un agent de valeur. Parmi les Cinq de Cambridge, Donald Mac Lean était le plus susceptible de faire sortir du Foreign Office des documents classés secrets. « Norma », une jeune femme officier des services secrets soviétiques, le retrouvait au cinéma Empire, au centre de Londres, puis se rendait chez elle avec de volumineux paquets de documents à photographier. « Norma » était chargée de donner ensuite la pellicule aux agents de renseignements soviétiques travaillant sous la couverture de l'ambassade soviétique à Londres, qui à son tour l'acheminait à Moscou. La séance de photos s'achevait souvent par des ébats amoureux, en violation des règles strictes des services secrets soviétiques...

Chaleureusement recommandé par le service du personnel du Foreign Office, Mac Lean fut nommé troisième secrétaire à l'ambassade de Grande-Bretagne en France, son premier poste à l'étranger.

En 1938, la tension internationale était à son comble. Le 30 septembre furent conclus les accords de Munich. Tandis qu'à Londres Chamberlain était accueilli en héros, brandissant la feuille de papier sans valeur contresignée par Hitler, à Paris, Édouard Daladier faisait aussi un retour triomphal.

« Choqués » par la lâcheté des dirigeants occidentaux, les Cinq de Cambridge étaient à mille lieues d'imaginer que, moins d'un an plus tard, Staline signerait au Kremlin un pacte avec Hitler. Pour eux, Munich constituait une confirmation de la justesse de leur engagement.

John Cairncross avait aussi accès aux dossiers les plus confidentiels du Foreign Office. Les documents sur la politique d'« apaisement » transmis par ses soins à Moscou renforcèrent les certitudes de Staline. N'était-ce pas là une preuve supplémentaire du complot ourdi par la Grande-Bretagne, avec le soutien de la France ? Le témoignage que leur but secret était de « persuader l'Allemagne d'attaquer la Russie » ? Cette théorie bâtie par le dictateur du Kremlin restera la version officielle des Soviétiques pendant toute la guerre froide.

Quand Mac Lean s'installa à Paris, Moscou songea à Cairncross pour prendre sa suite comme source principale au sein du Foreign Office. Mais Cairncross n'avait pas la distinction de Mac Lean, et son caractère ombrageux lui valut un accueil mitigé de la part de ses collègues. En décembre 1938, il quitta le Foreign Office pour le ministère des Finances.

À Paris, Mac Lean eut aussi ses soucis. Amoureux d'une étudiante américaine à la Sorbonne, Melinda (qu'il épousera), il buvait beaucoup, tant et si bien qu'il avoua à sa fiancée qu'il travaillait pour les services secrets soviétiques.

Ces revers passagers n'empêchèrent pas les Cinq de Cambridge de remporter un succès éclatant. Burgess annonçait à ses maîtres soviétiques qu'il avait réussi à pénétrer les services secrets britanniques et avait été admis à la section chargée du sabotage et de la guerre psychologique. Au lieu de se réjouir de cette nouvelle, le Kremlin parut demeurer dubitatif sur l'ensemble de ses opérations en Grande-Bretagne et, à une exception près, tout le personnel de la résidence légale londonienne fut rappelé à Moscou. Un seul officier, mal informé, y fut maintenu. Lorsque Philby rentra à Londres après la guerre d'Espagne, l'été 1939, ce pauvre fonctionnaire télégraphia à Moscou : « Quand vous nous donnez des ordres à propos de Söhnchen, des précisions sur lui seraient les bienvenues, car nous ne le connaissons que très superficiellement. »

Le Kremlin conclut que le renseignement en Grande-Bretagne était « fondé sur des sources douteuses, sur un réseau d'agents constitué à l'époque où il était contrôlé par des ennemis du peuple, et donc extrêmement dangereux ». Ultime recommandation : rompre tout contact avec ces agents, les Cinq inclus. Certes, leurs informations étaient enregistrées, mais le dictateur du Kremlin ne s'y intéressait guère. Paradoxalement ce manque d'attention n'entama pas pour autant l'engagement de ses principaux espions. Burgess devint l'assistant d'un parlementaire et se construisit une sorte de sous-réseau personnel, s'appuyant largement sur ses relations homosexuelles. En 1938, il recruta l'un de ses amants, Eric Kessler, journaliste suisse devenu diplomate à l'ambassade helvétique à Londres. Ultérieurement enregistré sous les noms de code « Suisse », celui-ci se révéla une source précieuse sur les relations germano-suisses. En 1939, Burgess recrutait un autre amant étranger, le Hongrois Andrew Revoi, plus tard chef des Hongrois libres en exil à Londres pendant la guerre[1].

À Paris, il fréquenta assidûment Édouard Pfeiffer, le chef de cabinet d'Édouard Daladier, ministre de la Défense nationale, futur président du Conseil.

En août 1939 la signature du pacte de non-agression germano-soviétique bouleversa la conscience des agents britanniques. Cependant ils continuaient à remplir leur mission.

Durant l'été 1940, Burgess parvint à faire recruter Kim Philby à la section « D » du M16. Celui-ci fut alors chargé de « l'instruction politique des saboteurs destinés à être envoyés en Europe ». Pourtant le Kremlin demeura méfiant à son égard. Il s'étonna notamment de ses informations selon lesquelles la Grande-Bretagne n'envisageait pas d'envoyer de saboteurs en URSS. Philby grimpa rapidement les échelons pour accéder, quatre ans plus tard, à la direction de la section chargée de surveiller les activités soviétiques et les partis communistes du monde entier. Cet agent de Moscou intelligent, charmeur et parlant cinq ou six langues, était chargé donc de coordonner la lutte des Britan-

1. Son nom de code, *Toffy* (« Caramel anglais »), était une allusion du KGB à sa « pédérastie ».

niques contre les espions du Kremlin ! Mac Lean, lui, avait été nommé premier secrétaire à l'ambassade britannique à Washington, quant à Guy Burgess, il travaillait au service de presse du Foreign Office tandis qu'Anthony Blunt était affecté au commandement militaire interallié.

Philby rapporta aussi toute une moisson de dossiers classés secrets. À partir de septembre 1941, il prit le temps de soigner son amitié avec un archiviste des services secrets, en partageant avec lui de longues soirées bien arrosées. Grâce à cette relation, il put emprunter les dossiers opérationnels d'agents britanniques à l'étranger et les passa à son officier traitant soviétique pour qu'il les photographie. Au début du mois d'avril 1942, la police de Staline réalisa une analyse exhaustive des dossiers rapportés par Philby.

Les Cinq de Cambridge, plus tard reconnus comme les plus grands agents de l'histoire du Kremlin, n'avaient alors plus de crédit parce qu'ils avaient échoué à apporter la preuve de la vaste conspiration contre l'Union soviétique. Complot évidemment imaginaire, mais auquel Staline croyait fermement.

En octobre 1942, le dictateur du Kremlin écrivait à son ambassadeur à Londres : « À Moscou, nous avons tous l'impression que Churchill vise la défaite de l'URSS pour pouvoir pactiser avec l'Allemagne d'Hitler aux dépens de notre pays. »

Le 25 octobre 1943, la direction des services secrets soviétiques affirme qu'il ne faisait désormais plus de doute que les Cinq de Cambridge étaient des agents doubles travaillant pour les services secrets britanniques. Ces « taupes » ne servaient donc qu'à intoxiquer le Kremlin. Le rapport de Philby (selon lequel la Grande-Bretagne n'était alors nullement engagée dans des opérations contre l'Union soviétique) fut qualifié par Moscou de « manifestation évidente de désinformation ». La théorie du complot propre au Kremlin expliquait cependant mal pourquoi les Cinq parvenaient à livrer tant de précieux renseignements... Dans le télégramme du 25 octobre 1943 adressé aux services secrets de Londres, Moscou se livra à tout un exercice pour répondre à cette affirmation que la quantité de documents du Foreign Office fournis par Mac Lean « pouvait » indiquer que, à la différence de ses quatre collègues, il ne trompait pas « sciemment » le Kremlin, mais était le jouet d'une manipulation. Les informations transmises par Cairncross sur les dispositions de la Luftwaffe jouèrent un rôle crucial : grâce à elles, les bombardiers soviétiques exécutèrent des frappes préventives massives sur des aérodromes allemands bien ciblés, détruisant plus de 500 appareils ennemis. Néanmoins les services secrets, toujours obsédés par l'idée du complot, en vinrent à considérer l'agent à l'origine de renseignements inestimables comme un pion dans une opération d'intoxication ! Moscou ordonna donc de mettre sur pied un nouveau réseau d'espions indépendant des *Five Magnificent.* Cependant, malgré la conviction selon laquelle ceux-ci étaient « indubitablement des agents doubles », on décida de garder le contact avec eux.

Cela peut paraître surréaliste mais le Kremlin reconnut qu'en dépit « des tentatives indiscutables de désinformation », les Cinq de Cambridge avaient livré « des documents précieux sur les Allemands et d'autres sujets » ; enfin, concluait-il, « toutes les questions sur ce groupe d'agents n'ont pas été éclaircies ».

Afin de tenter de découvrir la nature exacte du prétendu complot britannique, le Kremlin mit à exécution un plan carrément rocambolesque et envoya à Londres une équipe de surveillance spéciale composée de huit hommes qui suivirent la piste des Cinq dans l'espoir de les surprendre avec leurs officiers traitants britanniques, lesquels, rappelons-le, n'existaient que dans l'imagination des analystes soviétiques. La même équipe devait aussi enquêter sur les visiteurs qui se rendaient à l'ambassade soviétique, certains d'entre eux étant soupçonnés d'être des agents provocateurs. Mais ce déploiement de vigiles fut un échec cuisant. En effet, aucun des huit anges gardiens ne parlait l'anglais et, à leurs vêtements, n'importe qui pouvait tout de suite deviner qu'ils étaient russes. L'absurdité de cette initiative en dit long sur les aspects paranoïaques du système de renseignements du Kremlin.

La faculté de ses services secrets à recueillir des informations dépassait toujours ses capacités à les interpréter d'autant plus que la vision de Staline était assombrie par l'impérissable théorie du complot.

Il faudra attendre 1944 pour que les Cinq de Cambridge soient officiellement lavés de tout soupçon de double jeu au profit des Britanniques. En conséquence, Moscou décida que le contenu important de récents documents livrés par Philby était en grande partie recoupé par « d'autres sources ». Dès lors, le contact devait être maintenu à tout prix et le Kremlin donna l'ordre d'exprimer beaucoup de gratitude de sa part à Söhnchen pour son travail et de lui offrir « avec le plus grand tact une prime de 100 livres sterling ou un cadeau de même valeur ».

Cette reconnaissance tardive provoqua, chez Philby, une réaction presque pathétique. « Durant cette décennie, dit-il, jamais je n'ai été aussi profondément touché qu'aujourd'hui avec ce cadeau du Kremlin. Jamais non plus je n'ai été aussi profondément ému que par votre message (de remerciement). »

Les rapports envoyés par Philby, au début de 1944, concernant la création, aux services secrets britanniques de la section IX, chargée d'étudier les activités soviétiques et communistes, comptèrent énormément. À la fin de l'année, il réussit à devenir chef de cette nouvelle section qui s'était élargie. Il fut alors chargé de la collecte d'informations concernant l'espionnage soviétique ainsi que la subversion, et ce partout dans le monde en dehors du territoire britannique » !

Tandis que Philby recevait un cadeau, Cairncross, de son côté, était récompensé pour sa contribution à la mémorable victoire soviétique lors de la bataille de Koursk, en 1943. Il fut décoré sur décision de Staline de l'ordre du Drapeau rouge, une des plus hautes distinctions soviétiques. Cependant, par mesure de sécurité, le bénéficiaire dut rendre sa décoration pour qu'elle soit conservée à Moscou.

Dopés par les amabilités récentes du Kremlin, les agents de Cambridge, Mac Lean et Burgess, devinrent davantage efficaces qu'auparavant. Au printemps de 1944, Mac Lean obtint un poste à l'ambassade de Washington où il ne tarda pas à être promu premier secrétaire. Son travail fut vite remarqué. Il suivait de près la collaboration anglo-américaine visant la construction de la bombe atomique. Quant à Burgess, il était devenu d'autant plus précieux qu'il travaillait au service de presse du Foreign Office. Sous le prétexte de se documenter pour bien assurer les points de presse, il remplissait régulièrement une grande serviette de dossiers secrets, qu'il emportait chez lui... Cette période fut l'apogée de la « saga » du réseau de Cambridge.

En 1949, Donald Mac Lean, alors âgé de trente-cinq ans, fut nommé conseiller au Caire, un passage obligé avant de devenir ambassadeur : une étape de carrière brillante, d'autant que l'Égypte était l'un des postes les plus prestigieux de la diplomatie britannique. À la même époque, Philby fut nommé officier de liaison entre les services secrets britanniques et la CIA. Le 8 octobre 1949, Philby prenait son poste au cœur même de l'appareil de contre-espionnage occidental.

Tout semblait réussir aux Cinq de Cambridge. Mais un malheureux concours de circonstances allait les faire prendre. Les Américains et leurs alliés consignaient systématiquement les communications chiffrées des Soviétiques. Ces télégrammes ne dormirent pas longtemps dans les archives. Et, en 1948, Gardner, un talentueux chercheur américain, analysa ces centaines de messages enregistrés durant la guerre (ce programme reçut pour nom de code Venona). Son travail de fourmi fut facilité par des fragments d'un livre de chiffres soviétiques, à demi brûlé, dont les Finlandais s'étaient emparés en juin 1941. Les chiffreurs de l'Armée rouge se devaient de détruire en priorité les livres de codes avant d'être faits prisonniers. Mais l'un deux était en train de brûler son manuel lorsque les Finlandais l'arrêtèrent et arrivèrent à retirer le livre des flammes avant sa destruction complète. Certains noms figuraient avec leur correspondance en chiffres. Les Finlandais conservèrent ce manuel durant toute la guerre, puis en 1944, ils transmirent ce trésor aux Américains. Ainsi ces derniers disposèrent-ils d'une base sérieuse pour le décryptage des télégrammes. Un grand pas fut franchi lorsque les Américains s'aperçurent que l'ambassade soviétique à Washington avait utilisé en 1942, à deux reprises, les mêmes grilles de référence pour chiffrer ses messages. Puis, au milieu de l'année 1948, les Américains s'intéressèrent particulièrement à un texte qui allait se révéler être les télégrammes 72 et 73 se référant à l'ambassade britannique à Washington. Ce décryptage facilitera le travail des enquêteurs dans la recherche de la taupe. Une dizaine de messages déchiffrés faisaient allusion à un certain « Homère ». Il était clair que cet agent était assez influent pour être au courant, en pleine guerre, d'une rencontre secrète des chefs alliés. Ils surent ensuite que cette source avait accès aux télégrammes échangés entre le Foreign Office et l'ambassade britannique. Il s'agissait donc d'un diplomate anglais, d'assez haut niveau, puisqu'il pouvait connaître le contenu d'une communication personnelle du ministre à son ambassadeur. Enfin, le fait que les messages soviétiques aient été envoyés depuis les États-Unis montrait qu'il s'agissait d'un diplomate en poste à l'ambassade britannique des États-Unis.

À l'automne 1949, Kim Philby eut vent de ces décryptages et fit immédiatement prévenir ses maîtres soviétiques. Gardner, dont il était maintenant l'ami, lui avait fait lire des passages d'un télégramme nouvellement annoté. Il s'agissait des messages échangés entre Churchill et Truman suivis d'une petite partie des commentaires de l'officier traitant. Le nom de la taupe apparaissait pour la première fois : Homère. Philby ignorait qui se cachait derrière ce pseudonyme, mais il se doutait bien qu'il s'agissait d'un des agents du Kremlin. Les experts américains s'étaient vite rendu compte que le numéro d'identification du câble laissé par erreur en tête du message était celui du Foreign Office. Et cette erreur du chiffreur soviétique allait être lourde de conséquences. Philby envoya alors aux Soviétiques un message préoccupant : « Je pense qu'il s'agit de Mac Lean. »

Mais les allusions à Homère restaient floues. Des centaines de personnes pouvaient figurer parmi les suspects car il suffisait d'avoir eu accès – à Londres ou à Washington – aux communications. Au début, tandis que les Britanniques piétinaient un peu en raison de l'ampleur des investigations, les Américains concentraient leurs recherches sur le petit personnel de l'ambassade de Grande-Bretagne à Washington.

Le décryptage Venona était, certes, une grave source d'inquiétudes, mais malgré cela, le Kremlin décida que Mac Lean « devait rester à son poste ». À son tour Philby reçut l'ordre de le protéger sans pour autant se mettre lui-même en danger.

En attendant, à l'ambassade britannique au Caire, Mac Lean avait retrouvé un vieux camarade, ancien d'Oxford, le journaliste Philip Toynbee. Les deux hommes se soûlaient tous les jours, au grand dam de l'épouse de Mac Lean. Les scandales s'enchaînaient, quand, le soir du 8 mai 1950, Mac Lean et Toynbee, tous deux « givrés », selon leurs propres termes, mirent à sac l'appartement de la secrétaire particulière de l'ambassadeur des États-Unis. Mac Lean fut donc aussitôt rappelé à Londres. Mais après un congé de six mois et quelques séances de psychothérapie, il fut nommé chef du département américain du Foreign Office, un poste clé de coordination transatlantique.

Néanmoins l'étau commença à se resserrer. À la fin de cette même année 1950, les enquêteurs américains n'avaient plus que trente-cinq suspects. En janvier 1951, ils n'étaient plus que quatre, tous diplomates, dont Donald Mac Lean [1]. Dans ce contexte dramatique

1. En russe, Homère se prononce Gomère. Les services secrets britanniques donc, en un raccourci saisissant, rapprochèrent le mot

Guy Burgess, affecté lui aussi à l'ambassade, rejoignit Philby à Washington, le 4 août 1951. Il s'installa « provisoirement » dans un appartement aménagé dans l'entresol de la demeure des Philby. Alcoolique, avec en plus une dangereuse inclination pour les drogues, Burgess était particulièrement instable. Très vite excédées par ses frasques, les autorités britanniques décidèrent de le rappeler à Londres.

En quelque sorte son départ rendait service à Philby, qui venait d'apprendre que les soupçons de la CIA et du FBI s'étaient définitivement concentrés sur Donald Mac Lean.

Sans le savoir, en informant Burgess, Kim Philby venait de mettre en route le mécanisme qui allait briser sa carrière. Rentré à Londres au début du mois de mai, Burgess raconta tout à Blunt qui à son tour avertit Mac Lean. Pourtant la situation n'était pas encore désespérante. Il n'y avait en fait aucune preuve tangible contre Mac Lean et les Américains refusaient que l'on fasse état publiquement du programme Venona et de ses résultats. Si Mac Lean niait et s'accrochait à sa version, il risquait tout au plus d'être renvoyé de la fonction publique. Mais, se connaissant bien, il doutait de sa

---

« Gomère » de celui d'un autre suspect, Gore-Booth, premier secrétaire de l'ambassade britannique. Ce dernier correspondait d'autant plus au signalement que les policiers s'étaient souvenus des informations de transfuges selon lesquelles il y avait un agent du Kremlin au Foreign Office, ancien étudiant à Eton puis à Oxford, ce qui était le cas de ce diplomate.

capacité à supporter un interrogatoire. Le Kremlin arrangea donc sa fuite à Moscou. En même temps, les Soviétiques convainquirent Guy Burgess de l'accompagner jusqu'au terme de son voyage.

Le vendredi 25 mai 1951, à bord d'une Austin Healey blanche, deux élégants gentlemen, Burgess et Mac Lean, embarquaient sur un ferry à destination de Saint-Malo. Les deux compères gagnèrent Rennes, puis Paris et Berne. Là, dans la soirée du dimanche 27 mai, l'officier des services secrets soviétique les fit monter dans un avion à destination de Prague, d'où un avion militaire les transporta à Moscou.

Une nouvelle vie commençait. Au début, l'accueil fut plutôt chaleureux. Le chef de l'espionnage soviétique les reçut même personnellement, en pleine nuit, dans son bureau. De sa bouche, Guy Burgess apprit que le chemin qu'il avait pris était sans retour et qu'il ne reverrait jamais l'Angleterre. À Londres, l'affaire faisait grand bruit.

Le Kremlin avait donc décidé de mettre Burgess hors circuit et considérait que deux de ses agents étaient grillés. Erreur car les Cinq de Cambridge étaient tous compromis par cette « exfiltration ». La défection de Burgess (notoirement connu comme ami de Philby) fixait, en effet, le sort de ce dernier qui fut alors rappelé à Londres et longuement interrogé. Mais rien ne prouvait qu'il était mêlé à l'affaire des « diplomates disparus ». Et chaque fois que Philby trébuchait, ses interlocuteurs lui tendaient une perche pour l'aider à s'en sortir. Pour ne pas déclencher un énorme scandale mettant en danger leurs relations privilégiées avec les Américains, les services britanniques préférèrent couvrir Philby, en sachant pertinemment qu'il était un agent soviétique. Officiellement blanchi mais sous étroite surveillance, Philby fut toutefois obligé de démissionner. N'ayant plus accès aux secrets, il était dès lors beaucoup moins utile au Kremlin[1]...

---

1. Une autre conséquence de la fuite de Burgess toucha John Cairncross. Blunt avait soigneusement « nettoyé » l'appartement de Burgess, mais une série de notes manuscrites échappèrent à sa vigilance. Et ces documents conduisirent à Cairncross. Pour éviter un nouveau scandale, les autorités britanniques décidèrent de le limoger et il quitta la Grande-Bretagne pour s'installer définitivement dans le Midi de la France.

Le voyage sans retour

La presse ayant révélé que Burgess et Mac Lean se trouvaient bel et bien en Union soviétique, un parlementaire britannique demanda au chancelier de l'Échiquier et secrétaire d'État aux Affaires étrangères, Harold Macmillan, combien de temps le gouvernement avait l'intention de couvrir les activités douteuses du « Troisième Homme », nommé Philby, la réponse fut claire : « Nous n'avons aucune raison de conclure que M. Philby ait jamais trahi son pays ou qu'on puisse l'identifier à un éventuel "Troisième Homme" pour autant qu'il y en ait jamais eu un. » Officiellement blanchi, Kim Philby put donc déclarer, lors d'une conférence de presse flamboyante organisée dans l'appartement de sa mère : « La dernière fois que j'ai parlé à un communiste en toute connaissance de cause, c'était en 1934, et la dernière fois sans savoir que la personne était communiste, c'était en avril 1951, lorsque Burgess logeait chez moi. »

En 1955, il fut envoyé à Beyrouth comme correspondant de l'*Observer* et de l'*Economist* pour le Proche-Orient. À cette époque, il semblait ne plus avoir aucun rapport avec les services secrets britanniques, mais le contre-espionnage de Sa Majesté continuera à le convoquer assez souvent pour des interrogatoires de routine. Pendant huit ans, Philby poursuivra une brillante carrière de journaliste, tout en continuant à adresser à Moscou des synthèses sur les questions politiques de la région. Après le décès de sa seconde femme, restée à Londres, il se remaria avec Eleanor, l'ex-épouse du correspondant du *New York Times,* et fit venir d'Angleterre ses deux plus jeunes enfants.

Mais, en 1963, la chance devait tourner à nouveau. Au cours d'une soirée particulièrement arrosée, l'un de ses vieux amis, Nicholas Elliott, ancien résident du M15 à Beyrouth, lui annonça que Londres détenait désormais les preuves irréfutables qu'il était un agent soviétique. Pour la première fois de toute sa carrière, Philby s'effondra. Elliott lui accorda alors quelques jours pour rédiger des aveux complets. Le 20 janvier 1963, Philby prévenait sa femme qu'il serait en retard à une réception à laquelle ils étaient conviés à l'ambassade de Grande-Bretagne, car il devait finir un article. Le soir même, après avoir laissé à son épouse 2 000 livres et une lettre expliquant qu'il partait en reportage, il rejoignit Moscou où il obtint « l'asile politique ». Selon lui, les Anglais de nouveau préférèrent ne pas l'arrêter et le laisser partir afin d'éviter le scandale.

Après quelques jours de traversée, le *Dolmatov* jeta l'ancre dans le port d'Odessa. Philby fut accueilli par trois officiers du KGB en uniforme et par un homme en civil prénommé Sergueï. Et le 27 janvier 1963, Philby gagnait Moscou, accompagné de ce dernier. Une neige fine tombait sur la boue gelée, tel du sucre glace sur un grand gâteau. Les maisons qu'il voyait défiler à travers les fenêtres du wagon devinrent immenses et d'un blanc bleuté. Demain serait un autre jour...

L'âge d'or du renseignement soviétique s'acheva donc en 1951 avec la fuite de Burgess et Mac Lean pour Moscou. Aucun agent du Kremlin recruté après la Seconde Guerre mondiale n'avait infiltré la communauté du renseignement occidental avec autant de succès. Vint ensuite, avec les années 1950 et 1960, un temps que l'on pourrait qualifier d'intermédiaire, marqué par des réussites moins impressionnantes, mais toujours importantes.

Les révolutions de palais et les intrigues interminables du Kremlin ne changèrent pas les activités de ce monde de l'ombre. Néanmoins, la mort de John Fitzgerald Kennedy en 1963 et le limogeage de Khrouchtchev en 1964 marquèrent la fin de la phase la plus dure et la plus risquée de la guerre froide. L'histoire du Kremlin devait continuer avec un enchaînement de coups tordus des taupes et des agents dévoués à la mission de la Haute Police.

Les années 1970 à 1980 ont connu peu de grands succès des services secrets soviétiques, quelques échecs spectaculaires... et beaucoup d'affabulation.

La fin du règne

Depuis l'ouverture des archives de l'URSS au début des années 1990, nous connaissons mieux le fonctionnement des services d'espionnage du Kremlin sous Staline, qui raisonnait essentiellement à partir d'informations concernant les technologies militaires en Allemagne (missiles balistiques) et chez les Anglo-Saxons (nucléaire). La chute du IIIe Reich, au printemps 1945, lui permit de transférer en URSS une partie du personnel et du matériel allemands, et de constituer ainsi le noyau de la future industrie balistique et astronautique soviétique. (Les Alliés occidentaux firent de même, ce qui aboutit au projet von Braun américain et au projet Ariane français.)

Dans le domaine nucléaire, le Kremlin procéda dès la fin des années 1930 et tout au long des années 1940, aux États-Unis et en Europe, à un immense travail de documentation, de captation et de vol, soit par les méthodes classiques d'espionnage, soit en jouant sur les sympathies communistes ou le pacifisme de tel ou tel scientifique. C'est au début de la Deuxième Guerre mondiale que des renseignements venus de Londres devaient marquer profondément la destinée du Kremlin.

Le 25 septembre 1941, le résident des services de renseignements soviétiques dans la capitale britannique[1] télégraphia à Moscou : « Je vous informe très brièvement du contenu du rapport le plus secret de la commission gouvernementale, lequel a été soumis au cabinet de guerre le 24 septembre 1941 : il concerne le développement de l'énergie atomique de l'uranium aux fins de produire une matière explosive. » La source de ce rapport était la très secrète commission scientifique consultative du gouvernement britannique. Cette information[2] sera la première à avertir Staline des projets occidentaux de fabrication d'une bombe atomique. Ce témoignage n'eut pas d'effet immédiat mais son impact allait être immense quelques mois plus tard. Staline était alors absorbé par la riposte à l'offensive allemande qui, en octobre 1941, faillit l'obliger à évacuer Moscou. Mais au mois de mars 1942, le chef de la Haute Police, Beria, communiqua au dictateur une véritable évaluation d'ensemble de la recherche nucléaire en Grande-Bretagne : Londres, selon lui, était en train de résoudre des problèmes théoriques posés par la construction de l'arme atomique.

À l'automne de 1942, alors que la bataille de Stalingrad venait de commencer, Staline en savait déjà assez

1. V. Gorski.

2. Communiquée par Cairncross (un des cinq agents soviétiques de Cambridge).

sur le projet de la fabrication de la bombe atomique américaine et britannique pour lancer un projet soviétique analogue. Jamais auparavant le Kremlin n'avait eu accès à autant de secrets des États étrangers. Ainsi Staline avait-il connaissance de nombreux documents américains et britanniques dont la confidentialité était telle que Roosevelt et Churchill les dissimulaient à leurs collaborateurs directs. D'ailleurs le dictateur reconnut implicitement cette influence des services secrets.

Le 14 août 1942, Staline offrit une réception à Churchill, le Premier ministre britannique, et à Hopkins, envoyé plénipotentiaire américain. Les invités pénétrèrent d'abord dans les salles réservées à l'apparat. Les doubles portes s'ouvrirent sur une pièce octogonale, la salle Vladimir, coiffée d'une verrière, aux murs tendus de soie et décorés aux armes de l'ordre de saint Vladimir, puis se rendirent ensuite au Palais à facettes où le XXe siècle semblait côtoyer le XVe siècle. Cette réplique du *palazzo Bevilacqua* de Bologne est le bâtiment le plus ancien du Kremlin. Réalisé dans le plus pur style florentin – toit plat et dix-huit fenêtres carrées encadrées de minces colonnes –, il est constitué au premier étage d'une seule pièce d'une surface de près de un demi-kilomètre carré[1]. À neuf heures du soir,

1. Les fresques du plafond représentent Dieu tout-puissant et les régions célestes ; sur le mur sud, la transmission des insignes impériaux par le souverain byzantin au duc Vladimir de Russie ; sur le mur ouest, les justes Chevaliers et sur les autres, les aventures de Joseph et de ses frères.

l'entrée de Churchill dans la salle Catherine du Grand Palais du Kremlin fit sensation. Il portait une veste bleue à fermeture Éclair, un col ouvert et sans cravate, tandis que les Russes étaient tous en uniforme de gala. Face à cet accoutrement bizarre pour une réception solennelle, Staline fit la grimace, ce qui mit Churchill dans une humeur de dogue... Le menu ne cédait en rien aux menus des dîners des tsars : hors-d'œuvre – caviar frais et pressé ; balyk blanc ; poisson fumé du bas Don ; jambon froid ; jambon d'ours ; foie gras ; gibier froid à la mayonnaise ; caneton froid ; gélinottes sibériennes. Gelée d'esturgeon ; pâtés de poisson ; petits pâtés ; salades variées ; fromages ; beurre ; toasts. Cèpes à la crème ; gibier haché avec hareng et pommes de terre ; hachis meunière. Crème de volaille ; consommé ; consommé à la betterave *(bortsch)*. Sterlets au champagne. Dinde ; poulets ; coq de bruyère ; agneau rôti aux pommes. Salade de concombres ; choux-fleurs ; asperges. Glace ; sorbets ; café ; petits fours ; amandes grillées. Fruits du Caucase. Les vins n'étaient pas moins brillants : champagne de Crimée et du Don, champagne français « Veuve Cliquot » rosé. Vins rouges du Caucase. Vins rouges de Bordeaux et de Bourgogne. Vins blancs de Crimée. Châteauneuf-du-pape spécial, cru 1911, Château d'Yquem, cru 1919 pour le dessert.

Churchill, qui arrivait d'une Angleterre rationnée au dernier degré et où, même à Buckingham Palace, on servait des œufs en poudre, fit quelques observations aigres-douces à ce sujet. Le repas fut accompagné d'innombrables toasts. Et, à mesure que l'atmosphère s'échauffait, Staline devenait de plus en plus gai, tandis que l'humeur de Churchill s'assombrissait. Il y eut subitement un moment très pénible, lorsque l'ambassadeur britannique, Archibald Clark Kerr, proposa un toast à Staline. Tout le monde se leva, à l'exception de Churchill. Se renversant dans son fauteuil et ouvrant le col de sa blouse encore plus largement, le Premier ministre s'adressa de sa voix de basse à l'ambassadeur de Sa Majesté britannique. « N'avez-vous pas été assez longtemps dans la carrière diplomatique pour connaître les règles de l'étiquette ? Un ambassadeur doit toujours s'adresser au ministre des Affaires étrangères du pays auprès duquel il est accrédité et non pas au président du Conseil... » En assistant à cette querelle de Churchill avec son ambassadeur, Staline ne pouvait plus contenir sa joie. Il se leva, le sourire aux lèvres et dit : « Je voudrais proposer un toast qui ne trouvera pas d'écho. Je bois à la santé des officiers de l'Intelligence Service qui accomplissent une œuvre si importante. Je sais que personne ne saurait y répondre, car les officiers de l'Intelligence Service n'ont pas coutume de se faire connaître... »

C'est alors qu'un incident imprévu se produisit. Tandis que les Britanniques gardaient un air imperturbable, l'attaché naval des États-Unis, le capitaine Jack Duncan, qui avait déjà goûté à tous les vins, à la vodka et au champagne, se leva et dit : « Je puis répondre au toast du président du Conseil au nom de l'Intelligence Service car j'en fais partie. » Staline éclata de rire, quitta sa place et vint trinquer avec Duncan qu'il ne quitta plus de la soirée. Ils sortirent tous deux de la salle Catherine, vers une heure du matin, bras dessus, bras dessous...

Dans la soirée du 15 août 1942, Churchill revint au Kremlin, seul, sans Hopkins, pour avoir une ultime explication avec Staline. L'entretien eut lien dans l'appartement privé du dictateur, dans un petit salon, l'ancienne chambre de sa femme décédée. Churchill voulut essayer d'effacer l'impression que sa tenue et son comportement avaient causé : son ambassadeur lui avait dit que les Russes s'étaient profondément vexés de ce qu'ils considéraient comme un « manque d'égards envers une réception solennelle présidée par Staline au Kremlin ». L'entrevue fut longue. Profitant de la bonne humeur de Staline, Churchill se félicita à son tour de « la valeur des services secrets soviétiques ».

Le Premier ministre britannique ne savait pas si bien dire car cette réputation fut confirmée à la conférence de Yalta, en février 1945, quand la Haute Police du Kremlin fit une véritable performance. En Crimée, les délégations britannique et américaine furent logées respectivement dans de magnifiques palais [1]. Si chacun sembla plonger dans les splendeurs de la Russie éternelle, la réalité de leur séjour était moins romantique. Bien évidemment, les deux édifices étaient placés sur écoute permanente. Essentiellement féminin, le

1. Vorontsov et Livadia.

personnel préposé à l'enregistrement et à la transcription des conversations privées fut d'une efficacité redoutable. Pour endormir la vigilance des deux délégations, le Kremlin ne lésina pas sur les moyens, offrant une hospitalité digne de la cour des tsars. Les moindres désirs des hôtes étaient aussitôt satisfaits. Ainsi, la fille du Premier ministre britannique, Sarah Churchill, vit-elle apparaître comme par enchantement un citronnier dans l'orangerie de sa suite parce qu'elle avait simplement mentionné au cours d'une conversation que le jus de citron accompagnait bien le caviar...

L'avenir de la Pologne occupait une place de choix parmi les sujets abordés dans les contacts diplomatiques. Connaissant les positions les plus secrètes de ses partenaires, Staline savait pertinemment que ses interlocuteurs attachaient beaucoup de prix à une participation symbolique des représentants du courant pro-occidental au gouvernement provisoire polonais formé sous la houlette les Soviétiques. Or il joua habilement un jeu de cache-cache avec les Alliés, faisant mine de céder sur ses positions tout en gardant le contrôle de la situation. Ce jeu dura six mois. Ainsi Staline ne fut-il nullement troublé à la conférence de Potsdam, en juillet 1945, d'apprendre de la bouche du chef de l'exécutif américain que Washington « possédait une nouvelle arme d'une puissance destructrice exceptionnelle ». En effet le Kremlin connaissait le projet américain de fabrication d'une bombe atomique depuis plusieurs années déjà...

La Haute Police de Staline était aussi essentielle à

la conduite de la politique étrangère qu'au fonctionnement interne du Kremlin. Cependant le renseignement scientifique et technique fut bien davantage exploité par le Kremlin que l'espionnage politique, toujours ignoré lorsqu'il ne correspondait pas avec les analyses de Staline et de son entourage direct qui, rappelons-le, copiait tout simplement les positions du dictateur.

Le 28 février 1945, Beria fit un rapport d'ensemble sur le renseignement nucléaire, s'appuyant sur des informations recueillies au cœur même du centre des recherches nucléaires américaines à Los Alamos. Cinq mois avant le premier essai nucléaire, le Kremlin disposait de tous les principaux éléments de construction de la bombe américaine. Des « tuyaux », communiqués mi-février par le célèbre scientifique et agent soviétique Fuchs, constituèrent la cerise sur le gâteau. Grâce à ces renseignements, Staline apprit que l'arme nucléaire américaine était « quasi opérationnelle », et qu'elle serait utilisée contre le Japon, sinon contre l'Allemagne. Ainsi était-il au courant du projet « Manhattan » de la construction de la bombe atomique américaine, que le vice-président Truman ne découvrit qu'en succédant à Roosevelt en avril 1945. Dans ce contexte le Kremlin joua une comédie diplomatico-policière en manifestant sciemment un certain scepticisme, puis en laissant entendre que l'URSS maîtrisait la nouvelle arme avant les États-Unis. Le 20 août 1945, au lendemain des bombardements d'Hiroshima et Nagasaki, Staline reconnut publiquement « son erreur », s'accusa d'avoir « sous-estimé l'agressivité des impérialistes » et ordonna la mise en place d'un comité spécial d'État à l'Énergie atomique sous l'autorité de Beria.

Quatre ans plus tard, presque jour pour jour, le 29 août 1949, la première bombe atomique soviétique explosait dans le désert du Kazakhstan. Mais la parité ne constituait nullement, pour le dictateur, un résultat suffisant : il voulait que le Kremlin ravisse la primauté nucléaire à l'Amérique. Sur son ordre, Beria lança immédiatement la recherche et l'industrie sur un nouveau projet, plus ambitieux encore : la mise au point d'une bombe à hydrogène, dix à vingt fois plus puissante que la bombe atomique proprement dite. Les Américains n'avaient pas encore réussi à maîtriser cette nouvelle technologie, mais une équipe soviétique avait réalisé dans ce domaine une percée prometteuse en 1948, grâce à l'imagination d'un jeune physicien, Andreï Sakharov.

De l'été 1949 à l'hiver 1953, pendant les trois ans et demi qui lui restaient à vivre, Staline suivit de façon quasi quotidienne l'évolution du renseignement en matière nucléaire. Les États-Unis semblèrent marquer des points décisifs en faisant exploser deux premiers engins thermonucléaires. Mais ils ne pouvaient être transportés par avion ou missile – leur valeur opérationnelle était donc nulle. En septembre 1952, Beria apporta enfin à son maître la nouvelle qu'il attendait. Une « superbombe » soviétique à hydrogène, vingt fois plus puissante que la bombe atomique et totalement transportable, était prête. Dès lors le Kremlin semblait assuré d'une supériorité stratégique absolue.

En 1949, Staline fêtait ses soixante-dix ans. Il croyait jouir d'une assez bonne santé – les symptômes de la maladie cardio-vasculaire qui allait l'emporter ne se manifesteront qu'à partir de 1950. Retiré au Kremlin, il gouvernait avec un petit nombre d'intimes auxquels il accordait provisoirement confiance et dont il entretenait les soupçons et les rivalités. Cette ambiance, digne de la cour des grands tsars, devenait de plus en plus surréaliste. Tout le monde attendait le dénouement avec appréhension. Dans ce contexte imprévisible, seul le chef emblématique de la Haute Police – Beria – semblait conserver la tête froide. Au reste, il possédait sur ses collègues proches et lointains des dossiers, des films, des enregistrements qui les tenaient, bon gré, mal gré, dans la limite d'une prudente défensive. Selon le dernier chef de cabinet du dictateur du Kremlin [1], Staline avait laissé – une fois – entendre à son ancien secrétaire et allié de toujours Malenkov qu'il serait son dauphin : « Après ma disparition, vous prendrez ma place. »

Au XIXe congrès du parti communiste de l'URSS, en octobre 1952, un Staline soudain vieilli, blanchi, tint des propos quasi incohérents mais déjà triomphants sur l'« éclair aveuglant » de « la guerre nucléaire » ; au cours des mois suivants, on l'entendra évoquer sans cesse « la guerre imminente ». Le vendredi 27 février 1953, le vieux dictateur assista à une représentation au Bolchoï. Il était seul dans sa loge. Ne se sentant pas bien,

---

1. M. T. Pomaznev (lors d'un entretien de l'auteur avec ce dernier).

il quitta le théâtre avant la fin de la représentation et retourna à sa datcha pour ne jamais revenir au Kremlin. Le lendemain, il fit la grasse matinée, dîna avec ses acolytes les plus proches [1] puis regarda un film et bavarda jusqu'à quatre heures du matin avec ses invités. Il était plus agressif que jamais, notamment à l'égard de Beria. Le dimanche 1er mars, le dictateur resta enfermé dans ses appartements ; ses domestiques n'avaient pas le droit d'y pénétrer sans avoir été appelés. Quand le soir tomba, la lumière s'alluma dans le bureau. Mais Staline restait toujours enfermé. À onze heures du soir, la gouvernante [2] (qui était en outre sa maîtresse) força la porte en compagnie de plusieurs gardes du corps. Le dictateur gisait sur le sol, inconscient. Contacté par téléphone, Beria ordonna de « le laisser dormir ». Il finit par arriver à la datcha au petit matin. L'agonie se prolongea quatre jours au cours desquels le dictateur du Kremlin passa par différentes phases de coma.

Pendant ce laps de temps, Beria réagit sans se soucier de l'impression qu'il donnait. Dès qu'il voyait la mort s'approcher du malade, il ne pouvait s'empêcher de répandre ses sarcasmes et de se moquer de lui sans vergogne. Mais dès que Staline reprenait ses esprits, Beria se jetait à ses genoux, lui prenait la main, le baignait de ses larmes. Le 5 mars à neuf heures cinquante du matin Staline rendit l'âme.

---

1. Malenkov, Beria, Khrouchtchev et Boulganine.
2. Matriona Petrovna.

La succession de Staline : les derniers secrets

Tandis que Beria prenait possession du bureau du dictateur défunt au Kremlin, deux divisions du ministère de l'Intérieur, sous ses ordres, ainsi que plusieurs chars aux chenilles alourdies par la neige, entrèrent au petit matin, dans Moscou et prirent position autour de la place Rouge. Comme pour marquer un point contre lui, le commandant en chef de la marine avait mis ses forces en état d'alerte.

Qui, parmi les grand boyards, allait l'emporter ? Les dés tombèrent d'eux-mêmes : Malenkov, Beria et Molotov [1] constituèrent un triumvirat. Ils marchèrent en tête des funérailles solennelles sur la place Rouge, le 9 mars. Mais cet arrangement était transitoire. Beria avait régné pendant quinze ans à la tête des structures de répression politique du Kremlin, record absolu de longévité à un tel poste ; en dépit d'une semi-disgrâce en 1952, il passa, au printemps 1953, pour le futur maître. (Il fut le premier chef de la police secrète à

---

1. Malenkov devint président du Conseil des ministres, et les deux autres vice-présidents.

viser la fonction suprême.) Aussi fut-il chargé d'organiser les funérailles sur la place Rouge.

La logique du Kremlin ayant toujours été de placer la Haute Police au-dessus des autres boyards, Beria semblait nettement avantagé. De fait, il se comporta pendant cent jours comme le troisième tsar rouge, multipliant de sa propre autorité les réformes et les initiatives diplomatiques. Pendant les funérailles, Beria fit tout, sans doute trop, pour mettre en valeur sa puissance. Selon le témoignage de Molotov il aurait même dit qu'il avait de sa propre initiative « liquidé » le dictateur.

Le 5 mars 1953, il était certainement l'homme le plus informé sur la situation du pays. Il connaissait mieux que tout autre les problèmes que devait affronter le Kremlin. Quelques jours plus tard, il restreignait les compétences du Conseil spécial, le tribunal qui jugeait sans appel les « ennemis du peuple » – ou plutôt procédait à l'habillage juridique hâtif des « liquidations » ordonnées par Staline. Dès le 10 mars, la condition des déportés du goulag fut adoucie. Beria proposa de procéder à une amnistie générale et immédiate. Le Présidium accéda en partie à cette demande, en libérant « les condamnés à des peines de moins de cinq ans », soit environ un million de personnes. Le chef de la Haute Police commença alors à réunir un dossier sur les crimes de Staline (ces archives ont sans aucun doute constitué des éléments essentiels du dossier utilisé par Khrouchtchev lors du XXe congrès, trois ans plus tard).

Beria souhaitait très probablement libéraliser l'économie du pays, peut-être instaurer une forme de multipartisme et sans doute retirer le soutien soviétique à l'Allemagne de l'Est pour permettre sa réunification avec l'Allemagne fédérale. Certes, il y avait là des calculs personnels : en lâchant l'Allemagne, il achetait la bienveillante neutralité de l'Occident, et en limitant le pouvoir d'un parti communiste (qu'il savait ne pas pouvoir dominer) il avait espoir de garder les rênes.

S'agissait-il d'une libéralisation en trompe l'œil, selon les méthodes ancestrales du Kremlin ? En tout état de cause, les décrets pris par Beria au printemps 1953 furent effectivement appliqués et la terreur apocalyptique, qui avait marqué les règnes de Lénine et de Staline, ne reprit jamais.

Ces projets auraient pu sonner le glas de la guerre froide et atténuer la domination du parti communiste. C'est sur ce plan-là que Beria fut en quelque sorte le précurseur des futurs réformateurs. Mais la crainte qu'inspiraient ses ambitions unifia le reste des boyards contre lui. Ce fut Khrouchtchev, l'homme qu'il redoutait le moins, l'estimant trop occupé par les problèmes agricoles, sables mouvants du socialisme soviétique, qui allait prêcher la révolte. Lorsque Beria proposait un projet, il le contre-attaquait systématiquement. Celui-ci voulut alors assurer sa popularité et en appela aux droits de la personnalité humaine, à la légalité. Mais Khrouchtchev entreprit une campagne de chuchotements auprès de ceux qui avaient des raisons de se détacher de Beria.

La rébellion est-allemande, le 17 juin 1953, allait

provoquer sa chute. Le prétexte pour commencer l'offensive fut donné par les événements. De Berlin-Est à Dresde, les manifestations se succédaient. Les militaires soviétiques de Bohême adressèrent des reproches à Beria : ces émeutes auraient dû être étouffées dans l'œuf par sa puissante organisation policière. Il avait « manqué de vigilance ». Une telle accusation sous Staline l'aurait conduit dans une des caves de la Loubianka. Il fut seulement invité à se rendre au Kremlin.

En ce matin du 26 juin 1953, l'âme damnée de Staline, maréchal, ministre de l'Intérieur et premier vice-président du Conseil, fit son entrée au Kremlin, sans méfiance particulière. Selon son habitude, il était accompagné par ses quatre gardes du corps. Il était le seul personnage à ne pas être fouillé. À chaque coin des longs corridors était posté un homme. Tous dépendaient de lui. Quelques visages ne lui étaient pas inconnus et il les salua.

Maniaque du complot, Beria avait installé des mesures de sécurité confinant à la paranoïa la plus extrême : un garde du Kremlin prenait son service à six heures du matin mais n'avait connaissance de son poste que dix minutes avant de l'occuper. En outre, il pouvait à tout instant être déplacé de couloir en couloir – et Dieu sait s'ils sont longs ! – grâce à un système complexe de transmission installé par Beria. Ces corridors ressemblaient à un labyrinthe, à une route mystérieuse ne menant nulle part. La lumière en demi-teinte accentuait cette impression étrange, écrasante, de se trouver dans la demeure d'un dieu vivant, omniprésent et omnipotent. Seul Beria possédait la clé de cette gigantesque toile d'araignée tissée pour protéger le Kremlin.

Ce jour-là, le maréchal portait sous le bras une serviette de cuir noir. L'officier de garde qui avait la consigne de veiller à ce qu'aucun visiteur ne soit armé ne pria pas son propre ministre d'ouvrir la fameuse sacoche. Mais à peine Beria fut-il dans la salle de réunion que le piège se ferma. Les portes se bloquèrent derrière lui. Il posa sa serviette sur la table, à portée de la main et jeta un coup d'œil à la ronde. À cet instant, le président du Conseil des ministres, Malenkov, le regarda puis, mal à l'aise, détourna les yeux. Il prit alors la parole :

« Discutons des affaires du parti. Certains problèmes doivent être réglés sans retard. » Un murmure d'approbation se fit entendre. Malenkov caressait du bout du doigt le bouton qui commandait une sonnerie installée dans une salle voisine où se trouvait le maréchal Joukov entouré de quelques militaires armés parmi lesquels le futur numéro un du Kremlin, Leonid Brejnev. Khrouchtchev, premier secrétaire du Parti, la voix rauque, presque rageuse, ouvrit le débat : « On commence par étudier le cas Beria. »

Celui-ci blêmit :

« Que se passe-t-il Nikita ?

– Prête l'oreille à tout et tu le sauras. »

Le réquisitoire suivit dans un silence où l'on n'entendait que la respiration de plus en plus bruyante de l'accusé. Khrouchtchev rappela ce que leur avait dit un jour un vieux bolchevik : « Beria était un agent anglais. » Les autres grand boyards avaient parlé en procureurs, avec une passion inattendue, sans daigner jeter un œil sur l'accusé. Beria ressentit alors tout le mépris qu'il y avait dans la déposition de Khrouchtchev. Pire, il savait désormais que son accusateur était soutenu par les autres boyards.

Beria n'était pas assez vif pour riposter et il avait compris qu'on ne lui laisserait pas la possibilité de se défendre. Sa main caressait le cuir souple de sa serviette. Impossible de s'échapper. Après un instant de flottement, Khrouchtchev se leva pour la seconde fois. Il proposa que Beria soit « libéré » de ses fonctions. Malenkov appuya alors sur le signal et la porte de la salle s'ouvrit en grand. Les militaires apparurent. Beria, traqué, chercha à ouvrir sa serviette de cuir, mais Khrouchtchev lui immobilisa la main et tenta de la lui arracher. Cette lutte sans merci prit un caractère de symbole : celui qui allait réussir à tenir la mallette allait détenir le pouvoir au Kremlin. Khrouchtchev l'emporta...

Le Kremlin au pas ukrainien

Officiellement, Beria aurait été incarcéré au QG de la région militaire de Moscou, interrogé, jugé, et finalement exécuté le 23 décembre 1953. Mais selon de nombreux témoignages, et non des moindres (Khrouchtchev lui-même a tenu des propos ambigus dans ce sens), il aurait été abattu dès la réunion du 26 juin.

Khrouchtchev est donc sorti triomphant de cette épreuve de force. Sa démarche, cependant, était marquée par de profondes contradictions car son but était de perpétuer au Kremlin la domination du parti communiste, clé de voûte du système stalinien, en s'appuyant sur sa Haute Police. Aussi n'y eut-il jamais de procès ni contre Staline, ni contre son régime totalitaire.

Le petit bonhomme rondouillard avait tout vu. À deux reprises, avant et après la guerre, il avait été premier secrétaire du parti communiste d'Ukraine. Serviteur zélé de Staline, il avait également dirigé la construction du fameux métro de Moscou. Comme tous les dirigeants du Kremlin de cette époque, il envoya de nombreuses personnes au goulag. Toutefois, le 14 février 1956, au cours d'une séance à huis clos du XXe congrès du parti communiste, il projeta une lumière sur les crimes de Staline. Cependant, il continua à renforcer la nomenklatura, cette corporation fermée de caractère mafieux réunissant de hauts dirigeants du Kremlin.

Comme autrefois Staline, Khrouchtchev incarnait l'autorité suprême. Décidant de tout en matière politique, il se transformait à ses heures en chef du renseignement. En 1954, sa Haute Police changea encore une fois de nom pour une appellation mythique : le KGB. Son appareil fut immédiatement repris en main et purgé de ses membres liés directement à Beria. Des centaines d'entre eux furent purement et simplement exclus des services de sécurité et quelques dizaines se virent condamnés à mort ou à de longues peines de prison.

À l'époque, et plus que jamais, la Haute Police soviétique ne prenait pas la liberté de soumettre en haut lieu des analyses, sauf sur une sollicitation spéciale : habituellement, ces documents représentaient tout simplement un assemblage d'informations, dépourvu de conclusions. Personne ne voulait se hasarder à prendre le risque d'aller à l'encontre des opinions « politiquement correctes [1] ».

1. La Haute Police reprit tout de même ses couleurs sous la houlette d'Alexandre Chelepine, le dynamique et relativement jeune président du KGB entre 1958 et 1961, qui ne faisait pas mystère de son ambition de devenir secrétaire du maître du Kremlin. Il se vit à son tour écarté lorsque Brejnev et ses complices renversèrent Khrouchtchev. Le 29 juin 1961, Chelepine soumit à Khrouchtchev une première ébauche de stratégie globale élaborée par le KGB pour combattre les États-Unis. Il s'agissait de « créer,

Plusieurs fois, Khrouchtchev chercha à démontrer sa force à Berlin. Et, dans la nuit du 12 au 13 août 1961, les troupes est-allemandes fermèrent les limites séparant l'est et l'ouest de la ville avec des rouleaux de barbelés. Les Occidentaux commencèrent par tergiverser et finalement, Washington recula à Berlin. Ce ne fut pas le cas à Cuba en octobre 1962. Le monde se trouva réellement au bord d'une apocalypse nucléaire. Une fois encore, les agents du Kremlin allaient être en première ligne, même si le KGB joua dans cette crise un rôle moins important que le GRU, le renseignement militaire.

Durant cette période fatidique, les aspects essentiels du fonctionnement du Kremlin furent déterminés par un match insolite opposant deux espions, colonels du GRU.

---

dans différentes régions du monde, des circonstances susceptibles de détourner l'attention des Américains et de leurs alliés, les neutralisant ainsi durant le règlement de la question de Berlin-Ouest ». La première partie du plan proposait d'utiliser les mouvements de libération nationale dans le monde pour s'assurer un avantage dans le conflit Est-Ouest. Il fallait « activer, par les moyens à portée du KGB, des soulèvements armés contre les gouvernements pro-occidentaux ». La Haute Police dressa alors la liste des régimes « réactionnaires » à abattre, à commencer par ceux d'Amérique centrale, arrière-cour de « l'ennemi principal ». Au Nicaragua, il suggéra d'y coordonner un « front révolutionnaire » constitué de Cubains et de sandinistes locaux. Chelepine avait aussi en vue une opération de déstabilisation des bases de l'Otan en Europe de l'Ouest, et une campagne de désinformation pour démoraliser l'Occident en le persuadant de la supériorité croissante des forces soviétiques.

La crise de Cuba : quand l'espion se déguise en play-boy

Au mois de mai 1961, le Kremlin chargea le colonel de ses services de renseignement militaire, Georgui Bolchakov, d'une mission spéciale : gagner l'amitié de l'attorney général américain Robert Kennedy. Envoyé à Washington sous couverture journalistique comme chef de bureau de l'agence Tass, ce colonel soviétique se plaisait à faire tourner les têtes des belles Américaines. Ses vestes à carreaux, ses sourires spontanés et ses gestes désinvoltes étaient particulièrement appréciés par les actrices d'Hollywood où il se retrouvait d'ailleurs souvent en compagnie du frère cadet du président américain. Selon la formule de Robert Kennedy, il l'avait rencontré « en toutes sortes d'occasions ».

Cet officier du GRU, grand professionnel du renseignement caché sous le masque d'un play-boy, réussit à convaincre l'attorney général qu'à eux deux ils pouvaient « changer le cours de l'histoire ». En faisant office de ligne directe entre John Kennedy et le Kremlin, ils aspiraient à court-circuiter les rigidités de la diplomatie officielle. Selon les propres termes de Robert Kennedy « une authentique amitié naquit entre les deux hommes » et chaque fois que le Président américain avait un message à transmettre au Kremlin, le colonel Bolchakov servait d'intermédiaire.

En mars 1962, Fidel Castro encouragea le KGB à favoriser l'installation, à La Havane, d'une base chargée d'exporter la révolution dans toute l'Amérique latine. Et en mai, le chef du Kremlin décidait d'installer des bases de missiles nucléaires à Cuba, amorçant ainsi le coup de poker le plus aventureux de toute la guerre froide. En affichant son appui à la révolution cubaine, il cherchait surtout à torpiller les plans d'une éventuelle attaque nucléaire américaine (schéma, rappelons-le, conçu par les services secrets soviétiques et crédibilisé à tel point que Moscou y crut fermement). Puis, Khrouchtchev se laissa persuader que les Américains ne détecteraient la présence des sites de missiles à Cuba que lorsqu'il serait trop tard pour intervenir. À tort. En effet, les avions espions U-2 américains volant à haute altitude, étaient parfaitement capables de photographier les bases de missiles en construction ; de plus, les techniciens américains étaient aptes à déchiffrer ces images. D'autant que Washington avait été mis au courant de ces plans de construction par un autre colonel, membre du GRU, Oleg Penkovski, qui trahissait le Kremlin pour le compte de la CIA et du SIS britannique. (Les principaux renseignements américains sur les bases cubaines, portaient le nom de code « Ironbank », attribué aux informations de Penkovski.)

Pendant ce temps, le colonel Bolchakov continuait à rassurer ses interlocuteurs américains. Depuis mai

1961, il rencontrait Robert Kennedy au moins deux fois par mois et la Maison-Blanche apportait un grand crédit aux informations de cet homme de l'ombre. Pis, au début de la crise de Cuba, le Kremlin alla jusqu'à compromettre ce maître espion dans une vulgaire opération de désinformation. Et le 6 octobre, Moscou lui donna l'ordre d'affirmer à Robert Kennedy que les armes livrées à Cuba étaient exclusivement défensives. Ce fut une mystification de trop. Le lendemain, un journaliste proche du Président Kennedy [1] déjeuna avec Bolchakov et lui demanda de lui répéter le contenu de la communication venant du Kremlin. Le journaliste américain sortit alors de sa serviette une vingtaine de photos des bases de lancement soviétiques de Cuba et lança au Russe :

« Qu'en dites-vous ? Je parie que vous savez certainement que vos missiles se trouvent à Cuba... »

Quelques jours plus tard, à la mi-octobre, l'existence des bases soviétiques en cours de construction était révélée au grand public. Robert Kennedy s'en prit alors au colonel Bolchakov, soulignant que le Président des États-Unis s'était sentit personnellement trompé. Le maître-espion était discrédité.

La crise mit aussi en évidence le manque relatif d'influence du chef du KGB [2].

---

1. Charles Bartlett.

2. En effet, en décembre 1961, l'énergique Chelepine avait cédé ce poste à Vladimir Semitchastny, un personnage terne, totalement étranger à la communauté de renseignements. Khrouchtchev d'ail-

Le moment fut dramatique. Pendant la crise de Cuba, Khrouchtchev transforma même des salles de réunion du Kremlin en dortoirs afin de pouvoir prendre une décision à n'importe quel moment.

Finalement le 25 octobre Khrouchtchev déclara au présidium que les bases de missiles pourraient, en tout dernier ressort, être détruites, à condition, toutefois, d'obtenir des Américains qu'ils s'engagent à ne pas envahir Cuba.

Le 27 octobre, au plus fort de la crise, un autre officier[1] à qui nous devons une fière chandelle, a probablement sauvé le monde de l'apocalypse nucléaire. Ce jour-là, à bord du sous-marin B-59 où il était embarqué, la tension était extrême. Pourchassé par le destroyer américain *Beale* qui l'avait repéré et l'arrosait de grandes salves pour qu'il fasse surface, le sous-marin soviétique, équipé de torpilles à tête nucléaire, se préparait à tirer. Il avait le feu vert de son commandement suprême, à condition que les trois officiers supérieurs à bord donnent leur accord. Deux votèrent pour, seul le capitaine s'y opposa.

Ce jour-là, il s'en fallut de peu. Et si cet instant fut

---

leurs, ne cacha pas qu'il n'avait cure des conseils de cet apparatchik des jeunesses communistes. Notons que ce fonctionnaire insignifiant ne fut jamais reçu par le chef du Kremlin durant la crise de Cuba. Il ne fut pas davantage appelé à participer aux réunions au Kremlin, qui fut le véritable centre des décisions en matière politique.

1. Le capitaine Arkhipov.

le plus critique de la guerre froide, il fut surtout le plus dangereux de toute l'histoire du Kremlin...

Les années Khrouchtchev préfiguraient le déclin de la grande époque de l'espionnage des Tsars rouges. À la fin des années soixante, contrairement à leurs aînés d'avant-guerre, la plupart des révolutionnaires, étudiants idéalistes, cherchèrent leurs modèles non pas dans les vieux partis communistes, mais auprès d'une nouvelle gauche qui paraissait de plus en plus suspecte aux yeux des boyards soviétiques.

Le Kremlin, le sexe et l'espionnage

En 1958 le Kremlin entreprit l'une de ses plus importantes opérations dans l'espoir d'introduire un agent d'influence dans les plus hautes sphères du gouvernement français. Il espérait placer auprès du général de Gaulle un homme susceptible de l'influencer au détriment du bloc occidental. Ce projet monumental visait à attirer un ambassadeur dans les filets de la Haute Police du Kremlin. Ce haut fonctionnaire français était Maurice Dejean, autrefois membre influent du gouvernement de la France libre pendant la Seconde Guerre mondiale. Avec l'aval personnel de Khrouchtchev plus de cent officiers du KGB, d'éminents intellectuels et d'élégantes prostituées, participèrent à une sorte de mise en scène qui entraîna un véritable siège de l'ambassade de France à Moscou et causa la mort d'un honorable Français.

Le décor et la mise en scène de cet opéra bouffe furent orchestrés par Khrouchtchev lui-même. Ainsi le Kremlin se chargea-t-il de trouver de belles femmes, notamment des actrices célèbres, susceptibles de corrompre les étrangers, qu'il stimula en leur promettant de l'argent, des habits ou encore un peu de liberté et d'amusement, toutes choses normalement absentes de la vie soviétique. Ces charmantes recrues furent surnommées les hirondelles en raison de leur manière de travailler. En effet, comme ces oiseaux qui font leurs nids les uns à côté des autres, elles utilisaient deux studios adjacents. (Dans l'un, la dame séduisait l'étranger qu'elle devait compromettre, dans l'autre, les techniciens du KGB filmaient et enregistraient le tout.) Des micros captant toutes les conversations furent, bien entendu, cachés dans la résidence de l'ambassadeur ; le chauffeur russe et les domestiques alloués à l'ambassadeur par le ministère des Affaires étrangères étaient du KGB.

Au centre de cette opération se trouvait un certain Orlov, grand séducteur devant l'éternel, chanteur célèbre, idole de la jeunesse moscovite. Avec sa haute stature et son teint de Tzigane celui-ci n'avait aucun mal à piéger les étrangères.

Toute cette organisation mise en place, la Haute Police organisa une excursion à l'intention de l'ambassadrice dans le pur style des fantasmes soviétiques. Des vins millésimés, des fromages, des fruits et des pâtisseries furent acheminés des magasins spéciaux du KGB. Après une traversée grisante, le bateau s'arrêta sur la jetée d'une île déserte de la Moskova. Les agents et leurs invités se promenèrent, nagèrent et apprécièrent les mets luxuriants. Le vin et le cognac aidant, le retour se fit en rires et en chants. Enthousiasmée,

Mme Dejean convia ses nouveaux amis à la célébration du 14 juillet.

Plusieurs « artistes » passèrent donc la lourde porte de bois monumentale à décor sculpté de l'ambassade, un magnifique hôtel du XVIIe siècle. L'entrée leur sembla intentionnellement basse et un peu sombre, mais les encadrements multicolores de céramique qui entouraient les portes, en face et à droite, ne leur parurent que plus éclatants. Les reflets des appliques lumineuses jouaient sur les battants des portes, couvertes de motifs complexes de cuivre martelé. Foulant les carrelages multicolores formant un décor géométrique, ils furent conviés à monter les marches de marbre noir veiné de blanc de l'escalier aux vitraux colorés dont les voûtes dorées étaient compartimentées avec une résille de losanges : il n'y avait pas ici de représentation de scène historique ou d'événement, mais seulement des motifs décoratifs. Fascinés, les artistes arrivèrent enfin dans le grand salon où ils purent admirer deux grandes tapisseries du XVIIe siècle, de la série des « Mois Lucas », représentant deux des douze signes du zodiaque, le Poisson et le Cancer.

Bien que l'ambassadeur ne fût ni grand, ni beau, son regard vif, son air sain et ses cheveux grisonnants lui donnaient l'apparence d'un homme de bien, pondéré. Dejean et Khrouchtchev, invités d'honneur de la fête, burent du champagne et échangèrent des plaisanteries en se donnant de temps à autre des accolades en riant. La soirée fut un succès et Mme Dejean accepta un pique-nique pour la semaine suivante avec « les artistes russes ».

Le KGB prit alors ses dispositions pour engager une nouvelle étape du complot visant l'entrée dans l'entourage de l'ambassade de France de l'homme responsable de toute l'opération : le lieutenant général Oleg Gribanov, le redoutable patron de la deuxième direction principale du KGB [1].

Trapu, la calvitie naissante, portant toujours des pantalons informes et un binocle, cet officier ressemblait au type même du bureaucrate soviétique. Il inventa tout un stratagème pour rencontrer les Dejean par l'intermédiaire de sa femme afin que cela paraisse plus naturel. Deux éminents « contractuels » du KGB furent choisis pour servir d'intermédiaires : un célèbre écrivain et auteur de l'hymne national soviétique et sa femme, parfaite francophone, auteur populaire d'histoires pour enfants.

Au cours d'une réception diplomatique, une séduisante dame, major du KGB, fut présentée comme « Mme Gorbounov, traductrice au ministère de la Culture, et épouse d'un membre du Conseil des ministres ». Dans un parfait français, elle parla beaucoup de son « mari », le présentant comme un confident des responsables soviétiques. Tout à fait le genre de per-

1. Pour être présenté à Dejean, Gribanov prit le nom de Gorbounov, un « important membre du Conseil des ministres » puis se fit accompagner d'une « épouse », major du KGB, prénommée Vera.

sonnage qu'un ambassadeur aimerait connaître. Aussi les Dejean furent-ils ravis d'accepter une invitation chez ces « hauts dignitaires ». Pour impressionner l'ambassadeur, le KGB avait réquisitionné et meublé un spacieux appartement afin d'en faire le domicile moscovite du couple d'espions. Plus important encore, le président du KGB en personne prêta sa datcha située à une vingtaine de kilomètres de la capitale ; une intéressante bâtisse russe, faite avec des troncs d'arbres, ornée de multicolores portiques et de châssis aux fenêtres. Cette datcha devint le cadre de savoureuses fêtes où les Dejean fréquentaient un cercle agréable d'écrivains, d'artistes, d'acteurs, d'actrices et d'« officiels ». Évidemment tous étaient des agents du KGB ou des « hirondelles ».

Comme il se devait, pour être crédibles, les interlocuteurs de l'ambassadeur lui confiaient parfois de vraies informations, tandis qu'on emmenait son épouse faire des excursions « pour voir le pays ».

Pourtant au début de l'année 1958, quelque dix-huit mois après le commencement de l'affaire, le plan élaboré par le KGB n'avait pas donné de résultats. Le Kremlin décida alors de brusquer les choses en introduisant un nouveau personnage dans l'entourage de l'ambassadeur. À la fin du printemps de 1958, l'opération avait pris une autre signification. De Gaulle était de nouveau au pouvoir et Dejean, toujours considéré comme proche du Général, était capable de l'influencer...

Ainsi réapparut aux fêtes organisées en l'honneur de

l'ambassadeur Lora, une hirondelle des plus expérimentées. D'après la légende, cette jeune actrice était mariée à un géologue qui explorait la Sibérie la plus grande partie de l'année. La Haute Police avait à cet égard suggéré à Lora de décrire son époux comme un homme cruel et un jaloux pathologique. Cette fois-ci Dejean noua des relations plus suivies que celles qu'il avait eues avec ses précédentes « traductrices ». Lorsque sa femme partit en Europe pour les vacances, le Kremlin donna l'ordre d'accélérer l'opération commencée depuis plus de deux ans déjà. Des rondes de surveillance spéciale furent organisées afin que les techniciens des services secrets puissent installer des transmetteurs de radio dans l'appartement jouxtant celui qui allait servir de « nid d'hirondelle ». Puis le KGB rassembla son équipe dans une suite de l'hôtel Métropole et donna ses dernières instructions. Le lendemain matin, Dejean et Lora partaient pique-niquer à la campagne. Les deux voitures, étroitement surveillées, s'arrêtèrent à la lisière d'une forêt, sur une colline surplombant un ruisseau. Pendant ce temps, à des kilomètres de là, dans l'appartement jouxtant celui de l'hirondelle, le vénérable général du KGB recevait les rapports de ses agents cachés dans la forêt. Au milieu de l'après-midi le couple rentrait à Moscou. Dès leur arrivée à l'appartement de Lora, celle-ci annonça :

« J'ai reçu un télégramme de mon mari, il revient dcmain. » Écoutant lcs bruits provcnant dc l'appartement, les agents attendaient impatiemment le signal. À peine l'hirondelle eut-elle enfin prononcé le nom de code que la porte s'ouvrit violemment. Le « mari » de Lora, et un « ami », travestis en explorateurs géologues, avec des chaussures à crampons et des sacs à dos, se jetèrent alors sur l'ambassadeur et le battirent violemment. Giflée, la jeune femme pleurait et criait : « Arrêtez ! Vous allez le tuer ! C'est l'ambassadeur de France ! » De son côté, le « mari » hurlait qu'il voulait porter plainte...

Tout ce spectacle de boulevard monté par la Haute Police n'aboutit pourtant pas car l'ambassadeur ne voulait en aucun cas trahir la France et fut rappelé à Paris avant que le chantage du KGB n'eût vraiment commencé. D'ailleurs, quelques mois plus tard, un transfuge dévoila les détails de ce plan rocambolesque visant à le compromettre.

De Gaulle accueillit l'ambassadeur à son retour par cette réprimande désormais célèbre : « Alors, Dejean, on couche ? » Tout était grotesque et caricatural dans ces scènes d'opérette d'espionnage ; le Tsar rouge écrivant les scénarios, les maîtres-espions passant leur temps à instruire les hirondelles.

L'ambassade de France à Moscou continua naturellement à être une des cibles majeures des Soviétiques. Ainsi, au début des années soixante, un attaché de l'air, le colonel Louis Guibaud, se laissa-t-il séduire par des hirondelles du KGB au terme de savantes manœuvres. Mais, soumis au chantage habituel, photos des ébats à l'appui, l'officier se suicida en 1962 avec son arme de service.

Khrouchtchev (qui adorait les histoires scabreuses), tel un voyeur refoulé, prenait connaissance de ces « preuves matérielles » des divertissements sexuels des Occidentaux filmés par les services secrets en compagnie de ses agents. Ces petits plaisirs n'égayèrent pas pour autant l'atmosphère de plus en plus pesante qui régnait au Kremlin. Son chef, en effet, devait faire face à une double mise en cause de sa légitimité. Son emprise sur le parti et le KGB était faible et la nomenklatura, peu satisfaite de sa gestion ; d'autre part, la crise de Cuba avait montré non seulement son aventurisme politique mais aussi ses limites intellectuelles.

Le règne de Khrouchtchev s'acheva par un coup d'État[1].

Quand il partit passer ses vacances au bord de la mer Noire, à l'automne 1964, des collègues souriants vinrent lui dire au revoir. Lorsqu'il revint, le 13 octobre, pour répondre à une convocation du présidium, il ne trouva à son arrivée à l'aéroport que le président du KGB et un officier supérieur de la sécurité. « Ils sont tous au Kremlin, ils vous attendent » lui annonça le président du KGB.

---

1. Plus tard Semitchastny, le président du KGB, révéla publiquement qu'il avait été contacté en 1964 par Brejnev, à l'époque chef de file du complot, qui lui proposa d'organiser l'assassinat de Khrouchtchev. (Dieu que les traditions séculaires sont vivaces !) Semitchastny refusa. Mais il accepta de mettre sur écoute les lignes téléphoniques privées de Khrouchtchev. Brejnev aurait aussi suggéré d'introduire un empoisonneur dans les cuisines du palais puis il aurait soufflé la possibilité d'organiser un accident d'avion alors que Khrouchtchev rentrait d'un voyage officiel au Caire !

Khrouchtchev se rendit sans lutte ; il accepta de démissionner « pour raisons d'âge et de santé ». Jeté aux oubliettes de la politique, il ne fut plus évoqué dans la presse soviétique, jusqu'à l'entrefilet de la *Pravda* annonçant sa mort en 1973. Cependant, à sa façon, il marqua le Kremlin dont la transformation réelle eut lieu entre 1959 et 1961, lorsque fut construit en son cœur l'énorme palais des Congrès [1].

1. Bâtiment typiquement soviétique, c'est un rectangle de cent vingt mètres de long sur soixante-dix de large. Il fait près de trente mètres de haut et s'enfonce de quinze mètres dans le sol. Il comporte une salle des congrès de six mille places et une salle des banquets de deux mille cinq cents places. Le palais des Congrès a été construit pour recevoir le congrès des députés d'URSS, les congrès du Parti communiste.

Le KGB prend le pouvoir

En automne 1964 Khrouchtchev fut donc limogé à la suite du complot ourdi par les boyards du Kremlin désirant assurer leurs postes menacés par les réformes. Leonid Brejnev fut alors promu « Tsar rouge ».

Lorsqu'il arriva au pouvoir, c'était un homme d'une cinquantaine d'années, énergique et pugnace. Ce méridional natif d'Ukraine était un maître en intrigue politique, jovial amateur de chasse, de bonne chère et de voitures de sport. Devenu chef du Kremlin, Brejnev laissa ouvertement s'exprimer son narcissisme. Sa préoccupation essentielle était de se maintenir en grande forme. Pour ce faire, il nageait quotidiennement deux heures. Le KGB avait minutieusement choisi un coiffeur qui, deux fois par jour venait dompter son épaisse chevelure. Chaque semaine, il s'adonnait à sa passion pour la chasse.

Absorbé par ses petits plaisirs et les intrigues politiques, Brejnev laissa sa Haute Police aux mains d'un personnage hors pair : Youri Andropov. D'un KGB troublé par les péripéties de l'époque poststalinienne, et souvent mis en échec par le contre-espionnage occidental, Andropov sut refaire un instrument efficace. Par ce fait, et alors même qu'il avait longtemps été tenu à l'écart de certains rouages centraux du pouvoir comme le secrétariat du parti ou le Bureau politique, il réussit à devenir l'un des hommes les plus puissants du Kremlin. Andropov était aussi, paradoxalement, l'espoir des modernistes, sinon des libéraux, de ceux qui voulaient croire à l'évolution de la politique du régime. Bref, une sorte de second Beria, moins chargé de crimes que le premier, plus prudent, et somme toute plus crédible. Cette réputation tenait d'abord à son allure personnelle. Peut-être parce qu'il n'était pas un professionnel du renseignement, mais avant tout, un haut fonctionnaire chargé des relations avec l'étranger, et un diplomate, Andropov se permettait d'afficher une sorte d'étrange enthousiasme pour le monde anglo-saxon : il lisait ou faisait lire des livres et des périodiques américains ou britanniques, écoutait des disques de jazz et ne buvait, en société, que du whisky.

Lorsque je faisais mes études à l'Institut des relations internationales[1], j'eus l'occasion de fréquenter Igor, un de ses fils. Né en 1945, celui-ci avait été non seulement éduqué, mais autorisé à séjourner longuement aux États-Unis, où il écrivit une thèse sur le mouvement ouvrier local.

Expression la plus achevée de la conscience professionnelle (c'est le devoir de tout espion que de

1. Une sorte de « Sciences-po » soviétique plus connu sous son abréviation : Mgimo.

connaître intimement ses adversaires) ? Machiavélisme ou non-conformisme réel ? Une partie des réponses à ces interrogations se résumait à ce fameux « demi-sourire » qui permettait à Andropov de mettre autrui en confiance sans pour autant répondre à d'éventuelles questions. Tous ceux qui l'ont connu évoquent le ton courtois mais ambigu de ce personnage, et un sourire qui finissait par provoquer une sorte de malaise. Quand j'eus le loisir de l'observer de près, en 1982, au Kremlin, j'ai en effet pu constater que ses yeux changeaient souvent de couleur, laissant soudain apparaître, derrière ses lunettes, un éclat glacial.

Mais sa réputation libérale ou moderniste reposait aussi sur des faits concrets. Il avait été, au début des années 1950, l'une des chevilles ouvrières du « compromis finlandais » : le maintien d'une Finlande semi-indépendante, « bourgeoise » mais neutre. Ambassadeur en Hongrie de 1954 à 1957, il y avait appliqué une politique analogue. Certes, il avait dû diriger la répression après l'insurrection de l'été 1956, mais il était finalement parvenu à mettre en place un gouvernement à la fois relativement libéral et loyal à Moscou[1]. Chargé des relations entre les États au sein du bloc de l'Est, il reprit ces méthodes entre 1957 et 1961, notamment en encourageant ces pays à mettre en pratique, selon le cas, le « libéralisme bourgeois », le nationalisme ou même la religiosité chrétienne ou islamique.

---

1. Dirigé par János Kádár.

Plutôt que faire marcher un mécanisme de terreur, Andropov prétendait attribuer à la Haute Police du Kremlin un rôle d'instrument de contrôle ou d'« ingénierie politique », même s'il habilla ce choix d'une citation de Staline prononcée en 1924 en guise d'instructions à l'ambassadeur soviétique en Afghanistan : « L'important n'est pas que le poing frappe, mais qu'il soit toujours suspendu au-dessus de chacun... »

Andropov comprenait que l'arrangement brejnévien – chaque boyard dans son fief – mènerait le Kremlin au désastre. Une crise économique, sociale et morale s'approfondissait dans le pays, la croissance perdait de la vitesse, l'inflation s'installait et le budget militaire prélevait une part exorbitante du PNB. Un rapport secret l'avertit que l'URSS risquait de ne plus être, en l'an 2000, qu'une puissance de second ordre, voire de rejoindre le tiers-monde. Mais comment redresser la situation ?

Avec son énigmatique sourire, Andropov soutiendra les réformistes « désireux de travailler au sein du socialisme », mais brisera les « dissidents et les traîtres »... Pourtant des esprits avertis le décriront d'une manière plus tranchée : « Le type même du néostalinien » me dira Alexandre Yakovlev, futur idéologue de la perestroïka.

À la tête du KGB de 1967 à 1982, Andropov essaya effectivement de maintenir la lutte contre la subversion idéologique au premier rang des préoccupations du Kremlin, même si à la mégaterreur de Staline, il préféra selon ses termes « la prévention ».

Particulièrement inquiet des réformes du « Printemps de Prague » en 1968, le chef de la Haute Police créa la Ve direction du KGB, chargée de contrôler toute forme de dissidence et de mettre des bâtons dans les roues du mouvement d'opposition. Le cas Soljenitsyne le hantait littéralement. En octobre 1970, lorsqu'on apprit que le plus grand dissident soviétique avait obtenu le prix Nobel de littérature, le chef du KGB adressa immédiatement au Kremlin une note contenant un projet de décret visant à priver Soljenitsyne de sa nationalité et à l'expulser d'Union soviétique[1]. Et, en 1977, un total de trente-deux opérations furent mises en place contre un autre célèbre dissident, Andreï Sakharov – « l'ennemi public numéro un », selon la formule d'Andropov. Tous les groupes de dissidents sans exception furent infiltrés par un ou plusieurs agents et des informateurs du KGB.

---

1. Andropov ne parvint cependant pas à convaincre une majorité au sein du Politburo. Cette fois-ci Brejnev préféra suivre l'avis de son ami personnel Nikolaï Chtchelokov, ministre de l'Intérieur. Celui-ci conseilla en effet, à l'automne 1971, d'essayer de rallier Soljenitsyne aux positions du Kremlin au lieu de le persécuter : « Il faut que l'un des supérieurs hiérarchiques aille discuter avec lui pour lui retirer de la bouche le goût amer que les persécutions lui auront laissé. » Brejnev rappela – avec approbation, semble-t-il – un certain nombre de points figurant dans une note de Chtchelokov. « Pour résoudre la question Soljénitsyne, il convient d'analyser les erreurs commises par le passé dans nos relations avec les milieux artistiques... En l'occurrence, il ne faut pas exécuter publiquement nos ennemis, mais les étouffer sous les caresses. »

À côté de ces opérations d'envergure, la Haute Police avait une autre préoccupation majeure : la vie quotidienne de Brejnev et de son entourage, notamment de ses deux enfants ; son fils aîné, Youri, vice-ministre du Commerce extérieur, réputé pour son penchant pour l'alcool et les pots-de-vin ; sa fille, Galina, amateur de bonne chère comme son père, dont les frasques en compagnie d'acteurs de cirque étaient légendaires et qui jouissait d'une très mauvaise réputation dans le pays. Décidément, au Kremlin, l'opérette va souvent de pair avec la tragédie...

Mais Andropov évitait d'aborder ces sujets délicats. Quant à la vie quotidienne de Brejnev lui-même, elle était sans fantaisie : il habitait une datcha de trois étages, bâtisse sans âme typiquement soviétique, située à une dizaine de kilomètres de Moscou. Chaque jour, il pratiquait le même rituel. Vers neuf heures, il partait pour le Kremlin après avoir pris son petit déjeuner en compagnie de sa femme et de son garde du corps du KGB, puis revenait dîner tard et parlait peu. Il lisait « en diagonale » les documents officiels tout comme les rapports des services de renseignements qu'on lui soumettait et se contentait de signer les résolutions préparées à l'avance par ses assistants. En revanche il parlait souvent avec Andropov.

Dans ce théâtre de l'absurde, le KGB devait également s'occuper des petites satisfactions du Tsar rouge comme, par exemple, le choix de son couturier, dont la visite le mettait toujours de fort bonne humeur. Quand les premiers signes de sa maladie cardiaque apparurent, en 1973, le chef du Kremlin réclama un élixir de jouvence. Des instituts scientifiques ultrasecrets et des départements universitaires entiers travaillèrent sans relâche pour lui donner satisfaction. Un laboratoire du complexe militaro-industriel parvint bientôt à mettre au point un stimulateur autonome pouvant être ingéré sous forme de pilule. Grâce à des impulsions envoyées au cerveau sur les mêmes longueurs d'ondes que ses relais naturels, ce stimulateur régénérait l'énergie de l'organisme et lui assurait une vitalité nouvelle. Cette réussite technique ne suffit cependant pas à contenter Brejnev, de même que la médecine n'arriva pas non plus à apporter l'amélioration souhaitée à ses soucis cardiaques. Certains proches lui conseillèrent alors de faire appel à des guérisseurs, aussi décida-t-il de tester les talents de Djouna, jeune femme d'origine géorgienne. Au Kremlin, la santé du chef est davantage une affaire d'État que dans les nations démocratiques, aussi la Haute Police fut-elle chargée d'y veiller avec une vigilance spéciale. Sceptique à propos des dons de Djouna, Andropov dut malgré tout se plier aux desiderata de Brejnev, d'autant plus que nombreux étaient les apparatchiks de haut rang et les artistes qui sollicitaient les soins de celle que le Tout-Moscou allait appeler « l'égérie magnétique » du Tsar rouge. Mais, malgré la réputation flatteuse de Djouna, Andropov se mit en devoir d'étudier son cas. Ainsi fut-elle placée entre les mains des chercheurs de l'Institut de radiotechnique et radioélectronique de l'Académie des sciences. Elle fut alors agréée auprès du chef du Kremlin.

Une relative amélioration de l'État de santé de Brejnev fut constatée dès 1978. Il apparut subitement dans une bien meilleure forme et fit preuve d'un tonus nouveau. Il y avait aussi une autre raison à cela. Dans ce monde à l'envers, l'utilisation des médicaments allait devenir un des facteurs de l'influence politique au Kremlin. Brejnev était persuadé que, pour conserver sa santé, il devait dormir au moins neuf heures par jour. Pour ce faire, il utilisa d'abord des barbituriques. Un de ses collaborateurs lui conseilla de les accompagner de vodka... prétendant qu'ils seraient ainsi mieux assimilés ! Des médicaments de plus en plus puissants se succédèrent dans cette bacchanale thérapeutique. Effaré, Andropov décida alors d'établir un « poste médical » auprès du chef du Kremlin afin de freiner ces absorptions abusives. Au début, deux infirmières se partagèrent cette tâche, jusqu'à ce que l'une éliminât l'autre. Belle brune d'une quarantaine d'années, Nina [1] allait désormais ne plus quitter le secrétaire général du PCUS qui l'attendait chaque jour avec impatience dans le salon de repos jouxtant son bureau.

En ne modérant pas, comme convenu, la consommation de médicaments de son patient, Nina ne remplissait cependant pas son contrat avec le KGB... Et, petit à petit, la belle devint irremplaçable, s'occupant de tout ; de son agenda comme de ses massages, de ses piqûres comme de haute stratégie.

Les apparitions de Brejnev étant de plus en plus

---

1. Nina Korovikova.

rocambolesques, le KGB avait toutes les peines du monde à trouver un moment de lucidité pour le présenter en public. La vie au Kremlin vacillait, une fois encore, entre l'opéra bouffe et la tragédie. Quand Nina désirait voir son mari, elle augmentait les doses de son patient qui s'endormait sagement. (Grâce à l'influence de sa femme, cet obscur capitaine des gardes-frontières fit une carrière fulgurante et devint général en quelques années.)

Que ne firent les hommes de confiance d'Andropov pour éloigner cette Mata Hari de la drogue ! On tenta d'en parler à l'épouse de Brejnev. En vain. Elle ne tenait pas à avoir de complications dans son ménage. Lorsque le président du KGB lui-même s'y hasarda à son tour lors d'un tête-à-tête avec le chef de l'État, le Tsar rouge coupa court : « Cela ne regarde que moi... » Andropov n'insista pas, sachant que cette ultime tentative pouvait mal se terminer. Le KGB dut alors s'incliner devant l'inévitable et louvoyer. Les gardes du corps du Kremlin frelatèrent la vodka en la diluant dans de l'eau et on commanda aux grandes sociétés pharmaceutiques occidentales des placebos. Puis, de guerre lasse, Andropov élabora une opération destinée à séparer Brejnev de sa chère infirmière et Nina se vit proposer une honorable retraite, après la disparition de son époux dans un mystérieux accident d'automobile...

À l'époque, la légende noire du Kremlin était plus vivace que jamais.

Si autrefois d'obscurs dédales étaient creusés pour cacher les livres précieux et les trésors des tsars, ou pour dissimuler les amours tapageuses, des cachettes plus récentes auraient servi à protéger la nomenklatura. Selon le témoignage du colonel Joseph (rencontré au début de notre récit), à deux kilomètres au sud-ouest de la capitale[1], il existerait une véritable cité souterraine, reliée au Kremlin par une ligne de métro aussi spéciale que secrète. Cet ensemble gigantesque serait construit à une profondeur comprise entre soixante-dix et cent vingt mètres. Elle compterait plusieurs niveaux de deux kilomètres carrés de surface chacun. Cette ville troglodyte aux dimensions pharaoniques serait destinée à recevoir cent vingt mille personnes.

Cet abri géant serait aménagé de façon très confortable, compte tenu de la qualité de ses hôtes : chambres spacieuses et bien équipées, multitude de services tels que blanchisseries, ateliers de confection, cinémas, etc., sans oublier les cuisines et les stocks de vivres prévus pour un séjour de vingt-cinq à trente ans ! Même Brejnev aurait été très impressionné par cette merveille d'architecture.

La hantise du complot, ce grand fantasme du Kremlin, était également présente à l'esprit de ses chefs ; comme si la mécanique mentale était demeurée intacte depuis Ivan le Terrible et ses souterrains. À force d'inventer des phobies, à l'intérieur comme à l'extérieur, tous finirent par croire à leurs propres mensonges. Ainsi l'opération « Ryan[2] » fut lancée avec

1. Dans une zone connue sous le nom de Moscou Ramenki.

2. Abréviation de *Raketno-Yadernoïe Napadenie,* qui signifie

grand fracas lors d'une conférence du KGB. En mai 1981, Brejnev, affaibli par la maladie, y prononça un discours à peine audible dans lequel il condamnait la politique américaine, la présentant comme une grave menace pour l'humanité. Andropov prit alors la parole et, à la stupéfaction de la salle, annonça que, par décision du Kremlin, les grands concurrents éternels – le KGB et le GRU (le renseignement militaire) – collaboreraient pour la première fois dans l'histoire de l'espionnage soviétique afin de collecter des informations sur le prétendu projet américain d'une frappe nucléaire sur l'Union soviétique. En novembre 1982, Andropov devint à son tour chef du Kremlin, succédant à Brejnev. Bien entendu il continua à entretenir des liens privilégiés avec les officiers supérieurs des service secrets en gardant tout pouvoir sur le KGB (à la tête duquel il avait été formellement remplacé en mai). Tout au long de son court règne (à peine un an), l'opération « Ryan » fut au cœur de ses préoccupations. Si, dans les capitales occidentales, la plupart de ses agents étaient sceptiques quant à cette action, personne n'osait cependant risquer sa carrière en contestant l'opinion du chef. Ceci créa un cercle vicieux dans la collecte et l'analyse des informations transmises par les services secrets. En effet, les agents étaient sommés de découvrir des informations coïncidant avec les vues du Kremlin, qui, lorsqu'il les recevait, les jugeait évidem-

« attaque de missiles nucléaires » (intention parfaitement imaginaire prêtée par Andropov à l'administration Reagan).

ment inquiétantes et exigeait davantage d'indications allant dans le même sens.

Cette désinformation atteignit son paroxysme en novembre 1983, à l'occasion de manœuvres menées par l'Otan. Pendant quelques jours, les dirigeants du Kremlin crurent fermement que ces exercices de simulation étaient en réalité la couverture d'une première frappe nucléaire. Les Américains, très inquiets à propos de ce fantasme, tentèrent plusieurs fois de rassurer Moscou [1].

Mais, en 1984, les ferveurs de l'opération « Ryan » se tempérèrent à la suite de la disparition de son principal protagoniste.

À l'arrivée d'Andropov à la tête du KGB, l'image mythique du Kremlin rouge qui avait séduit les Cinq de Cambridge avait bien pâli. La Haute Police chercha donc à s'adapter à la nouvelle donne en s'appuyant sur d'autres instruments d'action. Ainsi créa-t-elle des forces spéciales au sein du KGB [2] dont les effectifs ne cessèrent d'augmenter à la fin des années soixante-dix. La plus importante de toutes ces actions spéciales fut l'assassinat du président afghan Hafîzullah Amin, qui avait pris le pouvoir en septembre 1979 à la suite d'une sanglante révolution de palais [3]. L'immixtion sovié-

1. Comme en a témoigné l'ambassadeur d'URSS A. Dobrinine.

2. Le groupe Alpha puis Zénith.

3. Malgré sa prudence habituelle, Andropov avait accepté l'idée d'« éliminer physiquement » ce leader récalcitrant. L'attaque contre le palais présidentiel le 27 décembre – un classique du

tique en Afghanistan ouvrait une guerre difficile et ruineuse, comparable à ce qu'avait été le Vietnam pour les États-Unis, guerre qui allait jouer un rôle considérable dans la phase finale de la guerre froide.

---

genre – avait été confiée à 700 membres des forces spéciales Alpha et Zénith du KGB, vêtus d'uniformes afghans et se déplaçant dans des camions militaires camouflés en véhicules afghans. La détonation d'un engin explosif dissimulé quelques jours auparavant sous un arbre de la place centrale de la capitale donna le signal de l'assaut. Mais les gardes du palais opposèrent une résistance beaucoup plus vive que prévu et une centaine d'hommes du KGB trouvèrent la mort avant que le palais fût pris et Amin abattu. Dans les semaines suivantes 250 Soviétiques vinrent soutenir l'armée afghane contre les rebelles. L'Occident, frappé par l'efficacité de l'intervention aéroportée à Kaboul, fut malgré tout effrayé par cette nouvelle étape du développement de l'activisme soviétique.

L’énigme de Gorbatchev

Le KGB avait sans doute déjà remarqué le jeune Mikhaïl Gorbatchev pendant ses années estudiantines à la faculté de droit de Moscou en 1953-1954. Rien d’étonnant car il était beau garçon. Des taches de vin maculaient, certes, son front, mais son visage était régulier, harmonieux.

Cette branche de l’université était une véritable pépinière d’agents de la Haute Police. Sans doute aurait-il pu devenir un membre important des services s’il n’avait croisé sur sa route une jeune étudiante en philosophie qui allait bientôt devenir sa femme. À cette époque, Mikhaïl et Raïssa éprouvaient le désir farouche de trouver leur chemin dans la vie. La jeune femme avait déjà vécu de rudes années dans son enfance et abhorrait les méthodes du KGB. Au début des années trente, en effet, les membres de sa famille considérés comme opposants furent privés de leur terre et de leur maison et son grand-père fut arrêté.

À l’époque il y avait deux voix royales pour réussir en Union soviétique, la Haute Police ou le Parti. La femme de Gorbatchev étant réticente pour la première, elle poussa son mari à revenir vers son fief natal à Stavropol où il devint apparatchik communiste. Raïssa, déjà, ne doutait pas de son destin : « Je ferai de Mikhaïl un tsar au Kremlin », aurait-elle dit[1].

La chance accompagna le couple. Dans la région se trouvait une station balnéaire renommée pour ses eaux ferrugineuses. Des personnages de premier plan de la politique soviétique y venaient en cure, notamment Youri Andropov, l'omnipotent président du KGB[2].

Le premier contact avec ce parrain très influent remonte au mois d'avril 1969. Raïssa savait créer une ambiance propice à ce genre de rencontre. Au cours de rencontres, les deux hommes évoquaient la nécessité de faire des réformes afin d'« améliorer » le système du Kremlin, sans se poser de questions sur sa moralité, cherchant les moyens de redonner vigueur au régime. Désormais, Gorbatchev avait le vent en poupe.

L'année suivante, Andropov imposait son jeune poulain au poste de secrétaire du comité central du PCUS chargé de l'agriculture. Les Gorbatchev faisaient dès lors partie des grands boyards du Kremlin. Le couple s'installa donc à Moscou et put ainsi profiter des privilèges multiples attachés à la fonction.

Gorbatchev semblait arrivé au sommet. Mais en réalité, sa position restait subalterne car il était le plus

---

1. Selon le témoignage d'Alexandre Yakovlev.

2. Cette station balnéaire était fréquentée aussi par Mikhaïl Souslov, idéologue du Parti, et Alexis Kossiguine, président du Conseil des ministres.

jeune des boyards moscovites. Malgré un avancement formel, son influence au Kremlin était paradoxalement réduite. Ainsi durant toutes ces années, n'eut-il même pas la possibilité de rencontrer son protecteur Andropov en privé.

Dans le contexte de la guerre afghane, la situation se compliqua au sommet du pouvoir soviétique. Andropov, l'homme fort du moment, gravement malade, voulait lui voir succéder son « filleul » Mikhaïl Gorbatchev. Mais, à sa mort, au début de l'année 1984, les vieux boyards lui préférèrent le brejnévien Tchernienko. Une fois encore, le Kremlin allait être gouverné par un homme âgé et malade dont la sénilité attisera une lutte de clans dès lors impitoyable entre la vieille garde et la nouvelle génération entrée au Bureau politique sous le court règne d'Andropov. Dans ces conditions, il fallait bien choisir ses alliés. Et le plus jeune des grand boyards, Mikhaïl Gorbatchev, ne s'y trompa point, puisqu'il l'emporta grâce au soutien d'une alliance entre le KGB et l'armée.

En réalité, ces puissants appuis lui semblaient acquis : il était suffisamment lié avec la police politique grâce à Andropov[1]. Aussi ce réseau fut-il très efficace à la veille de l'élection de Gorbatchev au poste de secrétaire général du PCUS, en mars 1985.

Après son élection, Gorbatchev entreprit de consolider son emprise sur les principaux centres de décision

---

1. Et avec l'armée grâce à son allié le maréchal Oustinov, homme fort du complexe militaro-industriel.

du Kremlin, tout en ménageant le KGB, soutien efficace dans la lutte pour le pouvoir. Pourtant il y avait deux projets de réforme tout à fait inconciliables : celui du KGB visait à sauver le système totalitaire, et celui de l'aile radicale des réformateurs (notamment d'Yakovlev, l'éminence grise de Gorbatchev et Chevardnadze, son ministre des Affaires étrangères) prévoyait la sortie du communisme. Mais les hommes de la police politique ne souhaitaient pas ce genre de relâchement. Ils voulaient une reprise en main nationaliste du Kremlin.

Gorbatchev continuait à jouer sur tous les tableaux, prétendant au rôle d'arbitre manipulant [1] les représentants des deux tendances opposées des boyards du Kremlin. Cette ambiguïté caractérisait aussi son approche des problèmes d'espionnage.

En décembre 1985, les hauts fonctionnaires du KGB furent conviés à une réunion autour d'une note de Gorbatchev concernant les problèmes de désinformation, dont le ton était pour le moins surprenant pour les mœurs du Kremlin.

Puisqu'il en était ainsi, l'assemblée de la Haute Police condamna la pratique des rapports complaisants

1. Cette attitude donna lieu à une version propagée par les vétérans de cette institution qui affirment « avoir inventé la perestroïka ». Voulant expliquer cette interprétation, le général Nicolaï Leonov déclare, par exemple, sans ambages que « ses collègues sont pragmatiques, ouverts aux idées nouvelles, aux expériences avec l'étranger, et attachés au rôle de grande puissance de leur pays ».

puis affirma – dans une parfaite langue de bois – qu'il était du devoir d'agir selon le précepte léniniste : « Seule la vérité est révolutionnaire. » Ses agents n'avaient donc plus besoin de présenter leurs rapports sous un faux jour, même si certains officiers éprouvèrent des difficultés à perdre les vieilles habitudes.

À ses débuts, Gorbatchev s'intéressa prioritairement au renseignement dans le domaine scientifique et technologique ; il est vrai que, pendant ces années, le KGB y avait mieux réussi que dans ses opérations de renseignements purement politiques : infiltrer les instituts de recherche s'était révélé plus facile que de pénétrer dans la haute administration occidentale. Et l'homme de la perestroïka n'oubliait jamais de vanter ces efforts qui permirent au Kremlin d'économiser des sommes considérables.

Si Gorbatchev essaya – selon sa propre formule – d'« arranger » les rapports entre ses services secrets et le courant réformateur de son entourage, les événements prirent une tout autre tournure. Le président du KGB [1], malade, fut contraint de prendre sa retraite. Dans ce contexte, Gorbatchev reconnaît avoir commis une erreur capitale en nommant à ce poste Vladimir Krioutchkov...

1. Viktor Tchebrikov, chef du KGB depuis 1982.

Cet ancien patron des renseignements extérieurs soviétiques devait aussi sa carrière à Andropov. Au cours des événements de 1956 à Budapest, il fut secrétaire particulier, puis attaché de presse d'Andropov, alors ambassadeur en Hongrie où l'Union soviétique utilisa la manière forte pour écraser les velléités d'indépendance de ce pays. Entre 1974 et 1988, en tant que chef des renseignements extérieurs du KGB, Krioutchkov acquerra une longue expérience d'intrigues et de situations d'exception. Mais il pouvait aussi sentir l'air du temps. C'était un fonctionnaire fade qui avait su séduire Gorbatchev par ses prises de position inattendues en faveur de la social-démocratie. Dès les années quatre-vingt, il avait réprimandé ses subordonnés quant à l'absence de recrutement d'agents américains de premier plan, et avait exigé « une amélioration radicale » de l'espionnage du Kremlin.

À l'époque, le KGB réussit un coup magistral en recrutant pour la première fois un agent important au sein de la CIA. En effet, en avril 1985, un *walk-in* eut lieu à l'ambassade d'URSS à Washington. Aldrich

Ames, qui venait d'offrir ses services au KGB, travaillait depuis dix-huit ans pour la CIA. En l'espace de deux mois, il allait fournir aux Soviétiques vingt agents au service de l'Ouest (principalement des Américains). Arrêté neuf ans plus tard, Ames avait déjà reçu du KGB près de trois millions de dollars (un record, sans doute, dans l'histoire de l'espionnage du Kremlin), et d'autres sommes du même ordre lui étaient encore promises. La Haute Police semblait alors avoir répondu à la demande de Gorbatchev avec des rapports moins partiaux sur les pays occidentaux.

Mais 1986 commença mal pour la Haute Police. L'ambassadeur des États-Unis à Moscou parvint à convier les dissidents chez lui tout en ridiculisant le KGB qui était supposé leur barrer le passage. Une nuit de 1986 des opposants et des militants juifs étaient venus à l'ambassade invités... à un bal masqué. (Selon les accords soviéto-américains, les agents n'avaient pas le droit de réclamer les papiers d'identité. Ils pouvaient seulement vérifier le carton d'invitation au nom d'un héros représenté par un masque : Napoléon, Christophe Colomb, Anna Karenine.) Trois journalistes américains se sont même moqués des trois leaders du Kremlin de l'époque précédente. Vêtus d'un smoking et le visage blanchi par une couche de talc, ils dansèrent avec sur le front des étiquettes : Brejnev, Andropov et Tchernenko. La Haute Police se vengea très vite en reconvertissant les marines américains chargés de protéger l'ambassade en taupes soviétiques qui donnèrent les codes secrets aux « hirondelles » du KGB.

En décembre 1987, Gorbatchev emmena même Krioutchkov avec lui à Washington, pour la signature avec le Président Reagan d'un traité de réduction des arsenaux nucléaires des superpuissances. C'était bien la première fois qu'un directeur du service des renseignements extérieurs accompagnait un dirigeant du Kremlin à l'Ouest ! Ce geste reflétait l'estime dans laquelle Gorbatchev tenait la Haute Police pour l'avoir soutenu au moment de son élection et pour ses succès dans l'infiltration de la CIA.

Au cours de ce séjour, Krioutchkov même dîna incognito au restaurant de la Maison-Blanche avec le futur grand patron de la CIA.

En octobre 1988, encore méconnu du grand public, Krioutchkov réalisa son ambition de présider le KGB.

Il aborda l'année 1989 avec un geste spectaculaire destiné à mettre en valeur le nouveau climat des relations Est-Ouest, en recevant l'ambassadeur des États-Unis dans son bureau : c'était bien la première fois qu'un chef de la Haute Police agissait de la sorte, en se lançant dans une campagne de relations publiques.

La rupture

Hésitant encore à amorcer les transformations permettant la privatisation et d'autres réformes d'envergure ouvrant la voie vers l'économie de marché, Gorbatchev focalisait tous ses efforts sur le renforcement de son pouvoir au Kremlin. Pourtant, son avènement avait été à l'origine d'un événement majeur ; la peur séculaire de la Haute Police avait été balayée, modifiant les rapports entre gouvernants et gouvernés. Et les débats d'idées battaient leur plein dans les palais du Kremlin. C'était la première fois depuis la fin des années vingt que les dirigeants réformateurs et les conservateurs communistes s'affrontaient publiquement. Le KGB devint alors la cible d'attaques de la part de la presse réformatrice qui demanda publiquement à plusieurs reprises la démission du chef de la police politique. Krioutchkov prépara donc une riposte. Dès sa nomination à la tête du KGB, il avait créé un nouveau département, le « Département analytique », ordonnant aux sections économiques de constituer des dossiers sur les nouveaux millionnaires de la perestroïka, les entrepreneurs qui tentaient de trouver leur autonomie à travers le maquis des lois et les décrets des structures étatiques.

Une autre controverse, plus grave encore, allait opposer les réformateurs et le KGB au sujet de la politique étrangère.

En automne 1989, le chef du KGB n'eut de cesse d'alerter Gorbatchev des suites de l'évolution de la situation en RDA, défavorables aux intérêts de l'URSS. Mais Gorbatchev, comprenant la conjoncture, sentit qu'il n'y avait pas d'alternative à la réunification car, dans le cas contraire, il aurait fallu utiliser les forces armées soviétiques, et les réformateurs, déjà en perte de vitesse, seraient devenus les otages des militaires et de la police politique. De plus, Moscou ne voulait à aucun prix heurter les Américains. Cette analyse allait déterminer l'attitude du Kremlin face au problème de la réunification de l'Allemagne.

Pour la Haute Police, cette affaire fut la goutte d'eau qui fit déborder le vase. Aussi décida-t-elle de passer à l'offensive, à l'ultime « opération spéciale ». Désormais, la rupture était consommée. Le KGB avait la ferme intention de briser le mouvement réformateur et d'éliminer Gorbatchev du pouvoir. L'ancien chef du KGB décrit aujourd'hui ce moment comme le point de non-retour.

En 1991, la crise du Golfe fut aussi un facteur primordial. Pour la Haute Police, en effet, le soutien que la diplomatie de Gorbatchev apporta aux États-Unis contre l'Irak, hier encore allié privilégié, fut une humiliation de plus. Une humiliation de trop. Si l'abandon de l'Europe de l'Est pouvait encore être camouflé en transaction habile visant à l'instauration d'une alliance économique et politique avec l'Allemagne, le retournement moyen-oriental n'était plus qu'un aveu de faiblesse pur et simple. Le KGB commença alors à fédérer les mécontents autour de lui. Officiellement, il ne s'agissait que de « mieux informer le président de l'URSS de l'état réel de l'opinion ». Mêmes manipulations à propos de la réforme économique. En août 1990, deux plans étaient en concurrence. Celui du Premier ministre [1], prônant une « économie mixte », c'est-à-dire le maintien d'un important secteur étatique, et celui des réformateurs [2], qui prévoyait le passage en « cinq cents jours » à l'économie de marché, à travers des mesures telles que la privatisation de la plupart des terres, des immeubles et des entreprises, ou l'autonomie économique totale des Républiques.

L'enjeu était clair. Une économie mixte restait une économie dirigée – le Parti et la Haute Police soviétique gardant ainsi leur pouvoir au Kremlin. En revanche une économie privatisée rendait le Parti et le KGB inutiles.

L'heure de vérité aurait pu sonner pendant cette terrible nuit du 30 août 1990. Après des mois d'hésita-

1. Nikolaï Rijkov.

2. Gregory Yavlinski, jeune économiste en vogue à l'époque, coqueluche des milieux universitaires américains, contribua à la rédaction d'un projet qui devait entrer dans l'histoire sous le nom de « Programme des cinq cents jours ».

tions, Gorbatchev se disait résolu à lancer son pays sur la voie de l'économie de marché. Malgré une série d'allers et de retours dont le chef du Kremlin était coutumier, il avait l'air, cette fois-là, de s'engager sur la voie des transformations radicales. Il promit même de remettre son mandat en jeu en instaurant le suffrage universel. Cependant il lui fallait agir vite, car il était de plus en plus chahuté par l'opposition réformatrice. Boris Eltsine, élu président du Parlement russe en 1990, avait déjà rendu sa carte du Parti et se prononçait pour des réformes d'envergure constituant l'embryon d'une véritable opposition. Il s'était forgé une popularité en allant traquer la corruption dans les magasins moscovites lorsqu'il dirigeait le parti de la capitale. Massif, carré avec son épaisse chevelure grise, il ressemblait à l'homme de la rue, tandis que la population considérait avec méfiance l'allure trop occidentale de Gorbatchev.

La percée d'Eltsine et la perspective d'un retour au capitalisme provoquèrent une mobilisation générale des grands boyards du Kremlin, animée par le KGB. À peine Gorbatchev avait-il accepté cette vision qu'il fut convoqué, pendant la nuit du 30 août 1990, par ses collègues du bureau politique du parti communiste. Il lui fut signifié qu'il devait choisir son camp : « Vous voulez changer le Premier ministre ? Qu'il démissionne ou qu'il soit démis de ses fonctions, vous serez le prochain sur la liste [1]. » Mais Gorbatchev tergiversa

1. Cité d'après le témoignage du conseiller économique de Gorbatchev, S. Chataline.

de nouveau et eut alors l'idée saugrenue de vouloir réunir les programmes réformateur et conservateur... Une fois encore, il venait de manquer l'occasion de rompre avec la Haute Police.

La fin de l'été 1990 fut marquée par des rumeurs inquiétantes faisant état d'étranges mouvements de troupes aux abords de la capitale. Six régiments de parachutistes étaient déployés dans la région de Moscou. Ces manœuvres étaient menées de concert avec les services secrets. Le 10 septembre des renforts de parachutistes arrivèrent de la ville de Riazan. Le ministère de la Défense, contraint de rendre compte de ces mouvements au chef du Kremlin, prétendit que les soldats avaient été acheminés là pour « aider à la récolte des pommes de terre ». Seule ombre au tableau : ils étaient armés jusqu'aux dents...

Eltsine, le leader de l'opposition, protesta alors haut et fort et les troupes se retirèrent. Mais quelques jours plus tard, celui-ci eut un curieux accident de la route au cours duquel il fut passé à tabac...

Le 13 novembre, Gorbatchev reçut un millier de députés militaires au Kremlin, réunion au cours de laquelle il fut vivement chahuté. Quatre jours plus tard, le 17 novembre, le groupe procommuniste « Union » lui lançait un défi : « Nous vous donnons trente jours pour instaurer le pouvoir présidentiel ou pour démissionner ! »

Ces incidents firent une profonde impression sur le chef du Kremlin. C'est du moins ce qu'il dit à ses alliés réformateurs qui s'interrogèrent sur sa sincérité : le

« pouvoir présidentiel » était une sorte d'état d'urgence, institué par le Parlement quelques mois plus tôt. Dans ce cadre, Gorbatchev aurait pu gouverner par décrets. Une sorte de « dictature légale » du Kremlin, conçue à l'origine par des libéraux afin d'imposer des réformes de structure, mais que les ultras entendaient désormais utiliser à leur profit. Encore fallait-il pour l'instaurer s'appuyer sur la Haute Police, autrement dit redevenir l'otage du KGB[1].

Le 8 décembre 1990, Krioutchkov convoqua dans son bureau de la Loubianka deux de ses collaborateurs directs[2] et leur demanda de préparer un rapport sur les mesures à prendre pour « stabiliser » le pays après que l'état d'urgence eut été imposé. Au cours des huit mois qui suivirent, la Haute Police essaya à maintes reprises de convaincre Gorbatchev d'accepter de proclamer cet état d'urgence.

---

1. À l'époque Krioutchkov fit circuler à travers un cercle nationaliste l'analyse suivante :

1) La plupart des cadres du parti, de l'armée et du KGB soutiendront la reprise en mains du Kremlin de même que la plupart des cadres communistes chinois ont accepté, en 1989, le coup de force de la place Tian'anmen.

2) La crise du Golfe contraindra les pays occidentaux à fermer les yeux sur une éventuelle répression en URSS.

3) Cette même crise suscite, à l'intérieur de l'URSS, un sursaut nationaliste qui servira l'opération.

2. Son ancien chef de cabinet, Viatcheslav Jiline, désormais directeur adjoint de la Ire direction du KGB, et Alexeï Iegorov qui travaillait au contre-espionnage.

En décembre et en janvier, divers remaniements eurent lieu à la tête de l'État et du gouvernement – en fait, les conjurés ultras s'installèrent aux postes clés du Kremlin avec l'assentiment de Gorbatchev [1].

Gorbatchev était-il de connivence avec sa Haute Police ? Lui a-t-on forcé la main ? Crut-il réellement à son « pouvoir présidentiel » ?

En tout état de cause, ce changement fut bien senti par les réformateurs. Le 20 décembre, le flamboyant Chevardnadzé démissionnait du poste de ministre des Affaires étrangères en déclarant : « Je ne peux pas donner mon accord à la dictature qui arrive. Nul ne sait quelle sera cette dictature, ni qui sera le dictateur... » Formule choc, prononcée sous un tonnerre d'applaudissements au parlement.

À la tribune, derrière lui, silencieux, Gorbatchev. Pourtant les destins des deux hommes semblaient inextricablement liés. Sensiblement du même âge, ils étaient amis et alliés de longue date.

Trois jours plus tard, un nouveau psychodrame se déroulait dans la même salle du Kremlin. « Nous sommes plongés dans le chaos », y déclara Gorbatchev. Un député, tel un boyard de Boris Godounov, s'écria alors : « Une main de fer ! Voilà ce qu'il nous faut ! »

1. Pavlov remplaça Ryjkov à la présidence du Conseil. Pougo évinça le ministre de l'Intérieur, le modéré Vadim Bakatine. Plus surprenante encore fut la nomination d'Yanayev, conservateur communiste, au poste, qui venait d'être créé, de vice-président de l'URSS.

Dépité, le chef du Kremlin ne répondit pas. En privé, il répétait d'une manière pathétique : « Je suis un mauvais tsar ; le bon tsar c'est celui qui tue. » Puis au public : « Tout le monde sait que je ne serai pas un dictateur. Si j'avais voulu en être un, il m'aurait suffi de garder les pouvoirs dont je disposais déjà... Tout le monde sait que les anciens chefs du Parti ont joui d'un pouvoir à quoi rien au monde ne pouvait être comparé... »

Pourtant, à la mi-janvier, des commandos du groupe Alfa du KGB tentèrent de renverser les gouvernements indépendantistes baltes. Ils firent plus de dix morts et cent blessés en s'emparant de la tour de télévision de Vilnius, la capitale lituanienne. Un scénario identique, moins sanglant mais tout aussi grave, se déroula en Lettonie et fut perçu comme une manipulation organisée par la Haute Police. Il s'agissait en fait de répétitions grandeur nature des plans appliqués à l'échelle du pays. Et Gorbatchev allait couvrir toutes ces actions dont il ne sanctionna d'ailleurs jamais les responsables. On s'est toujours demandé si cette attitude était déterminée par des considérations tactiques ou par un changement de stratégie du chef du Kremlin, laissant la voie libre aux conservateurs communistes désirant renverser le cours de l'histoire. Gorbatchev voulait aussi sauvegarder sa réputation de libéral aux yeux de l'Occident, c'est la raison pour laquelle il se rendit sur place pour s'interposer entre les bérets noirs et les manifestants baltes. En vain. La rupture était désormais consommée entre le chef du Kremlin et les réformateurs, ceux-ci considérant dès lors Gorbatchev comme l'otage de sa Haute Police. En revanche Eltsine, président du Parlement de la République de Russie, n'hésitait plus à se présenter en contre-pouvoir. Bravant les conservateurs, il se rendit en Lituanie pour soutenir les indépendantistes.

Aujourd'hui, Gorbatchev continue à se justifier. Il est persuadé qu'un coup d'État se serait immédiatement produit au Kremlin s'il avait rompu avec la Haute Police parce que celle-ci et le Parti demeuraient « les seuls facteurs de stabilisation et de gestion, surtout en province ».

Une nouvelle confrontation aurait pu avoir lieu au début de l'été mais il n'en fut rien. La Haute Police, ayant d'ores et déjà choisi la voie du putsch, adopta profil bas. Et le 12 juin eut lieu l'élection présidentielle russe qu'Eltsine emporta, de très loin. Au Kremlin, aux sons de l'opéra de Glinka *La Vie pour le tsar*, il prêta serment en présence du patriarche de Moscou. Gorbatchev était là, tentant d'esquisser un sourire et comprenant bien que sa légitimité était désormais plus faible que celle de son rival.

Une session à huis clos du Parlement soviétique, le 17 juin, accélérera les choses. Les théories du complot apparurent dans le discours prononcé par le chef du KGB qui dénonça une stratégie d'ensemble de la CIA visant à utiliser les agents d'influence pour saboter l'administration soviétique. Quatre jours plus tard, les principaux membres du gouvernement, alliés du KGB, demandèrent aux députés d'accorder au gouvernement les pleins pouvoirs économiques, et cela aux dépens du pouvoir du président. Se sentant personnellement visé, Gorbatchev ravala sa colère et dit à ses conseillers : « Je me suis souvent trompé, mais je n'aurais jamais pensé que ces gens-là pourraient faire une chose pareille. »

Cette fois-ci, Gorbatchev décida de limoger le chef du KGB ainsi que le ministre de la Défense dès la signature du traité d'union fixée le 20 août 1991. Au mois de juillet, il évoqua ce remaniement ministériel au cours d'un dîner bien arrosé en compagnie d'Eltsine, fraîchement élu président de la Fédération de Russie. Les généraux chargés de la Sécurité n'étant pas loin, ils ne manquèrent pas d'en informer immédiatement la direction du KGB, qui en tira la conclusion logique : seul recours, le coup d'État classique...

À vrai dire, de nombreux indices confirmaient les préparatifs d'un putsch. Popov, le maire de Moscou, eut une conversation à ce sujet avec l'ambassadeur américain en URSS, et en informa aussi Eltsine. Ainsi, tout le monde savait qu'un coup d'État se préparait : Eltsine, Gorbatchev, les Américains...

Pourquoi alors, à l'époque, gardait-on un étrange silence à ce propos ? Chacun jouait son propre jeu au Kremlin tout en pensant que, dans cette situation embrouillée, il pouvait sortir vainqueur au détriment de ses adversaires.

En attendant, Gorbatchev partit (le 4 août) pour la Crimée passer ses vacances d'été dans une luxueuse datcha de la côte.

Le lendemain de son départ, Krioutchkov et ses complices[1] se retrouvèrent dans une maison de santé du KGB située à la périphérie de Moscou où ils se constituèrent secrètement en comité pour l'état d'urgence. Pendant les quinze jours suivants, ils y préparèrent un coup d'État destiné à empêcher la signature du traité d'union, c'est-à-dire la fin de l'URSS. Le président du KGB fit parallèlement vider deux étages de cellules de la prison principale de Moscou, Lefortovo, pour leur permettre de recevoir d'éminents prisonniers, et, dans l'éventualité où l'affaire tournerait mal, on prépara un bunker secret pour le comité, au siège du KGB.

Le 18 août, à deux jours de la signature du traité, les conjurés tentèrent une dernière fois de convaincre Gorbatchev de s'allier à leur entreprise. En vain. Aussi lui coupèrent-ils tout moyen de communication et l'assignèrent-ils à résidence, annonçant le lendemain que le Président était dans l'incapacité d'assumer ses fonctions pour « raisons de santé ».

Les dés étaient presque jetés. Tandis que la délégation des putschistes était envoyée en Crimée, le reste des conjurés se rassemblaient au Kremlin au deuxième étage du bâtiment abritant le bureau (situé au premier étage) de Gorbatchev, pour mettre au point les détails organisant la destitution du Président de l'URSS.

À l'extérieur de l'édifice construit par l'architecte

1. Dont les plus importants étaient les ministres de la Défense et de l'Intérieur, Dimitri Iazov et Boris Pougo (ancien chef du KGB letton).

Kazakov sur les ordres de Catherine II, rien n'indiquait qu'un complot se tramait contre le locataire du palais ; tout au plus quelques limousines noires qui se détachaient sur les murs ocre fraîchement repeints de l'ancien hôtel du Sénat russe. Rien d'anormal...

Le rendez-vous avait été fixé à 16 heures. Les putschistes empruntèrent tous la troisième entrée, celle qui fait face au célèbre canon du Tsar, et passèrent sous le porche en fer forgé créé par le *kriltso,* entrée habituelle des grands boyards. Longeant ensuite les corridors un peu sombres et toujours chargés de mystère, ils gagnèrent le cabinet de travail « n° 49 », le bureau du vice-président Ianaev, autrefois occupé, ironie terrible de l'histoire, par Beria, chef de la police secrète de Staline. Les conjurés semblèrent ne rien trouver à redire à la décoration de leur cabinet de travail où trônait un portrait de Mikhaïl Gorbatchev. Aucun ne pensa, durant cette longue nuit, à décrocher « l'icône » qui ornait tous les bureaux officiels depuis 1985.

Dans le but d'effrayer ceux qui pourraient encore être indécis, le président du KGB ouvrit la séance en brossant un tableau alarmiste de la situation qui régnait dans la capitale. Selon les rapports du KGB, une insurrection armée se préparait, des insurgés allaient encercler les points stratégiques de Moscou. « Des listes de dirigeants du pays ont été saisies et les noms de la plupart de ceux qui se trouvent ici y figurent », affirma-t-il. Et d'aller jusqu'à prétendre que les personnes citées seraient « exécutées » ainsi que tous les membres de leur famille. (Le patron du KGB omit de préciser qui était à l'origine du soulèvement.)

Le vice-président de l'URSS, Ianaïev, fumait cigarette sur cigarette. Devenu « président » de l'Union par intérim (il était en fait un homme de paille) il se trouvait à la tête de ce comité d'État pour l'état d'urgence de huit hommes, contrôlés par le KGB. Il faisait peine à voir ; sous l'effet de l'alcool il n'avait pas du tout l'air de commander quoi que ce soit.

Les putschistes ne tardèrent cependant pas à découvrir que les vieux mécanismes autocratiques du Kremlin étaient déjà trop abîmés pour permettre un retour en arrière. Eux qui pour quelques jours disposaient de tous les pouvoirs et de toutes les forces armées n'interrompirent pas les liaisons téléphoniques entre Moscou et l'Occident, qui fonctionnaient d'ailleurs nettement mieux qu'à l'ordinaire, pas plus que les forces spéciales du groupe Alpha ne reçurent l'ordre de donner l'assaut à la Maison Blanche de Moscou, siège du gouvernement de la Fédération de Russie, et d'arrêter son Président, Boris Eltsine (dont la résidence, située près de la capitale, était connue de tous). Sur les 7 000 réformateurs que le KGB prévoyait d'incarcérer, pas un seul ne fut arrêté.

Le 20 août, deuxième jour du coup d'État, comble du miracle, « les envoyés spéciaux américains » purent arriver sans encombre au siège du Parlement russe avec un matériel de communication performant sans que les militaires d'élite du KGB encerclant ce quartier général des antiputschistes aient pu trouver les moyens d'intervenir.

Le coup d'État s'effondra de manière grotesque en quatre jours. Le 21, le putsch avait échoué.

Ainsi le résultat de cette « action spéciale » de la Haute Police alla à l'encontre de l'objectif des conjurés : elle accéléra l'éclatement de l'Union soviétique et se solda par une humiliation sans précédent du KGB.

Eltsine s'installa alors au Parlement de Russie, harangua la foule, nargua les unités de chars que la junte avait réussi à déployer dans la capitale. Entre deux rasades de vodka, il téléphonait aux directions régionales du KGB, à commencer par celle de Leningrad où officiait un certain Vladimir Poutine – qui refusa de soutenir les conjurés, tandis que les officiers responsables du KGB déchiraient et brûlaient les dossiers les plus compromettants. Sous leurs fenêtres, la foule joyeuse, stupéfaite de ce qui se jouait sous ses yeux, en cette soirée du 22 août 1991, regardait l'immense statue de Dzerjinski, sinistre fondateur de la police politique bolchevique, s'effondrer. Le peuple de Moscou avait ressenti le besoin de concrétiser sa victoire ; il voulait un symbole de sa délivrance. Alors, spontanément, des dizaines de milliers de personnes avaient marché sur la place de la Loubianka, siège de la « Haute Police », et des jeunes avaient escaladé la tête du tyran. D'autres avaient gribouillé des graffitis sur les murs gris du bâtiment du KGB où tant d'innocents avaient péri. Finalement, les autorités russes furent obligées de dépêcher des grues pour desceller le monument. Puis, face aux caméras du monde entier, la statue tomba et fut traînée jusqu'à un terrain proche transformé en cimetière des effigies déboulonnées du régime soviétique.

Gorbatchev rentra à Moscou hagard. Pendant les événements, sa femme Raïssa avait subi une attaque. Dans les rues, le drapeau tricolore des tsars avait définitivement remplacé le drapeau rouge.

L'agonie de l'Empire se prolongea quatre mois. Gorbatchev démissionna de son poste de Président de l'Union soviétique le 25 décembre 1991, dix-sept jours après que les dirigeants russe, ukrainien et biélorusse eurent proclamé à Minsk : « L'URSS a cessé d'exister ». Eltsine devint alors le maître absolu du Kremlin.

Le 23 décembre 1991 Gorbatchev et Eltsine se rencontrèrent pour régler la passation de pouvoir. Pendant plusieurs heures le Président déchu transmit à Eltsine les derniers secrets de l'Empire soviétique en présence d'un modérateur[1]. Le nouveau tsar quitta le bureau et arpenta les corridors interminables du Kremlin du pas lourd du Commandeur. Gorbatchev resta quelque temps allongé sur un canapé, une larme d'amertume dans les yeux. Eltsine ne lui avait fait grâce d'aucune humiliation. Il tria ses affaires dans un bureau voisin,

---

1. Alexandre Yakovlev, l'ancienne éminence grise de Gorbatchev, vit avec stupéfaction la transmission des protocoles secrets du pacte signé entre Staline et Hitler et des documents concernant l'assassinat par le NKVD des officiers polonais à Katine en 1941. Gorbatchev avait en effet toujours évité de reconnaître l'existence de ces documents.

celui de l'ancien responsable de ses services, puis quitta le palais.

Assurément, les successions se révèlent toujours douloureuses dans la vieille forteresse d'Ivan le Terrible.

L'histoire du Kremlin paraissait prendre un nouveau départ...

Les bouffons du tsar Boris

Sous le règne d'Eltsine (1991-1999), le Kremlin plongea dans un climat bien particulier. Pratiquement tous les trois mois, les soucis de santé contraignaient le « tsar Boris » à disparaître durant des périodes de plus en plus longues. À dire vrai, sa vie fut marquée par une étrange faiblesse psychologique et la dépression le poussa souvent à trouver remède dans la boisson d'abord, puis (lorsque l'alcool lui fut interdit) dans les antidépresseurs (Gorbatchev raconte non sans perfidie dans ses *Mémoires* les tentatives de suicide de son rival). Ses fréquents séjours en dehors du Kremlin obligeaient la plupart des ministres à faire des navettes régulières entre Moscou et Sotchi, l'éden de la mer Noire où la vie du « tsar » frôlait la caricature. On lui prescrivait non seulement des antidépresseurs mais aussi des massages magnétiques inspirés par les inévitables guérisseuses caucasiennes (toujours sous contrôle des services secrets) afin qu'il puisse apparaître en public en donnant l'image d'un chef d'État responsable, capable de prendre des décisions et d'imposer clairement sa volonté.

C'est au début de son règne[1] qu'apparut le folklorique favori d'Eltsine, Korjakov, autre personnage emblématique du Kremlin. Il contrôlait étroitement l'accès au Président et dirigeait le petit groupe qui le protégeait.

À l'instar de Nicolas II, Eltsine fut souvent absent du Kremlin. Et, de septembre 1991 à mai 1996, il n'accorda sa confiance qu'au chef de sa sécurité, qui rapportait les dernières rumeurs, déterminait le choix de ses lectures et, bien entendu, lui faisait signer des oukases d'importance majeure rédigés par ses soins. Le limogeage de ce dernier en mai 1996 ne fut pas seulement dû à l'intervention de Tatiana, la fille préférée du « tsar » Boris. Car, si pendant son règne Eltsine était entouré de toute une coterie, il savait jouer des rivalités de ses services secrets, manipulant, grâce à son flair légendaire, les conflits de personnes ou de tendances au sein de son entourage.

Tout gouvernant est condamné à l'isolement ; au Kremlin cette solitude est aggravée par une certaine forme de coupure avec la réalité, entretenue par la Haute Police qui dresse, en permanence, un barrage entre le chef de l'État et le monde extérieur.

Après l'échec du putsch de 1991, beaucoup estimèrent que jamais plus ce pays ne compterait un tel degré de désinformation, propre au KGB. Pourtant dans les services secrets circulait à l'époque une boutade paraphrasant Talleyrand : « Tout ce qui n'est pas exagéré est insignifiant[2]. »

---

1. De 1991 à 1999.

2. La phrase exacte étant : « Tout ce qui est exagéré est insignifiant. »

Du jour au lendemain, des apparatchiks, anciens ministres et hauts responsables du parti, se déguisèrent en banquiers ou businessmen et accaparèrent des secteurs entiers de l'économie. Et cela avec la bénédiction du KGB qui les qualifiait de « milliardaires autorisés ». La fille du tsar Boris, Tatiana Diatchenko, sut parfaitement jouer de cette ambiance. Chef d'état-major de la campagne en 1996, elle fut propulsée au poste de conseiller et de « directrice de la communication du Président » entre 1996 et 1999. Pendant ces années, elle était toute-puissante. Son cabinet personnel, le bureau 262 du Kremlin, se superposait à tous les autres rouages de l'exécutif, un peu comme auparavant le Politburo exerçait sa suprématie sur les organes de l'État et du Parti. L'analogie était si forte qu'on en vint à qualifier de nouveau bureau politique le petit groupe de conseillers occultes qui réunissait une demi-douzaine de personnes. Leur influence fut portée au zénith pendant les multiples soubresauts de la maladie du Président, qui se soldèrent par un quintuple pontage cardiaque en novembre 1996.

La neige peut cacher une tache de sang ou la boue de l'automne. L'effet gigogne des poupées russes illustre les traditions du Kremlin, ses volte-face comme ses hésitations et la fascination permanente des hommes devant les fausses idoles. Derrière ces artifices, le véritable détenteur du pouvoir en Russie était en fait une coalition hétéroclite composée des clans connus, des réseaux d'affaires occultes liés avec les services secrets, autrement dit la galaxie de la Haute Police.

Le sauvetage

Un immense système secret naquit sur les décombres de l'Empire soviétique. Comme autrefois, les grands boyards se tenaient par la barbichette en se rendant des services et rémunérations réciproques. Assurant les allégeances envers le chef du Kremlin, ce dispositif pénétra tous les niveaux de l'État et fit triompher les méthodes traditionnelles de la Haute Police : la manipulation et la désinformation, l'amalgame et les raccourcis, la provocation, le chantage et des intrigues byzantines. Cependant, il faut ajouter à ce tableau une autre dimension de taille : une corruption fondée sur des moyens financiers sans précédent. Selon les estimations de Vladimir Poutine (qui, en tant qu'ancien chef des services secrets, sait de quoi il parle), entre dix-huit et vingt milliards de dollars sont sortis illégalement chaque année vers l'Occident de 1991 à 2000.

À cette époque, le rôle véritable de la Haute Police consista à mettre au service du Kremlin cette gigantesque confusion entre fortunes privées et patrimoine d'État. Pourtant, après l'échec du putsch de 1991, Gorbatchev n'avait qu'une idée : démanteler le KGB [1].

Formellement, cette mégapolice était morte en 1991. Passés de 700 000 à quelque 80 000 employés, ces services secrets nouvelle formule sortirent affaiblis, principalement chargés de la lutte contre la corruption, le trafic de drogue et la mafia. Mais finalement dans cette tempête, le KGB a parfaitement réussi sa reconversion ; ses agents étaient toujours omniprésents dans la diplomatie, les médias, les grands établissements industriels et bancaires. À la fin des années quatre-vingt, ils réussirent aussi à infiltrer pratiquement toutes

---

1. Avec l'aval d'Eltsine, Gorbatchev appela à la tête de ses services secrets réorganisés l'un de ses fidèles, Vadim Bakatine. Le KGB a donc éclaté en quatre services distincts : la Première Direction principale (PDP) toujours responsable du renseignement à l'étranger, est devenue le *SVR*, Service de reconnaissance extérieure. L'ancienne Deuxième Direction principale, chargée du contre-espionnage, après quelques changements de nom, deviendra le FSK, puis, en 1995, le FSB, Service fédéral de sécurité ; ses compétences englobent non seulement le contre-espionnage, mais aussi la lutte antiterroriste, la lutte contre le crime organisé et la protection du régime. Les anciennes Huitième et Seizième Directions formeront une agence autonome, la Fapsii (Agence fédérale pour l'information et les communications gouvernementales), chargée de la gestion des écoutes mais aussi du Sigint et l'Elint, *Signal Intelligence, Electronic Intelligence* (gestion des systèmes d'interception radio et de l'espionnage électronique, notamment par satellite). Les gardes-frontières forment une administration théoriquement autonome mais sont, en fait, très liés au FSB. Enfin, la Neuvième Direction, qui se consacrait naguère à la protection des

les importantes structures dirigeant l'économie de l'ombre, imposant ainsi le renseignement privé comme une nouvelle industrie russe. L'économie de marché créa alors un double besoin jusque-là inconnu dans le pays : celui d'une information économique précise, mais aussi d'une protection contre les rackets.

Les vétérans des services secrets fournirent les plus gros effectifs des milices privées [1]. Quant à la Direction responsable du renseignement à l'étranger, elle devint donc un service autonome, placé sous la direction d'un personnage hors pair – Evgueni Primakov [2] – qui réussit à sauver le système du KGB.

Spécialiste du monde arabe et académicien, il n'était pas au sens strict du terme un fonctionnaire du KGB, ayant travaillé pour ses services en qualité de « correspondant honorable » dès les années soixante (nom de code « Maxime »). Basé le plus souvent au Caire, ce Lawrence d'Arabie soviétique se rendit dans la plupart des pays du Proche-Orient.

Primakov n'était pas un « espion » du Kremlin au sens banal du mot. Ce n'était même pas un « agent d'influence » : on ne lui demandait pas de monter ou

---

hautes personnalités du régime, est devenue, sous le sigle SBP, le Service de sécurité présidentiel.

1. Il existerait ainsi plus de mille entreprises de sécurité privée dans le pays, mais 90 % d'entre elles sont des sociétés de protection ou de convoyage de fonds et seule une centaine de sociétés s'occupent réellement de renseignement commercial.

2. Plus tard ministre des Affaires étrangères, de 1995 à 1998, puis Premier ministre en 1998-1999.

de gérer des opérations auprès des opinions publiques. Son rôle était de tisser des liens personnels à long terme avec les plus hauts dirigeants en place ou avec leurs éventuels successeurs. À cette fin, on l'avait fait bénéficier d'une liberté de parole et d'analyse sans précédent.

Il se présentait aussi comme un spécialiste des méthodes d'« ingénierie politique » chères au cœur de personnages mythiques de la Haute Police. Il devint ensuite membre du conseil présidentiel et proche conseiller de Gorbatchev, gérant les crises de l'Empire éclaté, notamment celles du Caucase. Entre août 1990 et février 1991, il chercha à dénouer la crise du Golfe de façon plus équilibrée et relativement favorable à l'Irak. À plus long terme, Primakov gagna dans cette affaire la réputation d'avoir été un vrai patriote soucieux des intérêts supérieurs du pays. En dirigeant les services secrets, il les présenta comme un organe de sécurité normal respectant les valeurs de la démocratie, et chercha ouvertement à renouer avec l'héritage de la Haute Police, gardienne du temple de la Russie éternelle. En fait, il en préserva soigneusement le personnel et les structures. Et son but véritable (il s'en cachait de moins en moins) était la reconstitution de la puissance russe. Aussi contribua-t-il à renforcer les tendances prorusses dans les républiques ex-soviétiques devenues indépendantes en 1991. Cependant, Primakov modifia quelques-unes des orientations du service des renseignements en renonçant au concept d'« adversaire principal », autrement dit de confrontation directe avec les Américains[1]. Aussi devint-il pour le monde arabe et musulman un symbole, sinon un mythe : celui d'une Russie vouée à retrouver son rang de grande puissance et à devenir le cœur d'une coalition anti-hégémonique visant à rééquilibrer la domination des États-Unis et à construire « un monde multipolaire » (ce thème voisin de l'idéologie sera plus tard repris par Poutine).

Son innovation la plus délicate fut sans doute le développement de ses contacts avec les services spéciaux occidentaux car il dut surmonter l'héritage de la mentalité de la guerre froide. Les motivations des espions du Kremlin aussi changèrent. Avant, ceux-ci étaient non seulement bien rémunérés mais ils étaient aussi guidés par l'idéologie, comme le raconte Primakov lui-même : « Jadis, ceux qui nous proposaient leur aide étaient motivés par leur haine du fascisme ou par leur désir de préserver la paix. Aujourd'hui, beaucoup de gens ne veulent plus vivre dans un monde unilatéral, déséquilibré. D'autres soutiennent notre politique d'opposition à l'extrémisme islamique ou notre recherche de solutions politiques dans des situations de crise.

1. La technologie occidentale restait une cible prioritaire pour le renseignement. Moscou cherchait tout spécialement à se procurer les rapports confidentiels de grands experts évaluant l'état réel de la science et de l'industrie russes, espérant ainsi découvrir les domaines qui intéressaient les services secrets de l'Ouest. Tout en conservant ses liens avec l'Irak, Primakov améliora les relations avec l'Iran, favorisant des ventes d'armes et des achats de pétrole.

Nous-mêmes décidâmes de concentrer nos efforts sur le problème yougoslave, mais nous abordâmes également la situation au Proche-Orient, le fondamentalisme islamique, la lutte contre le trafic de drogue et la prolifération des armes de destruction massive. »

Mais en 1999 Primakov perdit la bataille pour le pouvoir suprême, au profit de Vladimir Poutine qui, singulièrement, reprit le flambeau et assura la véritable résurrection de la Haute Police du Kremlin.

L'opération Résurrection

Vladimir Poutine m'a souvent laissé l'image d'un homme aux multiples visages, caché derrière une succession de masques. Son regard parfois vague, parfois intense, ses froncements de sourcils ou même un mouvement impatient des lèvres témoignent une volonté de fer cependant qu'il semble insaisissable. En bon officier de la Haute Police, il a visiblement appris à jouer de nombreux rôles.

Il y a en effet au moins cinq Poutine différents. Le premier est l'homme formé et nourri par les services secrets, introduit d'abord dans le contre-espionnage, puis dans le monde extérieur : donc un parfait produit du KGB. Ensuite, le gestionnaire compétent, adjoint au maire démocrate de Saint-Pétersbourg ; puis le haut fonctionnaire, chef des services secrets, choisi pour défendre les intérêts d'Eltsine et de sa famille.

Le quatrième Poutine fut le Premier ministre de la guerre en Tchétchénie, un homme à la réputation sulfureuse parvenu au pouvoir en août 1999, dans le climat crépusculaire d'une fin de règne et à la faveur d'une guerre terrible contre cette petite république séparatiste du Caucase, fin manœuvrier jouant habilement des clans politiques pour s'imposer comme successeur inattendu du Tsar Boris en décembre 1999.

Enfin, le cinquième, celui qui nous intéresse aujourd'hui, est le chef du Kremlin, affrontant des défis majeurs pour la Russie du XXIe siècle.

La Haute Police a joué de nouveau un rôle décisif dans les actions du Président. D'ailleurs de nombreux responsables de son gouvernement sont issus des services secrets. Un ancien colonel du KGB dirige le ministère de la Défense ; plusieurs généraux des services spéciaux sont devenus gouverneurs ; deux des sept « superpréfets » des régions sont issus du KGB ; un général des services a été nommé vice-président de la chaîne de télévision nationale ; des anciens de la Loubianka travaillent au sein de l'administration présidentielle ou sont au gouvernement. Le Président russe n'hésite pas non plus à puiser des formules chocs dans le répertoire de ses prédécesseurs, dirigeants emblématiques de la Haute Police.

Sous Alexandre II, le prince Loris-Melikov, chef de la troisième section, parlait de dictature du cœur ; Poutine, lui, parle de dictature de la loi. Sous Nicolas II, le colonel Zoubatov disait que la Russie ne devait pas devenir une nouvelle France ou les États-Unis, aujourd'hui le colonel Poutine affirme que la Russie ne peut pas devenir la deuxième édition de la Grande-Bretagne ou des États-Unis avec leurs traditions libérales anciennes.

Genèse d'un espion soviétique

Tout commença par une sorte de conte de fées à la soviétique.

Il était une fois un petit garçon nommé Vladimir, né le 7 octobre 1952 à Leningrad. Élève brillant et solitaire, excellent judoka, discret et volontaire, il était le fils d'un ouvrier modèle et le petit-fils du cuisinier de Lénine. Dès sa plus tendre enfance, il caressa le rêve de devenir espion au service du Kremlin. Au début, il fut tout simplement influencé par des films d'espionnage ; cependant il y avait aussi des antécédents familiaux car son père avait été membre du régiment spécial des services secrets pendant la Deuxième Guerre mondiale.

Poutine, encore écolier, tout à son rêve de devenir espion, se renseigna auprès du KGB (il voulait s'engager sur-le-champ) où on lui conseilla de s'inscrire à la faculté de droit. Et en 1975, diplômé de l'université de Leningrad et cité parmi les meilleurs étudiants, il fut recruté par les services secrets.

Mais la suite de cette histoire est bien moins romantique. Intégré au contre-espionnage, il s'occupa tout particulièrement des opposants au régime. Le futur chef du Kremlin y passa quatre ans et demi avec deux interruptions pour formation dont une à Moscou où il perfectionna son allemand. Cependant, son rêve d'entrer dans le service des « illégaux » du KGB se brisa net. Le jeune provincial ne paraissait, en effet, pas « assez dégourdi » pour ce genre de mission. Il fut donc renvoyé dans sa ville natale, avec une petite consolation toutefois, puisqu'il fut affecté au service du prestigieux 1er département du KGB, chargé de l'espionnage.

Finalement, en 1985 Poutine fut admis à suivre une nouvelle formation à l'école légendaire d'espionnage du KGB – l'institut du Drapeau rouge. Il fut ensuite affecté en Allemagne de l'Est au cœur du dispositif de renseignement soviétique s'occupant tout spécialement du ministère des Affaires étrangères de la RFA.

Après le naufrage en 1989 du communisme en Allemagne de l'Est, le retour précipité en URSS fut difficile pour cet officier de 38 ans. Nommé adjoint du recteur de l'Université de Leningrad, chargé des relations internationales, ce lieutenant-colonel du KGB était toujours membre de réserve des services secrets soviétiques. Mais à la fin de 1989, la roue du destin tourna encore. Le maire de sa ville, Anatoli Sobtchak, proposait à Poutine de sortir de son « placard » pour devenir son chef de cabinet. La véritable carrière politique de Poutine a commencé pendant la tentative de putsch communiste d'août 1991, lorsqu'à Saint-Pétersbourg il négocia la « neutralité » de la Haute Police politique, permettant ainsi au maire d'organiser une énorme manifestation contre la tentative de coup d'État. Ce basculement de la seconde ville du pays fit réfléchir les autres officiers supérieurs du KGB, démoralisa les communistes purs et durs, et encouragea les libéraux à organiser la résistance.

Après l'échec du putsch, le maire de Saint-Pétersbourg, charmeur et mondain, souvent en visite à l'étranger, délégua ses pouvoirs à son bras droit qui se muta vite en gestionnaire clé de la ville. La « méthode Poutine » remonte d'ailleurs à cette époque : travailler avec tout le monde en évitant de dépendre d'un seul clan.

Mais en 1996, le flamboyant maire perdait les élections de Saint-Pétersbourg et Poutine son travail. Pour trouver une nouvelle affectation, ce dernier disposait de son réseau au Kremlin, au sein de l'administration présidentielle et au gouvernement où travaillaient plusieurs anciens de Saint-Pétersbourg. Il fut finalement promu adjoint de l'intendant en chef du Kremlin, pour s'occuper des affaires légales et des avoirs russes à l'étranger.

Le futur Président semblait aussi concentrer son attention sur tout un domaine où la corruption battait son plein, en constituant de volumineux dossiers sur les gouverneurs de la Russie profonde. Informations qui allaient lui être précieuses pour s'assurer le soutien des hommes forts de ces provinces lors des élections.

Le 20 juillet 1998, Poutine était nommé de manière impromptue au poste de directeur des services secrets où il restera parfaitement loyal envers Boris Eltsine.

En automne, quatre mois après cette nomination, le procureur général de la Russie lança une enquête pour corruption impliquant plusieurs personnes de la « famille », l'entourage de Boris Eltsine. Ses recherches, menées en collaboration avec le parquet suisse, aboutirent à un gigantesque scandale à rebondissements qui marquèrent les derniers mois du régime du « Tsar Boris ». Selon cette enquête suisse, pour obtenir de grands chantiers immobiliers comme la rénovation du Kremlin et la construction de luxueuses maisons pour les officiels russes, la société Mabetex aurait versé des pots-de-vin aux proches de Boris Eltsine.

Le Kremlin décida alors de régler l'affaire en employant les grands moyens. La « bombe » fut lancée à la télévision, montrant un homme « ressemblant au procureur général », en pleine action avec deux prostituées. La réputation du juge ainsi détruite, son enquête lui fut aussitôt retirée...

Au début de 1999, Poutine fut nommé secrétaire du Conseil national de sécurité, une fonction qui lui donnait autorité sur l'ensemble des ministères et services traitant des questions stratégiques, militaires ou liées à la sécurité intérieure. Mais son destin prit un tournant définitif au mois d'août 1999, quand un millier de combattants tchétchènes envahirent le Daghestan, petite république du Caucase membre de la Fédération de Russie. L'armée russe repoussa les envahisseurs et Moscou se déclara « attaquée par le terrorisme international ».

Ce moment constitue pourtant un virage dans l'itinéraire récent du Kremlin car la situation allait prendre un tour nettement plus dramatique. La Constitution de 1993 n'ayant donné pouvoir au Président russe que pour deux mandats de quatre ans, le problème central allait être le choix de l'héritier d'Eltsine (déjà élu à ce poste en 1991 et en 1996). Les conseillers du Président préconisèrent alors la mise en orbite d'un « jeune premier », un homme actif, compétent, de surcroît d'une loyauté entière à l'égard du clan eltsinien. Au Kremlin, un Boris Eltsine aux abois changea donc de Premier ministre, pour la deuxième fois en deux mois. Et à ce poste apparut un inconnu, Vladimir Poutine, qui sera officiellement présenté le 9 août 1999 comme le dauphin du Président. Celui-ci donnera à Eltsine de nouveaux gages en le protégeant des attaques politico-judiciaires visant sa famille.

Laissons « le Tsar Boris » décrire les motifs de son choix : « La chose la plus significative est sa très grande fermeté politique », annonça-il en le présentant à la télévision. Et d'ajouter : « Cet homme, c'est la solution finale du problème tchétchène »...

Assumant ce profil, Poutine disposa de moyens considérables pour influencer l'élite politique en s'appuyant sur des parrains puissants. La première catégorie de ces tuteurs politiques furent les militaires qui le soutinrent en menant en Tchétchénie une guerre sur mesure. Mais en échange, le commandement de l'armée voulut être associé à la direction du pays et imposer une politique de « puissance » : réarmement, reconstruction de l'influence russe dans des anciennes républiques soviétiques. Les deuxièmes parrains du Président russe furent les siens, les gens de l'ex-KGB qui ont aidé leur camarade Poutine à s'imposer. Ainsi la Haute Police a-t-elle de nouveau retrouvé toute sa place au Kremlin.

Les troisièmes parrains furent les « boyards » ou « oligarques », dirigeants des grands conglomérats économiques. Ce groupe ne fut pas homogène, mais il fut toujours lié au Kremlin.

L'été 1999 fut marqué par un épisode fondateur du nouveau régime. Le mystère entoure d'ailleurs toujours ces événements.

Le 22 septembre 1999 au soir, un habitant de Riazan, ville du cœur de la Russie, aperçut trois personnes transportant des sacs d'une voiture dans une cave. Alertés, les agents des services secrets constatèrent que les sacs ressemblaient à de l'explosif et étaient reliés à un détonateur. Le surlendemain, le chef des services secrets russes annonçait que toute l'affaire n'était... qu'un « exercice » de ses services pour tester l'état de préparation du pays, que les sacs contenaient du sucre et que le détonateur était un leurre ! Mais plusieurs observateurs relevèrent des contradictions dans ses propos. De plus, ce revirement fut suivi de l'annonce de l'arrestation du couple d'agents du FSB qui avaient posé l'explosif. Des responsables locaux, quant à eux, s'en tinrent à leur première version : il s'agissait bien d'explosifs, car personne n'avait été prévenu de cet « exercice ». Un soldat d'une base militaire voisine affirma d'autre part qu'il avait eu à garder, dans un local interdit d'accès, des « sacs de sucre » contenant des granulés jaunâtres. Mais cette histoire passa presque aussitôt inaperçue.

Une série d'attentats sanglants, à Moscou et en province, changea définitivement la donne[1].

Le pays plongeait dans l'horreur. Poutine (qui grâce au soutien des oligarques contrôlait déjà pratiquement tous les médias) dénonça violemment à la télévision la responsabilité tchétchène, jurant de « buter les terroristes jusque dans les chiottes ».

Le 23 septembre 1999, la Russie se lançait dans la guerre contre les indépendantistes tchétchènes avec l'appui de l'opinion publique.

Ce conflit renforça l'alliance du Kremlin avec la Haute Police. Poutine exploita aussi habilement la vague nationaliste en utilisant une fois encore les médias qui mirent en exergue son jeune âge – antithèse d'un Eltsine diminué. Ils soulignèrent également l'attachement de Poutine à la renaissance de la Russie en se référant aux deux figures historiques les plus populaires du Kremlin selon les sondages : le tsar Pierre le Grand et l'ex-chef du KGB Andropov. (Le premier étant le symbole de la grandeur de la Russie, le deuxième, celui de la lutte contre la corruption.)

---

1. En moins de trois semaines, du 31 août au 17 septembre, de terribles explosions secouèrent successivement un centre commercial proche du Kremlin, une petite ville du Daghestan et, surtout, deux immeubles densément habités dans des quartiers populaires de Moscou, puis un autre immeuble dans une ville du Sud, Volgodonsk.

Poutine tint alors un discours extrêmement belliqueux, annonçant que les auteurs des attentats étaient connus, mais qu'ils avaient malheureusement réussi à s'enfuir vers la Tchétchénie.

Le 31 décembre 1999, Boris Eltsine annonçait sa démission et désignait Vladimir Poutine comme son successeur au Kremlin. En mars 2000, celui-ci était élu chef de l'État russe au premier tour de scrutin. Le nouveau Président s'est immédiatement montré reconnaissant envers ses collègues de la Haute Police : sur les vingt et une nominations de la haute administration auxquelles il a procédé durant les trente premiers jours de son mandat, onze concernaient des anciens des services secrets. Si la police secrète a toujours été au cœur de l'État russe, une autre tradition veut qu'on ne lui permette jamais d'acquérir trop d'influence. Et un tsar qui s'appuierait exclusivement sur elle serait condamné. Poutine a sans doute médité plus d'une fois sur le destin de ses prédécesseurs...

Vladimir Poutine s'est révélé un chef du Kremlin beaucoup plus sophistiqué que Boris Eltsine. Il n'a pas fait de cadeaux aux boyards déchus et s'est distancié de la « famille » eltsinienne en poussant les grands oligarques les plus compromis (comme le sulfureux financier Boris Berezovski) à vivre à l'étranger.

Son message était clair et sans ambiguïté : « Soit vous jouez le jeu du Kremlin et on oublie comment vous avez fait vos fortunes en cette période trouble. Soit vous continuez à vous mêler de politique pour votre propre compte et dans ce cas vous vous condamnez aux pires complications. »

Ces changements concernèrent aussi l'action à l'extérieur du pays. La crise du 11 septembre 2001 a projeté une lumière crue sur la démarche de l'actuel chef du Kremlin. Dès lors, entreprenant un étonnant rapprochement avec Washington, il mit en exergue une convergence d'intérêts entre Russes et Occidentaux. Ce virage géopolitique majeur fut réalisé contre l'avis de la majorité des collaborateurs de la Haute Police russe, assez antiaméricains et imprégnés de l'héritage de la guerre froide.

Poutine et le monde

Poutine a su saisir l'opportunité historique que lui fournirent les attentats du World Trade Center.

Il était plus de dix-huit heures trente à Moscou : CNN venait de diffuser les images de l'attaque contre les deux tours de New York. Le Président russe contacta immédiatement les responsables de ses services secrets et eut la confirmation que les principaux suspects de cette attaque étaient Oussama ben Laden et ses réseaux. Ainsi ces actes donnaient-ils, selon Poutine, une crédibilité aux accusations du Kremlin contre le terrorisme islamique, à qui il attribue la reprise de la guerre en Tchétchénie.

Lorsque le troisième avion détourné par les terroristes s'abattit sur le Pentagone, Vladimir Poutine fut le premier chef d'État étranger à contacter George W. Bush en utilisant le fameux « téléphone rouge » reliant directement le chef du Kremlin au chef de la Maison-Blanche à n'importe quel moment.

Malgré le passage des forces armées américaines à l'état d'alerte maximale, le Kremlin avait donné l'ordre de baisser d'un cran celui de l'armée russe « pour ne pas augmenter de tension inutilement dans ces moments dramatiques ».

« Nous sommes avec vous », dit tout simplement l'ancien lieutenant-colonel du KGB au Président américain. « Qu'est-ce qu'on peut faire en échange de ce soutien ? demanda G.W. Bush.

– Rien. Nous sommes avec vous. »

Ces mots pèseront lourd sur les balances de l'Histoire car les Américains n'allaient pas les oublier, même si le Kremlin attendait beaucoup en échange, c'est-à-dire la perspective d'une véritable alliance stratégique avec Washington. Très habilement, Poutine refusa de marchander sur-le-champ pour obtenir des concessions de la Maison-Blanche sur des sujets sensibles.

Le même jour, le chef du Kremlin eut une conversation téléphonique avec Condolezza Rice, conseiller pour la Sécurité nationale du Président américain, réaffirmant que le Kremlin était prêt à s'engager « très loin » aux côtés des États-Unis. En plus Poutine a donné des assurances aux Américains à propos du pétrole en disant qu'il n'y aurait jamais à l'avenir de choc pétrolier, car la Russie ouvrirait les vannes pour l'Occident en cas de nécessité.

Mais jusqu'où le Président russe pouvait-il aller dans sa démarche proaméricaine ? Poutine assura ses interlocuteurs que la Russie était prête à offrir toute l'assistance possible pour soutenir les États-Unis dans la traque des terroristes. Ainsi les jours suivants s'amorcèrent des négociations délicates dans le domaine du renseignement.

En réalité, Washington doutait fort que les Russes livrent leurs secrets opérationnels. À tort. Le 19 septembre, la délégation du département d'État américain vint à Moscou demander au Kremlin son feu vert pour l'utilisation d'installations militaires en Asie centrale. À leur grande surprise ils sentirent que la réponse pouvait être positive. Puis Poutine donna l'instruction de coopérer totalement.

Après cette décision capitale, les relations entre Moscou et Washington semblaient entrer dans une nouvelle ère. Certes, les attentats du 11 septembre avaient littéralement bouleversé les Russes. Dès le lendemain, des milliers de Moscovites s'étaient présentés spontanément à l'ambassade des États-Unis pour témoigner leur compassion ou déposer quelques fleurs. Vers la fin de la soirée, cette représentation américaine à Moscou fut fleurie comme nulle part au monde.

Mais au Kremlin on ne traita pas cette affaire d'un point de vue sentimental... Disposé à faciliter le déploiement éventuel des États-Unis aux frontières de l'Afghanistan, Poutine se garda bien de précipiter les choses et effectua son virage proaméricain étape par étape. Tout d'abord, six jours après les attentats, le Président russe fit encore un geste spectaculaire en comparant Ben Laden aux nazis. À Washington, cette référence à l'Allemagne hitlérienne reçut un écho particulièrement favorable.

Mais le chef du Kremlin devait encore surmonter

l'hostilité de ses propres boyards à l'idée d'une collaboration d'envergure avec les Américains. En effet, les hauts gradés militaires craignaient de donner à Washington un avantage sur le terrain de ces républiques qu'ils considéraient toujours comme leur zone d'influence exclusive. Les dignitaires de la Haute Police imprégnés de l'atmosphère de la guerre froide, étaient aussi persuadés que les Américains ne manqueraient pas d'exploiter en leur faveur les bonnes dispositions du Kremlin pour s'imposer en Asie centrale.

Comment, malgré toutes ces réticences, le Président russe est-il parvenu à effectuer ce changement radical de la politique de son pays ?

Le samedi 22 septembre, à l'initiative de Washington, les Présidents russe et américain eurent une nouvelle conversation téléphonique de plus de quarante minutes. Cette fois-ci les deux chefs d'État abordèrent la mise en place de la coopération militaire en Asie centrale. Ce coup de fil du Président américain tomba à pic. En vacances au bord la mer Noire, Vladimir Poutine était en pleine discussion tumultueuse avec ses principaux collaborateurs, chargés de la Sécurité et de la Défense (les Américains reconnurent plus tard qu'ils étaient au courant de ces problèmes internes).

Le Président russe exposa alors à ses ministres la situation d'une manière concise : mieux valait avoir les Américains que les talibans à la frontière de la Russie. Cette réunion orageuse permit au Président de placer ses généraux devant leurs responsabilités. Il mit en relief la chance historique qui s'offrait au Kremlin de tourner le dos à ses vieux démons et d'entrer par la grande porte dans l'alliance avec l'Occident. Il sut aussi vaincre les réticences d'une bonne partie de son administration en la plaçant, comme autrefois le fit Boris Godounov, devant le fait accompli. « La Russie, disait-il, n'a pas d'autre choix. »

Mais la collaboration russo-américaine n'allait pas se borner à la lutte contre le terrorisme. Fin septembre le Président Bush précisa : « Nous pouvons coopérer sur un nouvel accord stratégique. »

L'idylle ne dura pas longtemps. Au début du printemps 2003, la Russie, de concert avec la France, s'est fermement opposée à la résolution américaine à l'ONU ouvrant la voie de la guerre en Irak.

Pourquoi ce revirement du Kremlin ? Une fois encore, le rôle de la Haute Police allait être décisif. Une étude approfondie confirma l'hostilité totale de l'opinion russe (à plus de 90 %), à l'utilisation de la force en Irak. Dans la perspective de l'élection présidentielle, au début de l'année 2004, Poutine décida donc de ne pas verser d'huile sur le feu en évitant d'alimenter l'antiaméricanisme de l'homme de la rue. Cette hostilité latente ne reflète pas seulement les vieux fantasmes de la période soviétique, elle est aussi liée au souvenir de la guerre en Yougoslavie, lorsque Washington a agi sans prendre en compte l'avis de Moscou.

Deux autres facteurs déterminèrent la position du Kremlin. Tout d'abord la présence de 20 millions de musulmans en Russie et le ressentiment croissant d'un pays qui supporte de plus en plus difficilement sa pauvreté face à l'arrogance de la puissance de l'Amérique. Le pétrole fut aussi, bien entendu, une pomme de discorde entre les deux pays.

En effet, pendant cette période, Washington tenta d'acculer le Kremlin à coups de promesses sans jamais amorcer un véritable partenariat stratégique dans la défense antimissiles ou une collaboration durable dans le domaine énergétique. La situation a recommencé à se détériorier en février 2003, quand le Kremlin a annoncé son intention d'user de son droit de veto pour faire échec à la résolution américano-britannique sur la guerre en Irak. Personne ne l'avait vraiment pris au sérieux. La Russie, pensait-on, dépendait trop des États-Unis pour pouvoir leur tenir tête. Mais au début de la guerre, le Kremlin a soudain condamné vigoureusement « l'erreur » américaine et réclamé une stratégie différente, multilatérale et régie par l'ONU.

En fait, la politique étrangère active masquait des difficultés internes. Le pays étant affligé d'une bureaucratie qui rivalise avec celle de la défunte URSS, les recettes fiscales ne suffisaient pas pour payer convenablement cette armée de fonctionnaires. Comme autrefois les tsars de la Russie éternelle, il n'avait qu'à compter sur le soutien des grands boyards de la Haute Police qui, eux, se préparaient déjà discrètement à franchir une nouvelle étape vers le plein exercice de leur autorité, assurant la centralisation du pouvoir, du Kremlin jusqu'aux provinces : verrouillage des médias, mise en place systématique de leurs hommes à des postes clés.

Le Président russe, quant à lui, a su profiter des erreurs de choix de ses diplomates et des mauvaises analyses des militaires pour mieux les contrôler. Ces derniers l'ont entraîné dans le camp du refus de la guerre en Irak, mettant en péril les résultats de trois années d'effort en faveur d'un rapprochement avec les Américains. Les analystes militaires avaient prédit une guerre assez longue en Irak avec une perspective d'enlisement suivi de l'embrasement du monde islamique. Ce scénario leur permit de persuader Poutine de rejoindre le « camp du refus ». Cependant, le Kremlin a pris soin de ne pas heurter de front Washington... Ce revers diplomatique russe en Irak n'aura eu qu'une seule conséquence bénéfique pour le Kremlin : le renforcement de sa position vis-à-vis des militaires, principaux responsables des erreurs d'analyse sur l'Irak.

Cependant la lutte de clans continue au Kremlin. Les deux assassinats, commis presque simultanément au début de l'été 2003 dans la région de Moscou, le prouvent d'une manière éclatante. Ce jour-là, en effet, les balles des tueurs ont atteint le pouvoir en plein cœur : deux grands boyards proches du Kremlin abattus sur contrat[1].

---

1. Igor Khmov et Sergueïv Chtchitko étaient à la tête d'entreprises fleurons du complexe militaro-industriel. En Russie, ce secteur disputé entre tous reste l'un des pivots sur lesquels tout pouvoir entend exercer sa tutelle. Pour des raisons stratégiques, mais éga-

Pour le Kremlin où tout est toujours fondé sur la personnalité de son chef, ces assassinats furent un avertissement. Si un leader devait disparaître, « tout » pourrait être bouleversé.

Mais en attendant, Poutine persiste et signe, rationalisant ainsi le « système du Président » instauré de manière improvisée et brouillonne par Boris Eltsine. En même temps, loin du tapage médiatique, il sait imaginer sans cesse l'évolution des rapports de force, les renversements de situations, les formules nouvelles.

Désormais, le champ politique russe est tripolarisé. À chacun des pôles reviennent une fonction (manifeste ou latente) et un rôle précis. Aux centristes, le parti du pouvoir, de soutenir le Président au Parlement et de relayer les orientations stratégiques de l'exécutif ; aux communistes de « servir d'opposants » et d'incarner la fonction tribunitienne et aux libéraux d'offrir au pouvoir le soutien des milieux d'affaires et des médias qui leur sont proches. (Cela rappelle quelque peu le système français au temps de Bonaparte qui distribua lui-même des rôles à jouer par les différents acteurs politiques.) Après les élections législatives de décembre 2003, la domination du parti présidentiel est devenue totale, au détriment des communistes et des libéraux, complètement marginalisés. Quant aux nationalistes, ils sont complices du pouvoir.

---

lement pour des motifs financiers, le commerce des armes et technologies militaires s'effectuant en devises au travers de circuits occultes.

Quant à ceux qui ne veulent pas adhérer à ces règles du jeu, ils risquent au mieux d'être marginalisés, au pire de voir s'abattre sur eux le déballage des *kompromaty* (documents compromettants) et les foudres de la justice. Ce mode de fonctionnement du système politique constitue un dévoiement des principes démocratiques. Pis, il évince ainsi une partie des forces sociales – les associations de défense des droits de l'homme, les journalistes ou les mouvements écologistes – certes minoritaire, mais dynamique, ouverte à la modernité et favorable à l'intégration de la Russie à l'Europe

En fait, pour le chef du Kremlin, la politique s'apparente avant tout à une technologie qu'il convient de maîtriser. Il s'est entouré à cette fin de conseillers qui élaborent des opérations de communication s'appuyant sur l'expérience de la Haute Police.

En avril 2003, Vladimir Poutine a annoncé l'élargissement des compétences de ses services secrets (le FSB) auxquels il a décidé d'adjoindre les troupes des gardes-frontières (cent mille hommes) et une agence chargée de la surveillance des communications. D'un coup, le démontage de l'énorme machine du KGB de 1991 s'est trouvé remis en question. En terme de compétences et de moyens, les services secrets actuels sont en train de se revendiquer comme le digne héritier de leur gigantesque prédécesseur.

Sur la base de l'analyse de 3 500 biographies officielles, la sociologue Olga Krishtanovskaïa parvient à la conclusion que le pays est engagé dans un processus de soviétisation et de restauration. Les données sont impitoyables : sous Eltsine, 3 hommes étaient issus des structures de l'ex-KGB au gouvernement ; actuellement il y en a 18. Les anciens des services, placés en réserve, sont omniprésents dans les ministères à vocation économique. Et ils représentent 50 % du personnel de l'administration présidentielle. « Quant à l'ex-KGB, il est en voie de reconstitution », poursuit la sociologue.

Le Kremlin avait promis qu'il ne toucherait pas aux acquis des « privatisations sauvages » mais ce pacte noué entre les « oligarques » et le pouvoir russe est de fait tombé en désuétude quand, pendant l'été 2003, les hostilités se sont ouvertes, notamment contre l'homme le plus riche de la Russie, le magnat du pétrole Khodorkovski. L'arrestation de ce dernier a fait ressurgir dans ce pays la peur viscérale du Kremlin. Ainsi Poutine procéda-t-il à une remise en question du statu quo concédé aux oligarques de l'ère Eltsine : l'impunité pour les privatisations illégales contre le renoncement à toute activité politique.

Qui a rompu cet accord ? Les « oligarques », inquiets des visées autoritaires d'un pouvoir prêt à déclencher une offensive pour prendre le contrôle des entreprises ? Ou l'État, trop jaloux de ses prérogatives ? Quelle que soit la réponse les nouvelles règles furent imposées par le Kremlin.

La boucle du *Roman du Kremlin* est donc bouclée.

Sur l'esplanade du Kremlin, nous sommes toujours éblouis par la plus splendide accumulation de palais, d'églises et de monastères, dont le style n'est ni gothique ni byzantin, mais tout simplement moscovite. Jamais architecture plus libre, plus originale n'a réalisé ses promesses avec une telle fantaisie.

Le sort de Vladimir Poutine sera-t-il aussi capricieux ? Quel destin l'attend-il ? Celui de Boris Godounov ou celui de Pierre le Grand ? Seuls les murs éternels du Kremlin, placés sous l'œil vigilant de la Haute Police, connaissent la réponse. Et, immuablement, les coupoles dorées surmontées de croix grecques prendront encore des reflets transparents et la lumière, au point saillant, s'y concentrera en une étoile brillante...

Annexe 1
Promenades sur les traces des tsars

Comme nous l'avons vu dans notre récit, Moscou fut ainsi nommée en l'honneur de la douce et majestueuse rivière qui la traverse[1].

Pendant longtemps Moscou resta une bourgade, puis en l'espace d'un siècle elle se transforma en un véritable centre politique et culturel. À quoi donc cette fulgurante ascension fut-elle liée ? D'une part à sa situation géographique car elle était à l'époque protégée par d'imprenables forêts, d'autre part, les affluents de la Moskova la reliaient à la haute Volga, à l'Oka et au Dniepr.

Dans la deuxième moitié du XIIIe siècle fut créée la principauté indépendante de Moscovie. **Vladimir**, **Souzdal**, **Rostov** et **Iaroslav** étaient les villes les plus importantes de la région mais les invasions mongoles anéantirent tour à tour ces foyers culturels, et la population chercha alors refuge à Moscou. Saccagée mais non détruite en 1238, la ville devint la capitale de la principauté de Souzdal par la décision du prince Daniel.

---

1. *Moskova* en slavon signifie « humide ».

Cependant la véritable ascension de Moscou est liée aux activités du prince Ivan Kalita[1] (mort en 1340). Animé par l'ambition d'augmenter les territoires de sa principauté, il acheta trois villes : **Ouglitch**, **Bielozero** et **Galitch**, ainsi que des villages situés aux environs de **Novgorod**, de **Vladimir** et de **Rostov**. Il transféra la capitale du grand-prince à Moscou, où s'installa le métropolite Pierre.

Avant de s'éteindre, en 1326, Pierre prophétisa : « Si Ivan fait bâtir une église en l'honneur de l'Assomption de la Vierge, Moscou rassemblera autour d'elle toutes les terres russes. » Le 4 août 1326, commençait la construction de la magnifique **cathédrale de l'Assomption**, première église en pierre de Moscou. Théonioste succéda à Pierre et demeura lui aussi à Moscou. Ainsi la capitale devint-elle une métropole. Aujourd'hui, nous pouvons encore admirer l'image de ce Kremlin historique, symbole de la civilisation russe et de son élan spirituel. Sur les deux mille églises de Moscou, trente se trouvent au Kremlin.

C'est Ivan III[2], voulant faire du Kremlin la prestigieuse émanation de ses ambitions politiques, qui sera à l'origine de l'élan messianique de la Russie. En 1472, à l'âge de trente-deux ans, il fit un choix personnel déterminant le cours de l'itinéraire historique du pays en prenant pour épouse la princesse byzantine Sophie Paléologue, nièce de Constantin XI, le dernier empe-

---

1. *Kalita* veut dire « bourse », « sac d'argent » ou « escarcelle ».
2. Père de Basile III, 1462-1505.

reur de Byzance mort en héros pendant le siège de Constantinople par les Turcs. Sophie joua un rôle essentiel dans la construction de Moscou. Formée dans la beauté du creuset de l'Italie du quattrocento, elle eut l'heureuse idée de faire venir des maîtres d'œuvre italiens pour réaliser les projets monumentaux de son époux. En 1475, sur l'initiative de cette femme d'exception, Sémion Tolbouzine, diplomate et amateur d'art, fut donc envoyé en Italie afin d'y quérir les meilleurs architectes. Il fut subjugué par Venise où il ne se sentit guère dépaysé en admirant les courbes byzantines de Saint-Marc qu'il décrivit à ses princes comme une merveille. Sous l'impulsion du diplomate, une équipe d'architectes italiens guidée par Aristote Fioravanti de Bologne et par Alevisto Novi de Milan ne tarda pas à arriver à Moscou. Quelle disponibilité d'esprit à la fois des architectes et des princes, lorsqu'ils admirent qu'il fallait concevoir un style approprié aux goûts et aux traditions du pays tout en utilisant les techniques modernes de l'époque et le savoir-faire de ces architectes ! Ce n'était point chose simple, d'autant que la construction des églises orthodoxes obéit à une symbolique très précise. Fioravanti n'hésita pas à puiser aux sources en se rendant à Vladimir puis à Novgorod pour étudier les chefs-d'œuvre de l'art médiéval russe. Nous pouvons encore admirer de nos jours ces ensembles majestueux, mariant la tradition et les formes russes à des éléments de décor venus de la Renaissance italienne.

Loin de Byzance, près de Byzance, l'Europe et la

Russie, l'Est et l'Ouest, avant l'heure : « l'Europe de l'Atlantique à l'Oural » comme disait le général de Gaulle. La ligne de l'enceinte du Kremlin en témoigne. L'historien Louis Réaux nous le rappelle en citant l'architecte Alevisto Novi qui confirmait dans sa lettre du 16 novembre 1496, toujours gardée dans les archives de Milan, qu'Ivan III demanda d'une manière tout à fait explicite de prendre exemple pour la construction du Kremlin sur le sublime château des Sforza, érigé au XIVe siècle à Milan. Tout d'abord le prince fut inspiré par ses couleurs et choisit de bâtir ses remparts de brique rouge. Il fallait aussi en déterminer la forme. Ivan III jeta alors son dévolu sur un contour pyramidal. Il est vrai que l'enceinte du **Kremlin** dont l'épaisseur varie de 3,5 à 6,5 mètres et la hauteur de 5 à 10 mètres, représente une sorte de triangle de 2,235 kilomètres de long.

Le Kremlin compte vingt tours dont les plus puissantes, comme **Borovitskaïa**, **Troïtskaïa** (Trinité), les tours **du Sauveur**, de **Saint-Nicolas**, de **Saint-Constantin** et de **Sainte-Hélène** ainsi que la tour **du Secret**, débouchent sur les voies stratégiques. Du haut de ces tours, l'on voit parfaitement que les murailles épousent les reliefs du sol. Bien souvent elles servirent aux défenseurs du Kremlin qui, grâce à ces dénivellements, parvenaient à surprendre les assaillants sous un feu croisé.

La **tour du Sauveur** étant la porte principale du Kremlin, combien de solennelles cérémonies commencèrent par le passage sous sa voûte ! La tradition voulait qu'au grand jour de leur sacre, les tsars entrassent par cette porte tête nue. Tous les Russes règlent leur heure sur le carillon installé sur la tour du Sauveur. À partir de l'an 1625, ce carillon changea plusieurs fois de mécanisme. Le dernier fut offert à la ville en 1851 par les frères Boutenop. Dressées vers le ciel, ces tours resteront à tout jamais le symbole de la civilisation russe.

L'accès au **Kremlin** se fait par les tours **Borovitskaïa** ou **Troïtskaïa**, les premières à avoir été érigées. (L'ensemble historique du Kremlin est ouvert tous les jours sauf le jeudi de 10 h à 19 h du 1er mai au 30 septembre et de 10 h à 17 h du 1er octobre au 30 avril. Entrée libre.)

Il serait tentant de commencer la visite du Kremlin par le **palais des Armures** qui conserve les œuvres d'art permettant de comprendre l'histoire de l'État russe. Ce bâtiment fut érigé sur les plans de l'architecte français Constantin Thon qui excellait dans le style considéré comme typiquement russe. Toute l'histoire du pays défile devant vos yeux en deux heures. Cherchez tout d'abord à voir la célèbre **chapka de Monomaque**. La légende raconte que cette chapka fut envoyée au prince russe Vladimir Monomaque par son grand-père l'empereur de Byzance Constantin Monomaque, mais la réalité veut que la chapka, portée du XVe au XVIIe siècle par les tsars lors de leur couronnement, fut un travail d'orfèvrerie orientale. De nos jours, les Russes se réfèrent à ce royal couvre-chef pour évoquer la difficulté de gouverner le pays : « Qu'il est lourd de porter la chapka de Monomaque ! »

Avant de rencontrer cette œuvre, vous serez séduit par une merveilleuse **collection d'œufs de Pâques de Fabergé. Plusieurs trônes** sont présentés, notamment ceux d'Ivan le Terrible et de Boris Godounov. Les plus frappants étant sans doute le trône incrusté de diamants du tsar Alexeï Mikhaïlovitch et le double trône d'argent de Pierre le Grand avec ses étonnantes colonnes à voûte et ses faces recouvertes d'animaux fantastiques encadrés de motifs végétaux. Vous découvrirez aussi les vêtements d'apparat des tsars et des tsarines, dont la robe de couronnement de l'impératrice Catherine II, rouge à brocart d'argent.

Qui mieux que les Russes savent voyager en hiver, quand les arbres sont couverts de givre et que la neige crisse sous les pas dans le silence, tandis que les murailles du Kremlin deviennent rouge sang ? Dans ce palais des Armures, vous découvrirez une magnifique **collection de carrosses et de traîneaux**. Les cavaliers seront séduits par des harnachements richement décorés de pierres précieuses, d'or et d'argent ainsi que par des selles et des tapis de selle appelés à l'orientale *tchepraks*. Les amateurs ne seront pas désenchantés par d'extraordinaires **pièces d'orfèvrerie** russes et européennes ainsi que par de nombreux **objets sacrés** dont des bibles parées comme des princesses, des châsses, des **icônes** ainsi que de nombreuses **faïences** et **porcelaines**. Vous pourrez admirer les éblouissants **diamants de la Couronne** ainsi que les présents offerts par les monarques d'Europe aux souverains russes. Chaque pierre ayant sa propre histoire et son reflet particulier, la légende veut que le fameux Orlov (l'un des quatre plus gros diamants du monde) ait orné une sculpture de bouddha avant de passer par les mains d'un soldat français, d'un shah de Perse et d'un grand banquier d'Amsterdam pour arriver entre celles de Gregory Orlov qui l'offrit à Catherine II pour son anniversaire. Le diadème de l'impératrice Elisabeth Alexeïevna[1] compte 175 brillants et 1 200 diamants roses. (Ouvert de 10 h à 16 h 30 sauf le jeudi.)

La place des Cathédrales

En sortant du palais des Armures, allez directement sur cette place, cœur de la forteresse. Vous y retrouverez l'ambiance de l'histoire de la Russie, immortalisée par la tragédie de Pouchkine et l'opéra de Moussorgsky *Boris Godounov*. Entrez tout d'abord dans la **cathédrale de la Dormition**, imaginée puis bâtie de 1475 à 1479. La tradition et l'esprit italien s'y mêlent dans un délicieux cocktail. Dans cette église, sans aucun doute inspirée du modèle des églises de Vladimir, vous ressentirez la lumière et l'harmonie que dégagent les icônes. Autrefois s'y trouvait la **vierge de Vladimir**. En 1136, l'icône[2] fut amenée en Russie de Constantinople à Vychgorod, près de Kiev, puis installée à Vladimir en 1155 par le prince Andreï Bogolioubski. Lorsqu'en 1395 Tamerlan menaça d'envahir

1. Épouse d'Alexandre Ier.
2. La plus ancienne connue.

Moscou, l'icône y fut amenée pour protéger toutes les terres russes. À voir absolument aussi, l'**icône de saint Georges** qui se trouve devant la *solea*[1]. Le hasard voulut que ce chef-d'œuvre du XIIe siècle ne soit découvert qu'en 1935 pendant les travaux de restauration, sur l'envers d'une icône plus récente. Le saint patron des guerriers est ici représenté d'une manière particulièrement originale avec un regard pensif tourné vers la lumière divine. Le 16 janvier 1547, la cathédrale vit le premier couronnement d'un tsar : Ivan le Terrible.

Si la cathédrale de la Dormition était considérée comme la principale église de Russie, la petite **cathédrale de l'Annonciation**, construite entre 1482 et 1490, était, avec le charme de son intimité, la chapelle privée des tsars. La réunion des traditions de Pskov et de Moscou souligne ici la pureté des lignes et l'élégance de cette construction. L'architecture sacrée par excellence de ses arcs en encorbellement se superposant à la base des tambours de coupoles pour scander l'articulation du plan carré au plan circulaire, qu'on nomme *kokochnik* par analogie à la coiffe traditionnelle des femmes, caractérise l'interprétation culturelle de la Moscovie du XVe siècle. À ne pas manquer, l'**iconostase**, chef-d'œuvre des plus grands maîtres de l'époque : Théophane le Grec et Andreï Roublev. Les silhouettes élancées créées par Théophane le Grec, rehaussées par un dessin précis, donnent aux archanges et aux apôtres un aspect inoubliable. Vous admirerez

1. Surélévation devant l'iconostase.

la gamme de couleurs particulièrement originale, joyeuse et claire annonçant une nouvelle époque. Admirez aussi **l'icône de la Transfiguration**, qui est une des sept icônes peintes par Andreï Roublev présentées dans cette cathédrale. La silhouette blanche du Christ sur fond de mandorle y apparaît claire, presque transparente.

La **cathédrale de l'Archange-Saint-Michel** fut érigée entre 1505 et 1509 par l'architecte Aloïsio Novi sur la colline Borovitski. Elle a un aspect plus luxueux et plus exubérant que ses sœurs et l'influence italienne y est plus sensible. Novi l'a bâtie de pierre blanche en l'honneur du saint patron des soldats du ciel, que les guerriers russes considéraient comme leur protecteur. De 1340 jusqu'à Pierre le Grand, cette cathédrale servit de nécropole aux grands princes et aux tsars de Russie. Vous pourrez y contempler les tombeaux d'Ivan Kalita, d'Ivan III, et d'Ivan IV le Terrible. Les premiers tsars de la dynastie des Romanov y sont aussi enterrés. La cathédrale de l'Archange reste célèbre grâce à l'envolée de ses cinq coupoles mais aussi à son iconostase attribuée au génial Andreï Roublev où se trouve la fameuse **icône de saint Michel**. Les poètes comme les simples spectateurs ne pourront pas oublier son subjuguant décor extérieur, avec sa double rangée de pilastres superposés et sa corniche surmontée d'arcs en coquille. Quel mélange de styles et quel style russe par excellence ; à mi-chemin entre l'élan spirituel déterminé par l'austérité du lieu et la joie de vivre inspirée par le soleil d'Italie.

Le célèbre **clocher d'Ivan le Grand** réunit autour de lui l'ensemble du Kremlin et se trouve sur le côté droit de la place des Cathédrales. Depuis sa construction (1505-1508), de nouveaux niveaux ont été ajoutés à l'édifice. Haut de 82 mètres, sa blancheur fend le bleu du ciel comme la neige tranche sur l'azur. Au début c'était tout simplement la tour de guet de la citadelle du Kremlin qui fut construite de 1505 à 1508 par l'architecte d'origine italienne Marco Bono. Elle fut bâtie étape par étape sur l'église Saint-Jean-Climaque dit Scolastique. Pour les tsars de Russie, il fallait trouver un symbole d'unité des terres russes. Le bulbe doré du clocher d'Ivan le Terrible en fut la meilleure émanation. De sa hauteur de 81 mètres se dressait une vue majestueuse sur toute la ville. Dans le clocher ainsi que dans le campanile se trouvent 21 cloches. Vous pouvez poursuivre votre visite en passant entre la cathédrale Saint-Michel et le clocher d'Ivan pour vous rendre **place Ivanovskaïa**. Autrefois, cette place était bordée par les façades des palais des boyards. De nos jours s'y dressent les bâtiments officiels de la Fédération de Russie. Par tradition, elle représentait le lieu du châtiment public et c'est ici que les hérauts annonçaient les oukases des tsars. En souvenir de cette force du pouvoir, s'y trouve une artillerie russe fondue en 1586 ; le **Tsar des canons** *(Tsar Pouchka)* y fut déposé. Cet engin de plus de cinq mètres de long est d'un calibre de 890 millimètres et d'un poids impressionnant de 40 tonnes. Il n'a jamais été utilisé. Rappelons que les canons jouèrent un rôle exceptionnel dans le destin de la Russie et furent plusieurs fois utilisés comme messagers politico-diplomatiques. Ainsi les cendres du « faux Dimitri » furent-elles dispersées dans l'air, par un canon situé sur l'une des tours du Kremlin. À son côté se trouve une gigantesque cloche nommée la **Cloche reine** *(Tsar Kolokol)*. C'est la plus grosse du monde. Ornée de bas-reliefs représentant le tsar Alexeï Mikhailovitch Romanov et la tsarine Anna Ivanovna, elle mesure 6,15 mètres de haut sur 6,6 mètres de diamètre et pèse 200 tonnes. Après sa fonte, la cloche resta deux ans sans bouger et se brisa après l'incendie de Moscou en 1737. En effet, à cause de fissures dues à une trop grande différence de température, un éclat de 13 tonnes s'en détacha.

Le Palais à facettes, dont la façade principale est revêtue de pierres taillées en pointe de diamant à facettes, est un monument profane inoubliable. Ce palais reste un symbole de l'État parce qu'il abrite la salle du Trône, lieu des cérémonies officielles. La fête la plus marquante organisée dans ce lieu fut le festin offert par Ivan le Terrible en 1552, à l'occasion de la prise de Kazan. La salle du Trône mesurant près de 500 mètres carrés, placée sous quatre voûtes dorées, dotée d'un puissant pilier central, a été plusieurs fois restaurée. Les fresques actuelles datent de 1880 et sont inspirées des fresques précédentes, peintes au XVIIe siècle par Simon Outchakov.

Un autre charme émane du **palais des Térèmes**. Il fut construit pour servir de demeure privée aux tsars. La **salle du Devant, l'antichambre des Boyards**, le

salon des Ambassadeurs ou encore **la salle des Croix**, la fameuse **Krestovaïa**, sont imprégnés d'histoire. Ces appartements virent en décembre 1564 le départ d'Ivan le Terrible qui, de ce cabinet de prière, décida de fuir provisoirement le Kremlin. Tant de tsars s'agenouillèrent et prièrent dans le secret de ces quatre murs couverts d'icônes protectrices dont l'or brillait à la lueur des chandelles !

Non loin se dresse la petite église de **la Déposition-de-la-Robe**. La particularité de cette église est liée aux états d'âme du grand métropolite Géronti qui la fit construire en 1486 comme une antithèse de l'influence italienne. Elle servit d'église privée aux Romanov à partir de 1653. L'inspiration de l'architecture médiévale de Pskov, notamment grâce aux couleurs éclatantes des fresques créées par Nestor Istomine, s'y sent à chaque instant.

À la sortie officielle du Kremlin, près de la tour du Sauveur, se trouve **la place Rouge**, *Krasnaïa Plochtchad*. *Krasny* en vieux russe signifie à la fois rouge et beau. L'emblème de cette place est la cathédrale Saint-Basile-le-Bienheureux, érigée au sud de la place de 1555 à 1560 par Ivan le Terrible.

Devant Saint-Basile se trouvent le monument Minine et Pojarski et **la tribune ronde de Lobnoïe Mesto**. C'est ici que se lisaient les oukases du tsar, se déroulaient les cérémonies solennelles et les exécutions. L'ensemble du Kremlin forme ce que l'on nomme Tsar-Gorod (la ville du tsar), qui s'étend, entourée de ses remparts et de ses tours, sur plus de 28 hectares.

Sous Ivan le Terrible, la ville était divisée en quatre quartiers : **Tsar-Gorod**, **Kitaï-Gorod** (la ville chinoise) qui évoquait la présence tatare, **Bieli-Gorod** (la ville blanche) parce qu'elle était entourée au temps de Boris Godounov de murailles blanches et **Ziemlanoï-Gorod** (la ville de terre) parce que ses remparts étaient en terre. Le Kremlin et Kitaï-Gorod étaient entourés d'un mur de brique rouge et formaient le premier anneau de fortification de la ville de Moscou. Le deuxième anneau était bâti de calcaire et de brique blanchie à la chaux et enfin le plus vaste anneau, entourant la ville de terre, était formé d'un fossé de terre de 15 kilomètres, creusé sur l'ordre de Boris Godounov de 1592 à 1593. Ce fossé fut complété par un mur de bois qui compressait une centaine de tours et trente-quatre portes. Aujourd'hui encore, on utilise cette division de Moscou, devenue symbolique, en quatre quartiers historiques. En sortant du Kremlin ou Tsar-Gorod, vous pouvez étendre votre visite à Kitaï-Gorod. C'est ici que passait la première rue de Moscou. Il ne reste pratiquement rien du mur, qui ressemblait à celui du Kremlin, mais les grands monuments de la Russie médiévale sont parfaitement sauvegardés. À ne pas manquer à cet égard, l'ancien **hôtel des Anglais,** dont la construction remonte au XVIe siècle. La pureté des lignes de sa façade nord donnant 4, rue Varvarka garde cet aspect inimitable de l'architecture russe de ce siècle. Au temps d'Ivan le Terrible, cet hôtel appartenait aux négociants anglais qui l'utilisaient pour les réceptions organisées en l'honneur des grand boyards.

La petite église de la **Trinité de Nikitniki** mérite aussi un détour (elle se trouve du côté gauche de la rue Varvarka, dans une petite ruelle nommée *Nikitnikov pereoulok*). Toujours rue Varvarka, au numéro 10, se trouve **l'hôtel des boyards Romanov**, construit au XVIe siècle. L'ancienne maison de Michel Romanov (premier de la dynastie) abrite aujourd'hui un **musée de l'Habitat et des Arts décoratifs** du XVIIe au XVIIIe siècle. (Ouvert tous les jours de 10 h à 18 h, mercredi de 11 h à 19 h. Fermé le mardi.)

Kitaï-Gorod fut un grand centre culturel de la Russie médiévale. C'est là que fut fondée la première imprimerie, la première bibliothèque publique, le premier théâtre et la première université. Pour voir les vestiges de ces activités, vous devrez faire un détour par la rue Nikolskaïa, numéro 9, où se trouve le monastère Zaïkonospaski, fondé en 1600 par Boris Godounov. Le premier livre fut imprimé 15, rue Nikolskaïa en 1564 par Ivan Fedorov ; c'est aussi là que le premier journal, *Vedomosti*, a vu le jour. Au XIXe siècle, Kitaï-Gorod devint un centre d'affaires. C'était le quartier représentatif de la ville des marchands et des moujiks comme fut nommée Moscou à l'époque. En ce temps les rues Ilinka et Nikolskaïa devinrent une espèce de City londonienne à la russe. Banques et commerces ont fait de ce quartier un important centre d'affaires, d'autant qu'il n'y avait pratiquement pas de maison d'habitation, mis à part quelques *traktiri* devenus petit à petit des restaurants à la mode où se réglaient les transactions. L'un d'eux est toujours 17, rue Nikolskaïa et porte le nom qui lui fut donné à sa création en 1870 : **Slavianski Bazar**.

De la place Rouge, vous pouvez emprunter au nord la rue Okhotniriad pour tomber sur la place des Théâtres (place Téatralnaïa) où se trouvent notamment le **théâtre des Enfants**, le **théâtre dramatique Mali** et bien sûr le magnifique **Bolchoï**. Construit en 1824, il fut entièrement reconstruit en 1856, après l'incendie de Moscou. Son fronton est couronné d'un quadrige en bronze d'Apollon. Son grand rideau rouge brodé d'or, la salle où l'or domine sur fond rouge vif demeurent un symbole du triomphe de l'art russe. Les grands ballets et l'opéra russes sont toujours présents dans son répertoire, que ce soit *Le Lac des cygnes*, *Boris Godounov* ou *La Vie pour le tsar*, *Le Prince Igor de Borodine*, etc.

La Moscou sainte, « la Ville sonate » comme l'appelait Rabelais en raison de toutes les cloches carillonnantes des deux mille églises, dispose de nos jours de six monastères dont le plus connu est **Novodevitchi**, un couvent. (Ouvert tous les jours de 10 h 10 à 17 h sauf le mardi et le premier lundi du mois.)

Le monastère fut fondé en 1524 sur le Champ des vierges où des jeunes filles furent livrées aux Tatares pour payer la dîme des Moscovites. Son aspect actuel date du XVIIe siècle. Le cimetière de Novodevitchi est depuis longtemps un haut lieu de pèlerinage pour les Moscovites. Les uns viennent y voir les tombes des grands écrivains comme celle de Tchekhov, d'autres viennent admirer le singulier mélange d'art pompeux et de réalisme socialiste. Le tombeau de Khrouchtchev suscite bien des regards. Un ancien dissident tailla d'une manière particulièrement éloquente son monument funéraire. Le visage de marbre blanc de l'apparatchik qui osa déstaliniser le pays semble sourdre d'une dalle de marbre noir.

Le **monastère Danilovski**, 22, rue Danilovski Val. (Office tous les jours à 7 h, 9 h, vêpres à 17 h dimanche et jours de fête.) Ne pas manquer les chœurs orthodoxes.

Fermé par le gouvernement soviétique en 1930, il fut rouvert en 1983 et est aujourd'hui le siège officiel du patriarche.

Si vous voulez pénétrer l'âme russe, n'hésitez par à rôder dans les ruelles obscures parfois bordées de jardins, où l'on distingue à peine, dans le crépuscule, les fenêtres éclairées. Au cœur de cet édifice – un des plus beaux monastères russes – regardez les faibles scintillements des vieux ors de l'iconostase, dans ce silence propre aux églises, où l'on hésite même à soupirer de peur de troubler leur quiétude.

Ces dernières années, les monastères sont devenus de véritables entreprises. Le monastère dispose ainsi d'un hôtel, **l'hôtel Danilovski**, et d'un excellent restaurant de cuisine familiale, servie dans un cadre discret. L'hôtel comme le restaurant ont le privilège de recevoir régulièrement le patriarche de Russie.

Le **monastère Andronikovski**. 10, place Andronikovskaïa. (Ouvert tous les jours de 11 h à 18 h sauf le dernier vendredi du mois.) Fondé au XIVe siècle sur la rive gauche de la rivière Iaouza, ce monastère faisait partie du système de forteresses protégeant Moscou. À visiter absolument pour la vue ainsi que pour sa collection d'icônes réunies dans le **musée Andreï-Roublev** et dans le **musée de l'Art ancien**.

La **cathédrale du Christ-Sauveur** est la principale église orthodoxe de Moscou à partir de 1998. Elle fut détruite en 1931 sur décision de Lénine. Grâce aux efforts de la Mairie de Moscou, du patriarcat et du gouvernement, l'église fut reconstruite. Les fonds privés (notamment les grandes banques) participent largement au financement de ce projet. La copie est conforme à celle d'autrefois, mais les matériaux utilisés sont malheureusement modernes comme le béton armé... recouvert de marbre.

Annexe 2
Le Kremlin et ses environs sous les soviets

N'oublions pas que le Kremlin demeure le centre spirituel de Moscou mais aussi son centre politique. L'édifice élégant du XVIIIe siècle, construit en 1776-1788 par l'architecte de Catherine II, Kazakov, est un symbole de ce pouvoir central. Aujourd'hui la salle blanche de ce palais accueille les ambassadeurs étrangers.

Légèrement en retrait de la place des Cathédrales, se trouve un gigantesque édifice couvert d'aluminium orné de marbre de l'Oural construit en 1961 pour servir de palais des congrès. Sa salle est destinée à accueillir des manifestations politiques mais surtout des représentations théâtrales.

Les palais et les souterrains du Kremlin abritent encore les fantômes des tsars et des dictateurs. Staline, par sa personnalité, a aussi marqué cet endroit. La garde du Kremlin qui veillait sur lui et sur son entourage était composée de 15 000 hommes triés sur le volet, sept gardes prétoriennes assuraient aussi la sécurité autour du Kremlin et dans les immeubles environnants où vivaient généralement les apparatchiks les plus fidèles.

Le plus imposant des édifices officiels reste le **Grand Palais du Kremlin** qui abrite aujourd'hui l'administration présidentielle. L'œuvre de l'architecte Constantin Thon fut construite en 1838-1849. Le palais compte plus de 700 pièces dont la plus célèbre est la salle Saint-Georges : le jeu de blanc et d'or donne un aspect solennel et harmonieux à cette gigantesque salle d'apparat. La plus luxueuse est la salle de Sainte-Catherine dont les murs sont ornés de pilastres en malachite surmontés de chapiteaux de bronze. Entre ces chapiteaux, sont tendus des voiles de moire aux couleurs du ruban de l'ordre de Sainte-Catherine, rose à liseré argenté.

Dans le centre de l'enceinte de la place Rouge se trouve le **mausolée de Lénine**. Pour le construire, le gouvernement soviétique a déplacé un monument dédié à deux héros du Moyen Âge, Minine et Pojarski. Un institut scientifique s'occupa d'embaumer le corps et de l'exposer dans un cercueil de verre. Pendant les années soviétiques, la dépouille momifiée de Lénine reposait sur un drapeau de la Commune de Paris, frappé d'inscriptions maçonniques. La salle funéraire fut bâtie en forme de cube. L'architecte Alexeï Chtoussev construisit un plafond à degrés semblant reproduire la forme d'une pyramide. Aujourd'hui, la garde solennelle du mausolée a été supprimée, mais le corps de Lénine n'est toujours pas inhumé.

Derrière le mausolée se trouve un véritable panthéon

des bolcheviks, notamment le tombeau de Staline, toujours fleuri par ses admirateurs. Du côté est de la place se trouve le magasin **Goum** autrefois appelé « galeries marchandes supérieures ». Cet ensemble reste un exemple type du style russe. Dans ce même style, au nord de la place, le **musée d'Histoire** est coiffé de toits pyramidaux en forme de kokochniks. À côté se dresse le **musée Lénine**, aujourd'hui fermé. Entre ces deux bâtiments de brique rouge, vous pouvez voir une reconstitution des Portes de la Résurrection. Ce monument a été entièrement reconstitué après la chute du communisme, avec ses deux flèches surmontées de l'aigle bicéphale, symbole de la Russie des tsars.

De la place Rouge, vous pouvez aussi emprunter, au nord, la rue Okhotniriad. Ce nom souvent chanté par les poètes est évocateur pour les Russes. C'est là que les chasseurs venaient vendre leur gibier et que les marchands ambulants vendaient à la criée les mets pour les tables de fête, des saumons du Nord, des charcuteries, des guirlandes de saucisses que les amateurs accompagnaient de vodkas variées. L'ukrainienne au poivre, la biélorusse aux herbes sauvages et pour les femmes la fameuse Klukovka, délicieusement parfumée aux baies, qui accompagnait les pirojkis chauds dont les passants commentaient la qualité. Aujourd'hui ce quartier a changé. Vous y découvrirez un exemple de l'architecture stalinienne, avec l'ancien hôtel Moscou, aujourd'hui en reconstruction, ainsi qu'un édifice vert aux colonnes blanches, maison des Syndicats. La salle des Colonnes de cette maison est liée aux grands événements de l'histoire du pays. C'est là qu'en janvier 1924 Staline prononça un discours décisif pour sa carrière en galvanisant les foules lors de l'éloge à Lénine. C'est là que, en 1937, les grands procès des purges staliniennes eurent lieu. C'est là encore qu'en mars 1953 la dépouille de Staline fut exposée sur un catafalque de velours cramoisi au milieu d'une montagne de fleurs. Aujourd'hui, cette ancienne salle de bal de l'aristocratie tsariste est ouverte au public pour des concerts ou pour des manifestations politiques.

Pourquoi ne pas choisir un guide mythique afin de mieux comprendre Moscou, ville de passions et de secrets ? Gogol, Dostoïevski et Pouchkine habitèrent tous trois le quartier piétonnier de **l'Arbat**. Pouchkine, juste après son mariage, vécut 53, rue Arbat. Gogol y fit un geste fatidique en brûlant le deuxième tome des *Âmes mortes*[1]. Dostoïevski, Tchaïkovski et d'autres sommités des arts vécurent quelque temps dans ce quartier. N'oublions pas non plus les éloquentes pages de *Guerre et Paix* dans lesquelles Tolstoï décrit le vaste hôtel de la comtesse Rostov, connu de tout Moscou. Le buste de l'écrivain trône en face de cette demeure, qui abrite aujourd'hui l'Association des écrivains. Ce quartier devenu piétonnier au début des années 1980 retrouve de jour en jour sa splendeur avec ses façades

1. Aujourd'hui, 7, boulevard Nikitski se trouve un musée consacré à son œuvre devant lequel s'érige un magnifique monument dédié à l'écrivain.

bleues, roses ou grises que mettent en valeur de petits frontispices à colonnade, leur donnant ainsi l'aspect de palais miniatures. À l'époque de la perestroïka le quartier s'anima et devint un centre de marché noir avec ses inévitables règlements de comptes. Mais en automne 1992, sur décision du maire de Moscou, la vente à la sauvette fut interdite. L'Arbat est depuis lors un charmant lieu de promenade parfaitement sûr, où l'on peut acheter des souvenirs dans des magasins et étalages appartenant à six grands groupes possédant une licence officielle. Le caractère des souvenirs a changé. Autrefois les matriochkas représentaient Gorbatchev ou Eltsine. Actuellement, outre Poutine, les grands tsars à partir d'Ivan le Terrible ou encore les stars du show-business internationales se taillent un franc succès sur le marché.

Mikhaïl Boulgakov, auteur du *Maître et Marguerite* dont les événements se situent autour de **l'étang des Patriarches**, semble le guide idéal des promenades pédestres [1]. Ancien médecin devenu écrivain opprimé, Boulgakov comprit qu'il fallait regarder le cauchemar stalinien à travers les rapports mystiques opposant le Bien et le Mal. Ne manquez pas, 28, rue Malaïa Bronaïa, le charmant **Café Marguerite** qui vous fera pénétrer dans l'univers de cet écrivain. Vous pouvez aussi poursuivre votre excursion en visitant l'appartement n° 50 situé 10-12 rue Sadovaïa Koudrinskaïa, là où Boulgakov choisit de faire vivre son intrigue. Si vous

1. Accès par la rue Bolchaïa Nikitskaïa.

êtes résolument courageux, retournez rue Arbat. Vous y trouverez, dans la ruelle Spassanolivkoski, la résidence de l'ambassadeur des États-Unis qui servit de cadre aux réceptions décrites dans le roman de Boulgakov. En effet l'ambassadeur des États-Unis, ami de l'auteur, y organisait à l'époque des festivités fastueuses qui faisaient jaser tout Moscou. L'esprit de Boulgakov demeure omniprésent dans l'atmosphère décadente des soirées privées organisées dans le Moscou d'aujourd'hui, depuis que plusieurs générations ont découvert soudain les plaisirs interdits.

L'image de Moscou est aussi marquée par l'esprit de Staline. S'il a beaucoup détruit la ville, il a fait ériger nombre d'édifices à sa gloire. Le principal monument stalinien reste sans aucun doute **le métro**. La première ligne fut inaugurée en mai 1935 entre les stations **Sokolniki** et **Parc-de-la-Culture**. Mais dans l'esprit de Staline, le métro n'était pas simplement un moyen de transport ; cela faisait partie de toute la symbolique d'un culte que Staline voulait instaurer en sa faveur. À l'époque, les Soviétiques vivaient d'une manière très précaire et les stations de métro décorées de marbre, de bronze, et parfois même d'or impressionnaient la population. Staline savait de quoi il parlait lorsqu'il disait à sa belle-sœur que le peuple avait besoin de fétiches et de splendeurs décoratives. D'ailleurs, il choisissait lui-même ces décors comme le marbre cramoisi de la station **Maïakovskaïa** ou l'impressionnante mosaïque de la station **Komsomolskaïa**. Ne manquez pas la station **Place-de-la-Révolution**, dont les statues de bronze constituent un véritable musée de l'art totalitaire, ainsi que la station **Arbatskaïa** pour ses lustres mis en valeur par un marbre immaculé.

Le métro, comme souvent en Russie, est aussi un univers à doubles tiroirs car il existe en dehors du métro officiel un métro secret, conçu à partir de 1947 par le dictateur pour assurer ses transports hors de la ville en cas de crise des hauts dignitaires. La station secrète Tcentralnaïa, par exemple, se trouve dans l'enceinte de la station Arbatskaïa et possède un accès direct au ministère de la Défense. Le goût pour les souterrains secrets, tant apprécié autrefois par Ivan le Terrible, est toujours de mise en cette aube du troisième millénaire.

Parmi d'autres monuments staliniens, on remarque les sept gratte-ciel comme le ministère des Affaires étrangères, place Smolenskaïa-Sennaïa, ou l'université de Moscou, avec son étoile rouge brillant au sommet de sa flèche haute de 240 mètres, ou encore la maison de la Nomenclature, si appréciée de nos jours par les nouveaux Russes, qui se trouve au confluent de la rivière Iaousa et de la Moskova, quai Kotelnitcheskaïa.

Annexe 3
Une idée d'un dîner moscovite
(en souvenir du voyage au Kremlin)

BORTSCH À LA MOSCOVITE

Préparer un bouillon avec un jarret de bœuf, un os à moelle ou du bourguignon et laisser cuire jusqu'à attendrissement de la viande.

Ajouter ensuite betteraves, carottes et oignons rissolés, puis des pommes de terre coupées en demi-rondelles et du chou coupé en lanières. Au dernier moment, y jeter de l'ail et des herbes aromatiques.

Laisser reposer quelques heures et déguster avec de la crème fraîche. À consommer avec de la vodka ou du vin rouge.

POISSON SALÉ DANS SON « MANTEAU DE FOURRURE »

Étaler le poisson salé coupé en morceaux ou en tranches sur un plat (cela peut être du hareng, du thon ou du saumon).

Couper en petits dés les légumes cuits : betteraves, carottes, pommes de terre ; les œufs durs, les oignons et une pomme. Bien mélanger et étaler sur le poisson sans rajouter de sel.

Mélanger crème fraîche et mayonnaise, ajouter quelques morceaux d'orange ainsi que quelques gouttes de jus d'orange puis napper ensuite abondamment le plat avec cette sauce.

Mettre deux heures au réfrigérateur. À consommer avec de la vodka ou du vin blanc.

VATROUCHKA DU TSAR

1 kg de fromage blanc
3 œufs
3 cuillères à soupe de farine
1/2 verre de sucre
Miel
Fruits secs coupés en petits morceaux

Mélanger le tout. Verser la préparation dans un plat beurré au préalable et mettre dans un four chaud.

Laisser cuire une heure à feu moyen.

La vatrouchka est prête quand une allumette y entre et en ressort facilement.

Ce gâteau se mange chaud ou froid (le conserver au réfrigérateur), avec ou sans crème fraîche, confiture, ou miel, pour accompagner du thé aux fruits, de la vodka à la cerise ou à la fraise.

Annexe 4
Chronologie

1019-1054	Règne d'Iaroslav le Sage à Kiev.
1051	Anne de Kiev épouse le roi de France Henri Ier. 1052, Naissance de son fils Philippe Ier.
1054	Grand Schisme de la Chrétienté : rupture entre l'Église latine et l'Église grecque.
1060-1062	Régence d'Anne de Kiev.
1062	Anne épouse Raoul de Valois. 1067 (1075 ?), Mort d'Anne de Kiev.
1223	Bataille de la Kalka, défaite des troupes russes par les Tatars.
1237-1241	Invasion de la Russie par les Tatars.
1325-1340	Règne du prince Ivan Ier à Moscou (grand-prince à partir de 1328).
1326	Le siège du métropolite est transféré de Vladimir à Moscou.
1359-1389	Règne du grand-prince Dimitri Donskoï.
1380	Victoire des Russes sur les Tatars dans la plaine de Koulikovo.
1382	Nouvelle incursion tatare.
1389-1425	Règne du grand-prince Vassili Ier.
1462-1505	Règne du grand-prince Ivan III.

1480	Fin du joug tatar.
1485-1495	Construction des murs et tours du Kremlin.
1505-1533	Règne du grand-prince Vassili III.
1533-1584	Règne d'Ivan IV dit le Terrible. Il est proclamé tsar en 1547.
1552	Prise de Kazan par les Russes.
1564	Premier livre imprimé à Moscou.
1581	Expédition du Cosaque Iermak en Sibérie.
1584-1598	Règne de Fédor Ivanovitch.
1587	Traité de commerce avec la France.
1589	Institution du patriarcat à Moscou.
1598	Conquête de la Sibérie.
1598-1605	Règne de Boris Godounov.
1605-1606	Règne du faux Dimitri Ier.
1606	*Mai :* soulèvement des Moscovites contre les Polonais ; le faux Dimitri est tué.
1610	Règne de Vassili Chouïski.
1611	Invasion de Moscou par les Polonais. *19 mars :* insurrection contre les Polonais. *Septembre-octobre :* Minine lève des troupes populaires pour libérer Moscou. *26 octobre :* le Kremlin est repris.
1613	*21 février :* Michel Romanov est élu tsar. Règne de Michel Romanov. Guerre russo-polonaise.
1645-1675	Règne d'Alexis Mikhaïlovitch.
1676-1682	Règne de Fédor Alexeïevitch.
1682-1689	Règne de Sophie Alexeïevna.
1689-1725	Règne de Pierre le Grand.
1698	Insurrection des *streltsi*.
1702	*16 décembre :* premier journal publié à Moscou.

1703	Fondation de Saint-Pétersbourg.
1705	Formation d'une armée régulière par recrutement obligatoire en Russie.
1709	*27 juin :* victoire russe de Poltava contre la Suède.
1711	*Mai-juin :* campagne de Prusse de Pierre Ier.
1711-1713	Guerre russo-turque.
1712	La capitale est transférée à Saint-Pétersbourg.
1721	Suppression du patriarcat et création du saint-synode. Paix avec la Suède.
1722	Institution du « Tableau des rangs » (hiérarchie des classes civiles et militaires).
1724	Fondation de l'Académie des sciences de Russie.
1725-1726	Règne de Catherine Ire.
1727-1730	Règne de Pierre II.
1730-1740	Règne d'Anna Ivanovna.
1735-1739	Guerre russo-turque.
1741-1761	Règne d'Elisabeth Pétrovna.
1741-1743	Guerre russo-suédoise.
1757	*6 novembre :* fondation de l'Académie des beaux-arts de Saint-Pétersbourg.
1757-1762	Participation de la Russie à la guerre de Sept Ans.
1761-1762	Règne de Pierre III.
1762-1796	Règne de Catherine II.
1764	Création du musée de l'Ermitage à Saint-Pétersbourg.
1767-1768	Réunion de la Commission législative à Saint-Pétersbourg.
1768-1774	Guerre russo-turque.

1772	Premier partage de la Pologne.
1773-1775	Jacquerie de Pougatchev.
1775	Suppression de la Setch des Cosaques zaporogues.
1783	Réunion de la Crimée à la Russie.
1787-1791	Guerre russo-turque.
1792	*29 décembre :* paix de Jassy avec la Turquie.
1796-1801	Règne de Paul Ier.
1799	Campagnes de Souvorov en Italie et en Suisse. Fondation de la Compagnie russo-américaine de commerce.
1801-1825	Règne d'Alexandre Ier.
1805	Victoires de Napoléon Ier sur la coalition austro-russe.
	2 décembre : Austerlitz.
1806-1812	Guerre russo-turque.
1807	*7 et 8 février :* Eylau.
	Traité de Tilsit entre Napoléon et Alexandre Ier.
1812	Campagne de Russie de Napoléon Ier
	7 septembre : bataille de la Moskova (Borodino).
	14 septembre : entrée de Napoléon au Kremlin.
	27-29 novembre : bataille de la Berezina.
1813	*16-19 octobre :* Napoléon perd la bataille de Leipzig.
1814	*31 mars :* les troupes des coalisés entrent dans Paris.
	6 avril : première abdication de Napoléon.
	3 mai : retour de Louis XVIII.
1814-1815	Congrès de Vienne.

1815	*20 mars :* Napoléon rentre à Paris.
	18 juin : Waterloo.
	22 juin : abdication de Napoléon.
	26 septembre : Sainte-Alliance.
1825-1855	Règne de Nicolas Ier.
1825	*26 décembre :* insurrection des décabristes à Saint-Pétersbourg.
1826	*Juillet :* exécution des chefs du mouvement décabriste. Création de la IIIe section de la gendarmerie (la Haute Police politique).
1837	Mort d'Alexandre Pouchkine. Inauguration de la première ligne de chemin de fer en Russie.
1854-sept. 1855	Guerre de Crimée.
1855-1881	Règne d'Alexandre II.
1861	*Février :* abolition du servage.
1864	Réforme administrative, création des *zemstvos* (conseils locaux), réforme judiciaire.
1865-1885	Conquête de l'Asie centrale par la Russie.
1873	Alliance des trois empereurs (Guillaume II, François-Joseph, Alexandre II).
1873-1875	« Marche vers le peuple » des intellectuels populistes.
1876-1879	Activité de l'organisation révolutionnaire « Terre et Liberté ».
1881	*1er mars :* assassinat d'Alexandre II par les populistes.
1881-1894	Règne d'Alexandre III.

1887	*1er mars :* tentative d'attentat contre Alexandre III à Saint-Pétersbourg ; Alexandre Oulianov, le frère aîné de Vladimir Oulianov (le futur Lénine), y est impliqué.
1891	Début de la construction du Transsibérien.
1891-1893	Alliance franco-russe.
1894-1917	Règne de Nicolas II.
1894	Tragiques mouvements de foule pendant les fêtes du couronnement de Nicolas II à Moscou (catastrophe de la Khodynka).
1896	Nicolas II en visite officielle en France.
1905	Guerre russo-japonaise.
	Janvier : première révolution russe.
	22 janvier : « Dimanche rouge », la police et l'armée tirent sur une grande manifestation pacifique devant le Palais d'hiver.
	27 juin-8 juillet : mutinerie du croiseur Potemkine devant Odessa.
	5 septembre : traité de paix de Portsmouth entre la Russie et le Japon.
	30 octobre : manifeste du tsar Nicolas II promettant les libertés politiques et la réunion d'une Douma d'État législative.
1917	*15 mars :* abdication de Nicolas II.
	17 mars : formation d'un gouvernement provisoire.
	Juin : offensive russe sur le front sud ; échec.
	24 juillet : Kerenski devient président du Conseil.

Septembre : tentative contre-révolutionnaire du général Kornilov, arrêtée par la Garde rouge.
14 septembre : proclamation de la République ; Kerenski à la tête d'un directoire.
7 novembre : le coup d'État d'Octobre sous la direction des bolcheviks.
9 novembre : formation du conseil des commissaires du peuple, présidé par Lénine ; décrets « sur la Paix » et « sur la Terre ».

1918 *18 janvier :* réunion de l'Assemblée constituante élue à Petrograd.
19 janvier : dissolution de la Constituante.
28 janvier : formation de l'Armée rouge.
14 février : adoption du calendrier grégorien.
Février : offensive austro-allemande contre la Russie soviétique.
10-11 mars : la capitale de la Russie est transférée de Saint-Pétersbourg à Moscou. Le gouvernement soviétique s'installe au Kremlin.
Mars-avril : corps expéditionnaire antibolchevique des Alliés à Mourmansk.
Avril : corps expéditionnaire japonais et anglais à Vladivostok.
25 mai : soulèvement contre-révolutionnaire du corps expéditionnaire tchèque.
8 juin : prise de Samara par les troupes blanches ; constitution d'un gouvernement contre-révolutionnaire.
28 juin : formation en Sibérie d'un gouvernement provisoire contre-révolutionnaire.

	4-10 juillet : le Ve congrès panrusse des soviets adopte la première Constitution soviétique.
	2 août : débarquement anglo-américano-français à Arkhangelsk.
	4 août : occupation de Bakou par les Britanniques.
	30 août : attentat contre Lénine.
1924	Mort de Lénine.
1924-1953	Staline dirige l'Union soviétique.
1953-1964	Khrouchtchev dirige l'Union soviétique.
1964-1982	Brejnev dirige l'Union soviétique.
1979	*Décembre :* intervention de l'armée soviétique en Afghanistan.
1985	*Mars :* Gorbatchev, secrétaire général du PCUS, lance la perestroïka.
1988-1989	Retrait des troupes soviétiques d'Afghanistan.
1989	Élections à candidatures multiples en URSS.
1990	Instauration d'un régime présidentiel en URSS.
1991	*Mars :* Gorbatchev est élu président de l'Union.
	Juin : Eltsine président de la Fédération de Russie.
	19-21 août : tentative de putsch contre le Président Gorbatchev.
	Décembre : fin de l'URSS.
1996	*Juin :* réélection d'Eltsine à la présidence de la Fédération de Russie.
2000	*Mars :* Poutine à la présidence de la Fédération de Russie.

Bibliographie

ADJOUBEÏ, Alexeï, *À l'ombre de Khrouchtchev*, La Table ronde, Paris, 1989.

ALBATS, Evguenia, *La Bombe à retardement, Enquête sur la survie du KGB*, Plon, Paris, 1995.

ALEXANDROV, Viktor, *Les Mystères du Kremlin*, Fayard, Paris, 1960.

AMALRIK, Andreï, *L'Union soviétique survivra-t-elle en 1984 ?*, Fayard, Paris, 1990.

ANDREW, Christopher, et MITROKHINE, Vassili, *The Sword and the Shield : The Mitrokhine Archive and the Secret History of the KGB*, Basic Books, New York, 1999.

BARRON, John, *KGB, The Secret Work of Soviet Secret Agents*, Bantam Books, New York, 1974.

BERIA, Sergo, *Beria, mon père*, Plon, Paris, 1999.

BESANÇON, Alain, *L'Anatomie d'un spectre*, Calmann-Lévy, Paris, 1981.

BLANC, Hélène, LESNIK, Renata, *L'Empire de toutes les mafias*, Presses de la Cité, Paris, 1996.

– *Le Mal russe,* L'Archipel, Paris, 2000.

BOUKOVSKY, Vladimir, *Jugement à Moscou*, Laffont, Paris, 1995.

CARRÈRE D'ENCAUSSE, Hélène, *L'Empire éclaté, la Révolte des nations en URSS*, Flammarion, Paris, 1978.
– *Le Pouvoir confisqué : gouvernants et gouvernés en URSS*, Flammarion, Paris, 1980.
CHENTALINSKI, Vitali, *Les Surprises de la Loubianka*, Laffont, Paris, 1997.
CHERBARCHINE, Leonid, *Rouska Moskvy*, Tsentr-100, Moscou, 1992.
CHURCHILL, Winston, *The Aftermath*, Macmillan & Co, Londres, 1941.
COULLOUDON, Virginie, *La Mafia en Union soviétique*, Lattès, Paris, 1990.
DAIX, Pierre, *L'Avènement de la nomenklatura*, Éditions Complexe, Paris, 1982.
DJILAS, Milovan, *The New Class, an Analysis of the Communist System,* Praeger, New York, 1957.
ELTSINE, Boris, *Jusqu'au bout !* Presses Pocket, Paris, 1991.
– *Sur le fil du rasoir*, Albin Michel, Paris, 1994.
– *Mémoires*, Flammarion, Paris, 2000.
GATES, Robert, *From the Shadows*, Simon & Schuster, New York, 1996.
GORBATCHEV, Mikhaïl, *Mémoires*, Le Rocher, Monaco, 1997.
– *Perestroïka, Vues neuves sur notre pays et le monde*, Flammarion, 1987.
GRATCHEV, Andreï, *Staline est-il mort ?*, Le Rocher, Monaco, 1998.
GROMYKO, Andreï, *Mémoires*, Belfond, Paris, 1989.
GUETTA, Bernard, *L'Éloge de la tortue*, Hachette, Paris, 1991.
HELLER, Michel, *La Machine et les Rouages : la formation de l'homme soviétique*, Calmann-Lévy, Paris, 1985.

KENNAN, George, *The Nuclear Delusion, Soviet-American Relations in the Atomic Age*, Pantheon Books, New York, 1983.

KERVOKOV, Viatcheslav, *Taïnyï kanal*, Gueïa, Moscou, 1997.

KHRIOUCHTKOV, Vladimir, *Litscnoïe delo*, Moscou 1997.

KLEBNIKOV, Paul, *The Godfather of the Kremlin*, Hartcourt, New York, 2000.

KORJAKOV, Alexandre, *Boris Eltsine : ot passveta do zakata*, Interbouk, Moscou, 1988.

KOSTINE, Sergueï, *Bonjour farewell*, Laffont, Paris, 1997.

LAPORTE, Pierre, *Histoire de l'Okhrana*, Payot, Paris, 1936.

LAURENT, Éric, *L'Effondrement*, Olivier Orban, Paris, 1992.

LECOMTE, Bernard, *Le Bunker, vingt ans de relations franco-soviétiques*, Jean-Claude Lattès, Paris, 1994.

LORRAIN, Pierre, *La Mystérieuse Ascension de Vladimir Poutine*, Le Rocher, 2000.

LOUPAN, Victor, *Le Défi russe*, Les Syrtes, Paris, 2000.

MEDVEDEV, Roy, *Le Stalinisme : origine, histoire, conséquences*, Le Seuil, Paris, 1972.

– *Staline et le stalinisme*, Albin Michel, Paris, 1979.

MODINE, Iouri, *Mes camarades de Cambridge*, Robert Laffont, Paris, 1994.

PALAJTCHENKO, Pavel, *My Years with Gorbatchev and Shevernadze : The Memoir of a Soviet Interpreter*, Pennsylvania State University Press, 1997.

POPOV, Gavriil, *Que faire ? Mon projet pour la Russie*, Belfond, Paris, 1992.

POUTINE, Vladimir (avec GUEVORKIAN, N., TIMAKOVA, N., et KOLESNIKOV, A.), *Ot pervogo litsa. Rasgovory s Vladimirom Poutinym*, Vagrius, Moscou, 2000.

ROCHE, François, *Le Hold-up du siècle*, Le Seuil, 2000.

SOKOLOV, Georges, *Puissance pauvre*, Fayard, Paris, 1996.

SOLJENITSYNE, Alexandre, *Le Chêne et le Veau*, Le Seuil, Paris, 1975.

SOUDOPLATOV, Pavel, *Missions spéciales*, Le Seuil, Paris, 1994.

TCHERNAÏEV, Anatoli, *Chest let s Gorbatchevym*, Progress, Moscou, 1993.

THOM, Françoise, *Le Moment Gorbatchev*, « Pluriel », Hachette, Paris, 1989.

TIKHONOV, Nikolaï, *L'Économie soviétique, réalisation, problèmes, perspectives*, Novisti, Moscou, 1983.

TROYAT, Henri, *Raspoutine*, Flammarion, Paris, 1996.

VADREAU, Pierre-Marie, *Où va la Russie ?* First, Paris, 1996.

YAKOVLEV, Alexandre, *Vospominania*, Varguious, Moscou, 2000.

ZINOVIEV, Alexandre, *Les Confessions d'un homme en trop*, Orban, 1990.

Beria, Fondation internationale pour la démocratie, Moscou, 1999.

Hearing on the Threat of Russian Organised Crime, Comité de relations internationales de la Chambre des représentants, Washington, D.C., 30 avril 1996.

Hearing on Russian Corruption, Comité sur les activités bancaires de la Chambre des représentants, Washington, D.C. 22 septembre 1999.

REMERCIEMENTS

Je voudrais tout d'abord exprimer ma gratitude à Isabelle de Tredern qui, encore une fois, m'a accompagné dans ce travail.

Ma grande reconnaissance va aussi à mon éditeur Jean-Paul Bertrand et à tous ses collaborateurs, qui ont toujours entouré ce projet de confiance et de bienveillance, et à Jacques Belin, directeur général du Mémorial de Caen, et à ses collaborateurs, notamment son directeur scientifique Claude Quetel.

Merci au maire de Fontenil, Jean-Yves Poirier, qui a eu la belle initiative de lancer un village du livre, où j'ai mis le point final au présent ouvrage. Et enfin à Claude Alzieu, animateur de ce village.

Table

Du même auteur :

AUX ÉDITIONS DU ROCHER

Le Roman de la Russie insolite, 2004.
Diaghilev et Monaco, 2004.
Le Roman de Saint-Pétersbourg, 2003.
L'Histoire secrète des Ballets russes, 2002.
Les Tsarines, 2000.

CHEZ D'AUTRES ÉDITEURS

La Guerre froide, Mémorial de Caen, 2003.
La Fin de l'URSS, Mémorial de Caen, 2002.
De Raspoutine à Poutine, les hommes de l'ombre, Perrin-Mémorial de Caen, 2001.
Le Retour de la Russie (en collaboration avec Michel Gurfinkiel), Odile Jacob, 2001.
Le Triangle russe, Plon, 1999.
Les Deux Sœurs, Lattès, 1997.
Le Département du diable, Plon, 1996.
Les Égéries romantiques (en collaboration avec Gonzague Saint-Bris), Lattès, 1995.
Les Égéries russes (en collaboration avec Gonzague Saint-Bris), Lattès, 1993.
Histoire secrète d'un coup d'État (en collaboration avec Ulysse Gosset), Lattès, 1991.
Histoire de la diplomatie française, Éditions de l'Académie diplomatique, 1985.

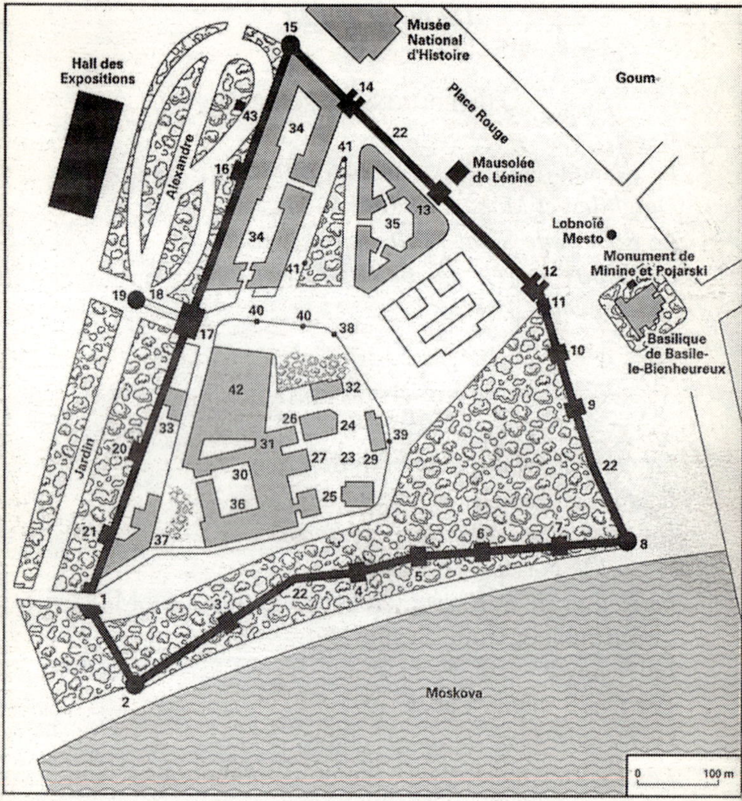

Tours du Kremlin : 1. Borovitskaïa ; 2. Vodovzvodnaïa ; 3. de l'Annonciation (clocher de 1680) ; 4. du Secret ; 5. Première tour sans nom ; 6. Deuxième tour sans nom ; 7. Pierre ; 8. Beklemichevskaïa (de 1487) ; 9. Saint-Constantin et Saint-Hélène ; 10. du Tocsin ; 11. du Tsar ; 12. du Sauveur ; 13. du Sénat ; 14. Saint-Nicolas ; 15. de l'Arsenal (angle) ; 16. Arsenal (moyenne) ; 17. de la Trinité ; 18. pont de la tour Koutafia ; 19. Koutafia ; 20. du Commandant ; 21. des Armures ; 22. Murs du Kremlin.

Monuments : 23. place des Cathédrales ; 24. cathédrale de l'Assomption et (25) collégiale de l'Annonciation ; 26. Église de la Déposition-de-la-Robe-de-Notre-Dame ; 27. Palais à facettes ; 28. collégiale de l'Archange-Saint-Michel ; 29. clocher d'Ivan Le Grand ; 30. palais des Térèmes ; 31. Églises du Grand-Palais ; 32. Église des Douze-Apôtres ; 33. palais Potiechny ; 34. arsenal ; 35. ancien sénat ; 36. Grand Palais du Kremlin ; 37. palais des Armures ; 38. Tsar des canons ; 39. Cloche-reine ; 40, 41. canons ; 42. palais des Congrès ; 43. tombe du Soldat Inconnu.

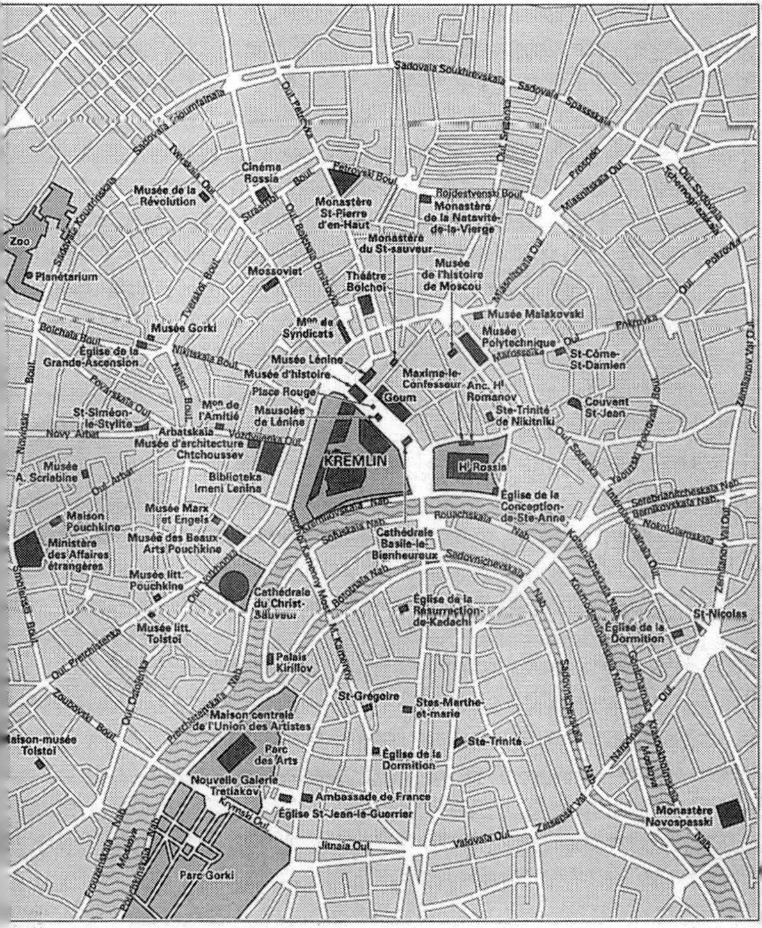

Le centre historique de Moscou.

Composition réalisée par IGS-CP

Imprimé en France sur Presse Offset par

BRODARD & TAUPIN

GROUPE CPI

La Flèche (Sarthe).
N° d'impression : 31324 – Dépôt légal Éditeur : 61663-09/2005
Édition 01
LIBRAIRIE GÉNÉRALE FRANÇAISE – 31, rue de Fleurus – 75278 Paris cedex 06.

ISBN : 2 - 253 - 11087 - 6

31/1087/1